ハイ・ライズ

J・G・バラード

ロンドン中心部に聳え立つ，知的専門職の人々が暮らす，新築の40階建の巨大住宅。1000戸2000人を擁し，マーケット，プール，ジム，レストランから，銀行，小学校までを備えたこの一個の世界は事実上，10階までの下層部，35階までの中層部，その上の最上部に階層化されていた。その全室が入居済みとなり，ある夜起こった停電をきっかけに，建物全体を不穏な空気が支配しはじめた。3カ月にわたる異常状況を，中層部の医師，下層部のテレビ・プロデューサー，最上層の40階に住むこのマンションの設計者が交互に語る。バラード中期の傑作。

登場人物

ロバート・ラング……………二十五階の住人。医学部の上級講師
アリス・フロビシャー………二十二階の住人。ラングの姉
スティール……………………二十五階の住人。矯正歯科医
シャーロット・メルヴィル……二十六階の住人。広告代理店のコピーライター
リチャード・ワイルダー………二階の住人。テレビ・プロデューサー
ヘレン・ワイルダー……………リチャードの妻。書評家
アンソニー・ロイヤル…………四十階の住人。
巨大マンションの設計者にして最初の入居者
エイドリアン・タルボット……二十七階の住人。精神科医
ポール・クロスランド…………テレビのニュースキャスター
エリナ・パウエル………………映画評論家
ジェーン・シェリダン…………三十七階の住人。テレビ女優。溺死した犬の飼い主
パングボーン……………………婦人科医。ロイヤルの友人

ハイ・ライズ

Ｊ・Ｇ・バラード
村上博基訳

創元ＳＦ文庫

HIGH－RISE

by

J. G. Ballard

This book is published in Japan
by TOKYO SOGENSHA Co., Ltd.
Japanese edition published by arrangement
with J. G. Ballard Estate Ltd.
c/o The Wylie Agency (UK) LTD.

目次

ハイ・ライズ

1　臨界量

あとになって、バルコニーにすわって犬を食いながら、ドクター・ラングは過去三カ月間にこの巨大なマンションのなかで起こった異常な事件のかずかずを思い返してみた。すべてが常態にもどったいま、そういえばこれはという発端があったわけでなく、ある点からさき自分たちの生活があきらかに異常な状況にはいったという、そんな時点があったわけでもないのが、思えば意外だった。四十階、一千戸、専用のマーケットにプール、銀行に小学校——すべてが空中に事実上隔絶してしまっている高層住宅に、暴力と対立の機会はじゅうぶんすぎるほどあったのだ。もとよりラングにしても、よもや二十五階の自分の小世帯用の部屋を、当初の小ぜりあいの場にえらびはしなかっただろう。ビルの絶壁にほとんど無造作にはめこまれたような、このひどく高価な部屋を妻と別れたあとで買ったのは、なによりもその平和と静寂と匿名性のためだった。ところが、二千人の隣人を避け、それだけが彼らの共通の場になっている、小さな悶着《もんちゃく》と不満の世界を避けてきたラングの努力を裏切って、皮肉にも最初の意味ある出来事が起こったのは、どこかといえばここだった——彼がいま、医学部の講義に出かける前に、電話帳を燃やした火のそばにすわって、ジャーマン・シェパードの尻肉を食っている、このバルコニーである。

三カ月前のある土曜日の朝、十一時すぎに朝食のしたくをしていたドクター・ラングは、居間の外のバルコニーでなにかが激しく割れる音にとびあがった。五十フィート上の階からスパークリングワインが一本おちてきて、途中どこかの窓のひさしにはね返ってから、バルコニーのタイル張りの床で砕けたのだ。

居間のカーペットに、泡とガラスのかけらがとび散った。ラングはあぶない砕片のあいだに素足で立って、わきたったワインがひび割れたタイルの上をほとばしるのをみつめた。ずっと上、三十一階でパーティをやっているのだった。ことさらかまびすしい人声《じんせい》と、レコードプレーヤーの無遠慮にがなる音がきこえた。びんはだれかはしゃぎすぎた客が、手すりの外へおとしたものだろう。もとよりパーティのだれひとり、この落下物のゆくえなどまるで気にしていないが、だいたい高層マンションの住人が、自分らより階ふたつ以上上下の人間に頓着《とんちゃく》しないことは、ラングもすでに気づいていた。

どの部屋かたしかめようと、ラングはつめたい泡のひろがるなかへ足を踏みだした。そんなところに腰でもおろそうものなら、自分自身の二日酔いが世界一長いものになりかねなかった。手すりから身をのりだしてビルの壁面を見あげ、バルコニーの数を慎重にかぞえた。

だが、いつものとおり、四十階建ビルの巨大さは頭をくらくらさせた。彼はタイルのフロアに目を伏せ、バルコニーの柱にとりすがった。このビルと四分の一マイルはなれたとなりの高層マンションをへだてるただもうだだっぴろい空間は、彼の平衡《へいこう》感覚をおびやかした。彼はときどき、地上三百フィートの大観覧車のゴンドラで暮らしているような気になるのだった。

それでいてラングは、この高層マンションにいまだにわくわくするよろこびを感じていた。再開発地に建つ同型同大の五棟のうち、これが最初に完成して入居できた棟だった。どれも川の北岸、もとドックと倉庫地帯だった一マイル平方の土地におさまっている。再開発地の東縁に人造湖をのぞんで建つ五棟の高層ビル。人造湖といっても、いまはまだ駐車場と土木機械にかこまれたコンクリートの空池《からいけ》にすぎない。川むこうには最近竣工《しゅんこう》したコンサートホールが、ラングの医学部と新築のテレビスタジオを左右にしたがえて建っている。ガラスとコンクリートの建築規模の大きさと、川の彎曲部《わんきょくぶ》というそのきわだった位置とが、マンションの一帯を周辺のさびれた地区から峻別《しゅんべつ》している。周辺はすでに造成地に指定された、前世紀のテラスハウスと無人の工場ばかりである。

シティは川ぞいに西へわずか二マイルの近さだというのに、ロンドン都心のオフィスビル群は、空間的にも時間的にも別世界に属していた。ガラスのカーテンウォールと林立する遠隔通信用アンテナは、交通スモッグのかなたにかすんで、ラングの過去の記憶をいまではおぼろなものにしていた。半年前、チェルシー区の借家の権利を売って高層マンションの安居《あんきょ》へと移ってきたとき、彼は雑踏《ざっとう》する市街をのがれ、交通渋滞をのがれ、古い大学病院の共同オフィスでの学生指導にかようラッシュアワーの地下鉄をのがれて、時間を一挙に五十年の未来へととんできたのだった。

あそこにひきかえ、ここでは彼の生きる世界は空間であり、光であり、一種いいがたい匿名性からくるたのしみだった。医学部の生理学科へは車で五分で、このたったひとつの遠出をのぞけば、高層マンションでのラングの生活は、マンションそのものとおなじように自給していた。じっさい建物は、二千人の住人を空中にとじこめたひとつの小さな垂直都市であった。建物は居住者の共有で、住み込みの管理人とそのスタッフを通じて自主管理されていた。

それだけの大きさにしては、設備もなかなかゆきとどいていた。十階は航空母艦の飛行甲《かん》板《ぱん》ほどのフロア全体が広いコンコースになって、スーパーマーケット、ヘアサロン、プール、トレーニングジム、品数豊富なリカーショップ、ビル内の数すくない児童のための小学校があった。ラングのはるか上方、三十五階には、もうひとつ小型プールがあり、サウナとレストランがあった。このいたれりつくせりの設備に気をよくして、ラングはだんだん外に出る努力をしなくなった。レコード・コレクションの梱包《こんぽう》をほどいて、バルコニーに腰かけ、眼下の駐車場とコンクリートの広場とその先を見はるかしながら、音楽にのってあたらしい生活にひたった。自分のところはせいぜい二十五階だが、それでも生まれてはじめて、空を下から見あげるのではなく、上から見おろす感覚を味わった。ロンドン都心の高層ビル群は、日ごとにわずかずつ遠のくように思われ、あたかも無人と化した惑星の光景のように、脳裏から徐々に薄れてゆくのだった。下方のコンサートホールとテレビスタジオのしずかで乱れぬ幾何学《きかがく》模様とは対照的に、市街地のふぞろいなスカイラインは、治療法のない重症脳障害の乱れた脳造影図にも似ていた。

高い金を払わされたマンションだ。リビングルームとシングルのベッドルーム、それにキッチンとバスルームが、極力むだなスペースをなくし、内部の通路をはぶくために、たがいにぴったり組み合うようにつくってあった。三つ下の階の大きな部屋に、出版社主の夫と住む姉のアリス・フロビシャーに、ラングはいったものだ。

「きっとこの設計者は、成長期を宇宙カプセルですごしたんだ。壁が曲面になっていないのがふしぎなくらいだよ」

最初ラングは、コンクリートずくめの風景に、どこかなじめないものを感じた。戦闘用に設計された建築物——無意識にもせよ、そんな印象があった。離婚の心労のあげくに、毎朝コンクリート掩蔽壕《えんぺいごう》の列をながめる気にはなれなかった。

だが、すぐにアリスは、高級高層住宅生活の無形の魅力を彼に納得させてしまった。ラングより七つ年上の彼女は、弟の離婚後の生活にはなにが必要かをちゃんと見てとったのだった。彼女はマンションの機能性と、完全なプライバシーを強調した。

「ここなら無人のビルにひとりで住むようなものよ――それを考えてみてよ、ロバート」そういってから、矛盾《むじゅん》したことをつけくわえた。「それに、近づきになって損のない人ばっかりよ」

たしかにその点は、ラングもなんどか下見《したみ》にきて、実感できないことではなかった。二千人の入居者は、生活にゆとりのある専門職のほとんど均質集合体といったものを形成していた――弁護士、医師、税務コンサルタント、老学者、広告代理店重役、そしてそれより少数グループで、航空会社のパイロット、映画技術者、三人一組で入居しているスチュワーデスといったところがいた。彼らは通常の収入と教育の水準からすれば、おそらく考えられるどんな階級混成よりも、たがいの差がすくなく、趣味と考えかた、流行と生活様式をおなじくし、それはマンションのまわりの駐車場にならぶ車の選択にも、エレガントでそのくせどこか画一的な室内装飾にも、スーパーマーケットのデリカテッセンでえらぶ高級食品にも、その自信に満ちた話しかたにも、はっきりあらわれていた。要するに、彼らはラングが目立たずとけこむのに申し分ない背景をこしらえてくれていた。無人のビルにラングひとりという、姉の調子よすぎる想像図は、彼女が思っている以上に事実に近かったのだ。高層住宅は、入居者全体にではなく、孤絶した個々の住人に奉仕するよう設計された、ひとつの巨大マシンであった。空調ダクト、エレベーター、ダストシュート、配電システムなどをあずかるスタッフは、一世紀前なら疲れを知らぬ召使いの大軍団を必要とした注意と手入れの不断の持続を可能にした。

こうした利点のほかに、新設医学部の生理学科上級講師になったラングにとって、勤務先に近いマンションを買ったことは無意味ではなかった。それは彼の講師をやめて開業医になる決心を、またも先のばしするのに役立った。だが、自分ではまだ本物の患者があらわれるのを待っているのだと思っていた。もしかしたら、このマンション内にみつかるかもしれない。部屋の価格への疑念をそうやってねじ伏せながら、ラングは九十九年間の権利書にサインして、大絶壁の千分の一の区画へ越してきたのだった。


上のパーティのにぎわいはまだつづき、ビルのまわりを不規則にうねる気流によって増幅された。ワインの最後が、すでに泡の消えたバルコニーの排水溝をちょろちょろ流れ、樋《とい》へ泡立っておちて行った。ラングはつめたいタイルに素足をおろし、爪先でガラスの破片からラベルをはがした。銘柄《めいがら》はすぐにわかった。十階のリカーショップで冷やして売られ、いちばんよく出るイミテーション・シャンパンだった。

前夜、アリスのパーティでもそのスパークリングワインが出た。いま頭上でたけなわのパーティと似たような騒ぎといえばいえた。午後からずっと生理学研究室で授業をやってきたあとで、大いにリラックスしたかったのと、魅惑的な客のひとりに目を奪われていたのとで、ラングは自分でも知らぬまにちょっとした対決の場に立たされていた。相手は二十五階の壁ひとつへだてた隣人で、スティールという野心旺盛な若い矯正《きょうせい》歯科医と、ファッション・コンサルタントをしているでしゃばりな細君だった。酔いにまかせた会話の途中でふと、ラングは自分が共用ダストシュートのことでひどく彼らの気を悪くしていることに気がついた。ふたりしてラングを姉のホームバーのカウンターのなかに追いつめ、スティールがまるで、自分の歯にたいして無責任な患者にいきどおるみたいに、手きびしい質問をやつぎばやに浴びせた。頭髪をきっちりまんなかで分けた顔というのは、ラングにはいつもなにかしら性格の異常性をしめすものに思われるのだが、そのほっそりした顔が間近に迫ってきたときには、歯科医のペンチか開口器を歯のあいだにつっこまれるのではないかと、なかば本気で思った。そのあと、熱っぽさと魅力をそなえた細君が攻撃をひきついだが、彼女はラングのぞんざいな態度、高層住宅に住むという真剣な事柄にたいする無関心ぶりが面白くないようだった。ラングの昼食前のカクテル好き、バルコニーでの裸の日光浴、そのおしなべて品のわるい雰囲気が気に入らないらしいのだ。三十歳ならどこかモダンな病院で一日十二時間はたらいて、自分の夫のように何事にも向上心を燃やしていなきゃうそだと思っているのはあきらかだった。どうやら彼女はラングを、医学界のいわば内部逃亡者で、どこかもっと気楽な世界に秘密の抜け穴を持った人間とみなしていた。

　この低次元のとがめだてにはラングもびっくりしたが、しかし、薄皮一枚でおおわれた敵対感情が周囲に異常なまでに多いことは、マンションに越してきてまもなく気がついていた。高層住宅にはいまひとつ、それ自体の持つ生命があった。アリスのパーティでの会話は、ふたつの次元で進行していた――職業的ゴシップのふわふわした泡層のすぐ下には、個人的競争意識の固い膜が張りつめているのだ。ときどき彼は、だれかがなにか途方もない間違いをしでかすのを、みんなで待っているのではないかという気がした。

食事をすませてから、ラングはバルコニーのガラスの破片をかたづけた。装飾タイルが二枚割れていた。軽い腹立ちを覚えながら、針金つきのコルク栓《せん》とアルミホイルがついたままのびんの首をつまみあげ、バルコニーの手すりの外へぽいとなげた。数秒あって、下に駐車した車のあいだで割れる音がした。

気をひきしめて、バルコニーのふちからこわごわのぞいてみた――あわやだれかの車の窓にとびこんだかもしれなかったのだ。われながら度はずれた行為に笑い声をあげながら、三十一階を見あげた。午前十一時半にいったいなにを祝っているのだろう。ラングがじっと耳をすますうちにも、あらたな客の到着でにぎわいはました。なにかの間違いではやくはじめすぎたパーティなのか、それとも夜っぴてつづけられ、いままた二度目の盛況を迎えたのだろうか。高層住宅の内部時間は、なにかしら人工の心理的風土にも似て、アルコールと不眠をエネルギーにして、独自のリズムできざまれる。

なめ上のバルコニーで、ラングの近隣のひとり、シャーロット・メルヴィルが、トレイにのせてきたグラスをテーブルに移していた。ラングは酷使した肝臓を不快に意識しながら、前夜アリスのパーティでカクテルに招待されたのを思いだした。ダストシュート妄執《もうしゅう》をいだく矯正歯科医から、彼を救ってくれたのがシャーロットだった。ラングは酔っていたから、この三十五歳の見目《みめ》よい未亡人とのあいだになにも進展はなく、ただ、小さいが活気のある広告代理店でコピーライターをしていることをききだすにとどまった。その人あたりのよさもだが、部屋の近いこともラングの気持ちをうごかし、彼のなかに欲情とロマンチックな可能性の、妙に混じり合ったものをよび起こした——彼はとしをとるにつれ、いよいよロマンチックになり、その一方でひややかに醒《さ》めてゆく自分に気がつくのだった。

可能性からいって、高層住宅にありあまるほどあるものはセックスだぞ、とラングは日ごろ自分をいましめていた。退屈した細君連が、まるでにぎにぎしい屋上の深夜パーティにでも出かけるいでたちで、午後のひまな時間、プールやレストランにたむろし、あるいは十階のコンコースを手をとりあってぶらついている。ラングは彼女らが、大いに気を惹《ひ》かれた、だが油断のない目つきですれちがうのをながめた。彼はシニカルな態度をよそおってはいるものの、自分が離婚後のいちばん危険な時期にあることを知っていた。シャーロット・メルヴィルでもだれでもいい、いちどたのしい思いをしたが最後、またずるずると結婚生活にはまりこんでしまうだろう。あらゆる人づきあいからのがれたくて、この高層住宅へやってきたのだ。姉の存在と、神経症の母親を思いださせる事どもすら、どうかするとあまりに身近すぎておちつかないのだ。医師の未亡人である母は、徐々にアル中になりつつあった。

だが、シャーロットはそうした懸念《けねん》をあっさりしずめてくれた。彼女はまだ白血病による夫の死と、六歳の息子の養育のことで頭がいっぱいで、夜眠れないことをラングに打ち明けた。不眠症は高層住宅では共通の訴えだった。これまで知り合った住人はみな、ラングが医者ときくと、眠れないことをどこかでもちだした。パーティでは人々は、ビルの設計上の欠陥にふれるのとおなじように、自分たちの不眠を話題にした。明けがた近く、二千人の住人は睡眠薬のしずかな潮《しお》に流されて、ようやく眠りにおちるのだった。

ラングがはじめてシャーロットに会ったのは、三十五階のプールだった。ひとりになりたいのと、十階のプールを使う子どもたちを避けるためもあって、たいてい上で泳ぐのだ。レストランへ食事にさそうと、彼女はふたつ返事で承諾したが、席につくなりはっきりいった。

「あたし、自分のことしかしゃべりたくないの」

それがラングの気に入った。

正午、シャーロットのところへ行くと、すでに先客があった。リチャード・ワイルダーというテレビ・プロデューサーだ。元プロラグビー選手をしていたというだけあって、がっしりしたからだつきの、けんか好きな男で、二階に妻とふたりの男の子と住んでいる。航空会社のパイロットや、共同生活のスチュワーデスなど、おなじ下層階の仲間とひらく騒がしいパーティのために、彼はすでにさまざまな批判の的《まと》になっていた。下層階住人の不規則な生活時間は、彼らを上方の連中からあるていど切りはなしてしまっていた。いつかふと、気をゆるめたおりにラングの姉は小さな声で、このマンションのどこかで売春がおこなわれていると彼におしえた。スチュワーデスたちの多忙な社交生活、とりわけ自分よりも上の階へやってきての怪しげなうごきが、アリスには面白くないらしかった。まるで彼女たちがマンションの自然の社会秩序を乱し、もっぱら階の高低にもとづいている序列をくずすとでもいいたげだった。ラングは自分も他の住人も、下の階からの騒音や不快事より、上の階からのそれにたいしてずっと寛大であるのに気づいていた。しかし、彼はワイルダーには好感を持ち、その大きな声とラグビー・スクラム風の態度が気に入った。彼は異質なものの必要量をマンションにもちこんでいた。彼のシャーロット・メルヴィルとのむすびつきは理解しがたかった——精力をみなぎらせた押しの強さのある一方、おそろしくおちつきのない男なのだ。細君というのは大学院を出て、週刊文芸誌に児童図書の書評を書いている青白い若い女だが、年じゅうくたびれた顔をしているのもむりはなかった。

ラングがバルコニーに立って、シャーロットから酒のグラスをうけとるあいだも、パーティの騒ぎはまるで空そのものに音響装置が仕掛けられているみたいに、あかるい外気からふりそそいできた。シャーロットが、ラングのバルコニーの掃《は》き忘れられたガラスの破片をゆびさした。

「あなたがた、上から攻撃されてるの？　なにかおちる音がしたけど」彼女はワイルダーのほうに大きな声でいった。ワイルダーはソファのまんなかにふんぞり返って、自分の太い脚にじっと見入っている。「三十一階の人たちよ」

「どの連中だね」と、ラングはたずねた。

彼女が特定のグループ、たとえばわがもの顔の映画俳優や税務コンサルタントの一団、あるいは飲酒癖患者《ディプソマニアック》の異常集団のことをいっていると思ったのだ。だが、シャーロットはそれ以上はっきりいう必要はないといいたげに、あいまいに肩をすくめた。彼女の頭のなかでは、あきらかにある種の区分化ができあがっていた——彼自身が人をその居住する階により安易に分類しているのとおなじように。

「ところで、みんないったいなにを祝ってるんだろう」リビングへもどって、彼はきいた。

「知らないのか」ワイルダーは壁と天井を手でしめして、「フルハウスだよ。臨界量達成だ」

「リチャードがいうのは、最後の一室までふさがったということ」シャーロットが説明した。

「そういえば、千戸目が売れたら売り主が無料パーティをひらく約束だったわね」

「ひらくかどうか興味をもって見守りたいね」ワイルダーがいった。いかにもマンション批判をたのしんでいる口ぶりだった。「逃げ上手のアンソニー・ロイヤルが、酒を提供するという話だった。知ってるだろう、あの男」と、これはラングに。「この空中楽園を設計した

「スカッシュ仲間だよ」ラングはこたえてから、ワイルダーの口調にどこか挑むようなところがあるのに気づいてつけくわえた。「週にいちど――あまりよく知らないんだが、感じの悪い男じゃない」

ワイルダーは上体を起こし、両のこぶしの上に重たい首をすえた。ラングは彼が、のべつからだのどこかをいじっているのに気がついた。たえず太いふくらはぎの毛をいじくったり、傷だらけの手の甲のにおいを嗅《か》いだり、まるでたったいま自分のからだを発見したかのようだった。

「あの男と知り合いになれたとは果報《かほう》だ」と、ワイルダー。「どんないきさつでか知りたいものだ。なにしろ人づきあいの悪いやつだろう。おれも不愉快に思いそうなものだが、なぜかふびんを感じるんだ、堕《お》ちた天使かなんぞのようにおれたちの上をふらふらしてるあの男に」

「彼はペントハウスの住人だからね」ラングはいった。

彼はロイヤルとの最近になってからのつきあいのことで、どんなあらそいにも巻きこまれたくなかった。その裕福な建築家は、再開発を設計した共同事業体《コンソーシアム》の元メンバーだが、彼が知り合ったのは、ロイヤルのちょっとした交通事故のあとの、回復期の最後の段階でだった。ラングは建築家が余暇をすごすペントハウスに複雑なエクササイズ・マシンを入れる手だすけをしてやったのである。いまそのペントハウスが、多大な好奇心と注目の焦点なのだった。みんながたえずうわさするとおり、ロイヤルは建物の〈てっぺん〉に、なにかすてきな小屋にでも住むみたいに住んでいた。

「ここへいちばんに入居したのがロイヤルなんだ」と、ワイルダーはおしえた。「どうもあの男には、よくわからんところがある。なにかうしろめたさみたいなものさえあるんじゃないか――まるで人にみつけられるのを待ってるみたいに、あんな上でぶらぶらしてるんだ。とっくに出て行くと思ってたがな。若い金持ちの細君もいるのに、なんだってこんな体《てい》のいいアパートにいるんだろう」ラングに言葉をはさむいとまをあたえず、ワイルダーはつづけた。「おれは知ってるが、シャーロットはこんな生活を手ばなしでよろこんじゃいない。こういう住宅のいけないところは、子ども向きにつくられていないことだ。やっとあいた空間があると思えば、これが他人《ひと》様《さま》の駐車スペースときてる。それはそうとドクター、いま高層住宅のテレビ・ドキュメンタリーってのを企画してるんだ。こういう巨大マンションでの生活のさまざまな肉体的精神的プレッシャーを、思いきりクールにながめてやろうというんだ」

「材料にはこと欠かないだろう」

「多すぎて困るんだ、毎度のことながら。ロイヤルも一枚くわわってくれないだろうか――きみからきいてもらおうかな、ドクター。設計者のひとりで、最初の入居者として、彼の見解はきっと面白い。むろんきみの見解も……」

口から出る煙草《たばこ》の煙を言葉で散らしながらワイルダーがまくしたてるあいだに、ラングはシャーロットに注意を転じた。彼女はじっとワイルダーの顔をみつめ、話の要所要所でうなずいていた。自分と幼い息子を守ろうという彼女の決意、一見してわかる精神の健全さ、良識が、ラングには好ましく思われた。彼自身の結婚生活は、同僚医師で熱帯医学専門家の女性とのみじかいものだったが、たがいになんの必要あってしたことかわからない、救いがたい失敗だった。自分ではその神経過敏で野心家の若い女医に惚《ほ》れたことに判断の狂いはないつもりだったが、彼が教職——それ自体彼女にいわせれば怪しげなもの——をやめず、予防医学の政治面に直接かかわりを持とうとしないことは、のべつけんかの種《たね》になった。結婚わずか半年で、彼女はとつぜん国際飢《き》餓《が》救済機関にはいり、三年の海外旅行に出かけてしまった。だが、ラングはあとを追おうとはしなかった。自分でもいまだになぜかわからないのだが、教職をすて、自分といくらもとしのちがわぬ学生にかこまれた、なるほど怪しげにはちがいない安定を、どうしてもすてる気になれなかったのだ。

シャーロットならそれをわかってくれるような気がした。ラングは頭のなかで、彼女との情事がたどるかもしれぬ経過を思いうかべてみた。高層住宅に並存する近さと遠さ、どんな興味深い人間関係が進展するかしれないその未分化の感情的背景は、それ自体、彼の興味を惹きはじめていた。なぜか彼は、このいまだに想像の域を出ない関係にすら、ついついひっこみ思案で、住人たちがみな自分で思っている以上にたがいにかかわり合っているのを感じるのだった。競争意識と密計のほとんど手にふれて感じられる網目《あみめ》が、彼らをむすびつけているのだ。

察するところ、シャーロットの部屋でのこの一見さりげない顔合わせも、じつは三十五階のプールから子どもを締め出そうとする上層階住人にたいする、彼の態度をテストしようとのもくろみであった。

「契約条件では、だれもがすべての施設を利用できることになってるはずよ」シャーロットが説《と》いた。「だからあたしたち、父母実行委員会をつくることにしたの」

「それならわたしは無縁だ」

「委員会に医師がほしいのよ。だってロバート、小児科的見解はあなたから出ればだんぜん強力でしょう」

「いや、しかし……」

ラングは確答をためらった。気がついたときには、すこぶる告発的なテレビ・ドキュメンタリーの登場人物のひとりにされ、あるいは管理人室の外で座り込みに参加させられているだろう。いまの段階で階《インター》間《・フロア》闘争にひきずりこまれるのはいやで、ラングは早々に席を立って辞去した。彼が帰るとき、シャーロットはもう苦情一覧表をつくりあげていた。ワイルダーとならんで腰かけ、良心的な教師が来学期の学習要綱《ようこう》をととのえるみたいに、管理人に提出する抗議事項をかぞえあげにかかった。

ラングが自分の部屋へ帰ると、もう三十一階のパーティはおわっていた。彼はしずかなバルコニーに立って、四百ヤードはなれたとなりの建物に反射する、みごとな光の模様に見とれた。そちらは完成したばかりで、偶然こちらに最後の住人がはいった日の朝に、最初の入居者がぞくぞく到着していた。家具運搬車が貨物用エレベーターのある口へバックではいって行く。まもなくカーペットにステレオ・スピーカー、化粧台にベッドサイド・ランプがエレベーター・シャフトをのぼって行って、ひとつの私的世界をかたちづくるのだ。

あたらしい住人が、絶壁についためいめいのバルコニーからはじめて外を見はるかしたときの、わきあがるよろこびと興奮を思いながら、ラングはそれをたったいまきいたワイルダーとシャーロット・メルヴィルの会話とひきくらべた。心ならずも彼は、きょうまで拒《こば》みつづけてきたひとつの事実を、いまや認めねばならなかった。すなわち、過去六カ月は、隣人間のたえまないいさかいの日々であり、故障がちのエレベーターと空調、原因不明の停電、騒音、駐車スペースの奪い合い、要するに建築家がこういう高価なマンションにわざわざこしらえたといわんばかりの、無数の小さな欠陥をめぐる埒《らち》もない論争の日々であった。住人のあいだに底流する緊張はことのほか強いのだが、いくらかは建物の上品なムードにより、またいくらかはこの巨大マンションを成功させることの明白な必要性により、抑えられているというところがあった。

ラングは前日の午後、十階のショッピング・コンコースで起きた、些細《ささい》な、だが不愉快な出来事を思いだした。銀行で小切手の換金を待っていたとき、プールの入口ドアの前がなにやら騒々しい。見るとまだ水からあがったばかりの子どもたちが、十七階の原価会計士のいかつい体軀《たいく》の前にあとじさりしていた。この勝負にならぬたたかいの矢面《やおもて》に立っているのが、ヘレン・ワイルダーだった。夫の猛々《たけだけ》しさは彼女から、とうに自信の最後のかけらも奪ってしまっている。おどおどと子どもたちをなだめながら、相手の叱責《しっせき》をがまんしてきき、ときどきなにか弱々しく言い返していた。

銀行のカウンターをはなれたラングは、そちらへ歩いて行った。スーパーマーケットの混み合うレジの前を通り、女たちがドライヤーの下にならんでいるヘアサロンをすぎ、ワイルダー夫人の横に立った。彼女が気づくのを待つあいだに察したところでは、どうやら原価会計士は子どもらがプールで小便をし、それもはじめてではないことをおこっているらしかった。

ラングが仲裁にはいったところでしかし、原価会計士はスウィング・ドアを荒々しくあけてなかに消えた。これだけおどしつけておけば、もう二度と子どもを近づけはしないだろうという態度だった。

「ありがとう、肩を持ってくれて。リチャードがくることになっていたんだけど」彼女はぬれた髪を目から払った。「だんだんでたらめになるみたい。子どもの時間をきめてあるのに、おとながはいってきてしまって」そういってラングの腕につかまり、コンコースの人込みをこわいものでも見るようにすかし見た。「エレベーターまで送ってくれない？　被害妄想といわれるかもしれないけど、あたしたち、いつか危害をくわえられるんじゃないかという気がして……」ぬれたタオルの下で身ぶるいしながら、彼女は子どもたちを先に立ててうながした。「なんだかあの人たち、ほんとにここに住んでる人間じゃないような気さえするの」

その日ラングは、ヘレン・ワイルダーの最後の言葉をついつい考えた。たわごとにきこえるものの、一理ないではない。隣室の矯正歯科医夫妻などは、よくバルコニーに出てきては、ラングがのんびりリクライニングチェアでくつろいでいるのを、まるで咎《とが》めるように眉をひそめる。ラングはふたりの家庭生活、趣味、会話、性行為などを思いえがこうとするのだがだめだった。スティール夫妻はさながら、夫婦役を演じているが一向にそれらしく見えないふたりの秘密情報部員といった感じで、およそ家庭の現実面を想像することがむずかしかった。それにひきかえワイルダーは、現実味はじゅうぶんだが、この高層マンションには場違いな存在だった。

ラングはバルコニーのリクライニングチェアに寝て、むこうのマンションの壁面に夕闇がかかるのをながめた。壁にあたる光のぐあいで、なんだか建物の大きさが変化するように見えた。夕方医学部から帰ってきたときなど、さては高層ビルが昼間のうちに、またまた大きくなったと思うことがよくあった。テレビスタジオから非番の建設作業員がきて無造作にもう一階つけ足したかのように、四十階のビルがコンクリートの脚をのばして、またひときわ高くなったように見えるのだった。一マイル平方の造成地の東縁に建つ五棟のマンションは、一枚の巨大な岩壁をかたちづくり、日がおちたときはすでに、背後の郊外の家並を闇に沈ませてしまっている。

それら高層住宅は、太陽そのものに挑んでいるようにさえ見えた——設計にあたったアンソニー・ロイヤルたち建築家は、毎朝五枚のコンクリートの板と、のぼる朝日のあいだに演じられる対決のドラマまでは予測しなかったことだろう。太陽がまずビルの脚のあいだに顔をのぞかせ、このならび建つ巨人の目を覚ますのを気づかうみたいに地平線に浮きあがってくるさまは、いかにもふさわしいものだった。朝のうちラングは、よく医学部の最上階の自分のオフィスから、ビルの影が駐車場と無人の広場をうつろい進んで、さながら一日を迎え入れる水門のようにひらくのをながめた。なにごとも一概《いちがい》にはきめないラングだが、それらマンモスビルが、空を植民化しようとのくわだてを実現していることだけは躊躇《ちゅうちょ》なく認めた。

その夜、九時すぎに停電があって、九、十、十一階がいっとき真っ暗になった。いまそのときのことをふり返ると、ラングは十五分間の停電中の混乱ぶりにおどろくのだった。十階のコンコースには二百人ほどの人がいて、エレベーターと階段へ殺到して怪我をした者もすくなくなかった。その暗闇のなかで、下のほうの階へおりようとする住人と、しずかな上のほうへのがれようとする住人のあいだで、いくつか他愛もない、だが不愉快な口論がはじまった。停電中、二十基あるエレベーターの二基がとまった。空調が切られ、十階と十一階のあいだでエレベーターにとじこめられたひとりの女は、ちょっとした性犯罪の被害者なのだろう、半狂乱になった。やがて電気がつくと、暗闇という好条件のもとで、なにやら貪婪《どんらん》な植物がはびこるように、よからぬむすびつきが続出したことが明るみに出た。

電気が消えたとき、ラングはトレーニングジムへ行くところだった。コンコースの騒ぎにまきこまれるのがいやで、彼は小学校の無人の教室にはいって待った。小さな学童机にひとりすわり、壁に貼りだされたかわいい図画のおぼろな輪郭にかこまれて、親たちがエレベーター・ホールで押し合いどなり合うのをきいていた。電気がつくと、彼は興奮した住人たちのなかへはいり、けんめいにみんなをなだめてまわった。半狂乱の女をエレベーターからホールのソファへはこぶ仕事を、先頭に立ってやった。彼女は四十階の宝石商の、いかついからだつきをした細君で、ラングの腕にひしとすがりつき、ご亭主があらわれるとやっと手をはなした。

群衆が散って、彼らの指がエレベーターの階数ボタンをわれがちに押しはじめたとき、ラングはふと、停電中べつの教室に子どもがふたり身をひそませているのに気づいた。いま、ふたりはプールの入口に立って、十七階の原価会計士の長身からおどおどあとじさっていた。この、水の番人きどりの男は、長柄《ながえ》の清掃網を奇妙な武器のようにつかんでいた。

ラングは憤然《ふんぜん》とかけよった。だが、子どもたちはプールから追い立てられているのではなかった。ラングが近づくと、ふたりは道をあけた。原価会計士はプールサイドに立って、しずかな水面に清掃網を無器用にさしのべていた。深いほうの端に、停電中ずっとばちゃばちゃやっていた人が三人、いましも水からあがるところだった。なかのひとりがリチャード・ワイルダーであることは、すぐにわかった。ラングは清掃網の柄をつかんだ。子どもたちの見守る前で、彼は原価会計士を手つだって、網を水の上にのばした。

プール中央に浮いているのは、一匹のアフガンハウンドの溺死体であった。

2　パーティ・タイム

犬の溺死事件から数日のあいだに、高層住宅内の興奮状態はしだいにおさまったが、ドクター・ラングにとって、この一種の静穏はかえって無気味だった。あれから十階のプールが閑散《かんさん》としているのは、みんなアフガンハウンドの死体で水が汚染されたと思っているせいもあるのだろう、とラングは察した。しずかな水面には、ほとんどそれと感じとれるほどの瘴《しょう》気《き》がたれこめて、さながら溺れ死んだ犬の霊が、建物内のあらゆる遺恨《いこん》と怨念《おんねん》をよびあつめているみたいだった。

事件から二、三日たった朝、ラングは医学部へ出かける前に十階コンコースをのぞいてみた。晩にアンソニー・ロイヤルと週にいちどのスカッシュをするためコートを予約し、そのあとプールの入口へ向かった。停電時のパニックと、人々の押し合いへし合いが思いだされた。それにひきかえ、いまはショッピングモールはがらんとして、リカーショップでワインを注文している客がひとりいるだけだった。ラングはスウィング・ドアを押しあけて、プールのまわりをぶらついた。更衣ボックスはとざされ、シャワールームにはカーテンがひかれていた。元アスレチック・トレーニング教官だったプール監視人は、飛び込み台の裏のボックスにいなかった。自分の水を汚《けが》されたことが、がまんならなかったのだろう。

ラングは深いほうの端へ行き、またたかない蛍光灯の光の下で、タイル張りのふちにたたずんだ。ときおり、外の気流によるビルのかすかな横揺れが、平坦な水面にさざ波を走らせるのが、なんだかその深いところに眠る巨大な生き物の身じろぎをつげ知らせているみたいに思われた。彼は原価会計士といっしょにアフガンハウンドを水からあげ、その軽さにおどろいたのを思いだした。みごとな毛並みを塩素殺菌した水でぐしょぬれにして、彩色《さいしょく》タイルの上にのびた犬は、大きなオコジョのようだった。飼い主である三十七階のテレビ女優がひきとりにくるのを待つあいだ、ラングは犬を仔細《しさい》に観察した。外傷もなく、拘束された形跡もなかった。飼い主の部屋から迷い出て、通りがかったエレベーターに乗りこみ、停電騒ぎのあいだにショッピング・コンコースにあらわれ、プールにおちて力つきて死んだ、とも考えられなくはない。だが、その説明ではどうも事実にそぐわないのだ。停電はせいぜい十五分ぐらいのことであったし、その大きさの犬なら、二時間や三時間泳ぎつづける力はある。それに、浅いほうに後ろ脚で立っていることもできなくはない。しかし、もしプールになげこまれ、あの暗闇で、腕力のある泳ぎ手に水中にひきこまれていたとしたら……。

自分で自分の疑惑におどろきながら、ラングはもういちどプールを一周した。なぜか彼には、犬の溺死が報復行為を誘うための挑発行為だったという確信があった。マンション内の五十四ほどの犬の存在は、はやくから腹立ちの種《たね》になっていた。ほとんどみな上層十階の住人の飼い犬で、五十人の子どもの大半が下層十階に住んでいるのとまさに対照的だった。他の住人の快適やプライバシーに気をつかう飼い主ではないから、犬たちもいかにも甘やかされた、純血ペットのあつまりという感じだった。夜、駐車場を散歩させてもらうと吠えたて、車と車のあいだの通路をよごした。エレベーターのドアに小便をひっかけたことも、一度や二度ではない。そういえばラングは、ヘレン・ワイルダーが文句をいっているのをきいたことがあった。飼い主たちは、専用のエントランス・ロビーから上層階へあがる五基の高速直通エレベーターを使わず、下層階用エレベーターに乗って、せいぜいペットの便所がわりにしているというのだ。

犬の飼い主と、幼児を持つ親との対抗意識は、ある意味ですでにマンションを分極化していた。上層階と下層階のあいだ、およそ十階から三十階までの中層部は、いわば緩衝《かんしょう》地帯のようなものになっていた。犬が死んだあとのみじかい空白期間中、マンション中層部には一種したりげな平穏があった——中層部住人たちはすでに、建物内に起こりつつあることに気づいているかのように。

ラングがそれに気づいたのは、その晩、医学部から帰ったときだった。ふつう午後六時には、二十階から二十五階までの入居者の駐車場はいっぱいになり、建物から三百ヤードもはなれた来客用駐車場に車をおいてこなくてはならない。設計者は合理性を考えて、高い階の住人ほど（したがってエレベーターに乗る時間が長いほど）、建物に近く駐車できるようスペースを割りあててあった。低い階の住人は、車への行き来に毎日かなりの距離を歩かなければならない――いい気持ちがしないでもない光景だ、とラングは思っていた。どうやら高層マンションは、しごく低劣な本能をひきだすようだった。

ところが、その晩、すでに混み合っている駐車場へきたラングは、人々の寛容ぶりにおどろいた。彼は隣人のドクター・スティールといっしょに着いた。本当なら、ふたりは最後のスペースをねらって走りこみ、おなじ二十五階へべつべつのエレベーターであがって行くところだ。それが今夜は、ばかに心のひろいところを見せて、たがいにゆずり合い、相手が駐車するのを待った。エントランスへもいっしょに歩いて行った。

ロビーにはいると、一団の住人が管理人室の外に立ち、秘書を相手に声高に文句をいっていた。九階の配電システムがまだなおらず、夜になると九階は真っ暗だというのだ。さいわい夏のこととて、おそくなってもあかるいが、九階の五十世帯にとって、不便はひととおりでない。どの家も電化製品ははたらかず、上下の階の住人の協力も、じきに限界に達してしまった。

スティールはそんな彼らをひややかにながめた。まだ三十前なのに、彼の態度はすでに立派に中年のものだった。ラングは彼の、まるでなにかの裂け目を思わせる、頭髪のくっきりした分け目に、つい見とれていた。

「連中は年じゅう文句ばかりいっている」エレベーターに乗りこむと、スティールはラングにいった。「なんかかんかこぼしてばかりだ。新築ビルの機能がおちつくまでには、時間がかかることをわかろうとしないらしい」

「そうはいっても、電気がこないのでは、いらいらするだろう」

スティールはかぶりをふって、「だいたい高級ステレオ・システムやらなにやら不要な機械で、マスターヒューズに負荷をかけすぎなんだよ。母親が安楽椅子を立つのが億劫《おっくう》なものだから電子子守り機を使う、ベビーフードをつくるのに特別のつぶし機《マッシャー》を使う……」

ラングは隣人とのあらたな連帯感をはやくも後悔しつつ、エレベーターが着くのを待ちうけた。なぜかスティールは彼をおちつかなくさせた。三十階以上の部屋を買うのだったと悔《く》やむのも、これがはじめてではなかった。高速エレベーターならどんなにいいだろう。

「ここの子どもたち、けっこう元気そうだ」二十五階でおりると、スティールはいった。

歯科医は彼のひじを思いがけなく強い力でにぎった。磨《みが》きこんだ象牙《ぞうげ》のミニ聖堂みたいな歯列を見せて、笑顔で請け合った。

「うそじゃないよ、ラング。歯を見ればわかる」

スティールの声にこもる咎《とが》めの調子は、裕福な隣人たちのことよりは、まるで質の悪さがおきまりの季節労働者団のことでも話しているようで、ラングは意外な思いをした。彼は九階に、親しくはないが二、三知った人間がいた。シャーロット・メルヴィルの友人の社会学者とか、二十五階の友人と弦楽三重奏団を組んでいる航空管制官などである。この管制官は、なかなか洗練されたたのしい男で、チェロをかかえてエレベーターに乗りこんできたときなど、ラングはよく話をした。だが、距離のへだたりは、どうしても気持ちのへだたりをこしらえる。

この、連帯感のみぞの深さをラングがつくづく思い知らされたのは、アンソニー・ロイヤルと約束したスカッシュをしに行ったときのことだ。エレベーターで四十階へあがり、例によって十分はやく行って屋上へ出てみた。屋上からのすばらしい展望に、ラングは毎度、このコンクリートの景観にたいする自分の相《あい》反する感情を知らされるのだった。その魅力の半分が、これが人間のためでなく、人間不在のためにつくられた環境であるという点にあることは、疑いようがなかった。

ラングは手すりによりかかり、スポーツウェアの下の心地よい身ぶるいをたのしんだ。高層ビルの外壁を吹きのぼってくる強い風にたいし、目に小手《こて》をかざした。ホール群の屋根、曲線で走る道路、直線のカーテンウォールが、面白い幾何学《きかがく》模様を織りなしている——人が使う建築物というよりは、なにか怪しげな交霊会の、無意識なる図型化といったところだ、と彼は思った。

ラングの五十フィート左方で、いましもカクテルパーティがひらかれていた。白布のかかったビュッフェ・テーブルがふたつおかれて、カナッペやグラスのトレイがならび、ポータブル・バーでウェイターが酒をこしらえていた。イヴニングドレスの客が三十人ばかり、三三五々かたまって話している。数分のあいだ、ラングはそちらを気にとめず、ラケットケースでなにげなく手すりをこつこつたたいていたが、ふと、彼らの熱っぽい、興奮した話し声のなにかが、彼をふり向かせた。なかの数人がこちらを見ており、ラングには彼らが自分のことを話しているとわかった。一同はいつのまにかこちらへ近づいて、いちばん近い客は十フィートとはなれていなかった。全員上から三つの階の住人ばかりだった。さらに奇妙なのは、なぜかあらたまりとりすました彼らの服装だった。これまでマンション内のどんなパーティでも普段着しか見たことがないのに、いまここでは、男はディナージャケットにブラックタイ、女は裾長《すそなが》のイヴニングドレスを着ていた。パーティというよりは企画会議みたいに、皆なにかしら目的ある態度だった。

ほとんど腕をのばせばとどきそうなところで、羽振りのいい美術商の、寸分隙《すき》のない姿がラングに迫っていた。ディナージャケットのラペルが、くたびれたふいごのように、ふわふわうごいている。その左右には、株仲買人《なかがいにん》と社交界カメラマンの、ともに中年の細君が立って、ラングの白いスポーツウェアとスニーカーをこばかにしたようにながめていた。

ラングはラケットケースとタオルバッグをつかんだが、階段口への道は周囲の人々によってふさがれていた。カクテルパーティの出席者全員が屋上を移動し、いまはウェイターひとりが、バーとビュッフェ・テーブルのあいだに立っているだけだった。

ラングは手すりにもたれ、はじめて地上までのはるかな距離を意識した。彼はいま、おなじマンションの息荒らげた住人たちに、つい間近にかこまれて、高価な香水とアフターシェーヴ・ローションの入り混じったにおいすら嗅《か》いだ。いったい彼らがどうしようというのかいぶかりながら、しかし、もういまにもなにかばかげた暴力行為がはじまるのではないかと思った。

「ドクター・ラング……。ご婦人がた、先生を解放してやってくれないか」

あわやというところで、しなやかな手つきにしずかな歩きかたの、見覚えのある人影が、声をかけてほっとさせてくれた。停電のときラングが惑乱した細君をちょっと診《み》てやった、あの宝石商だった。彼がラングにあいさつをすると、パーティの客は何事もなかったみたいに、まるでエキストラの一団がつぎのシーンへ移動するようにはなれて行った。

「わたしがきてよかったのかな」宝石商はこんな私有領域にラングがいることをいぶかるみたいに、すかし見る目つきをした。「アンソニー・ロイヤルとスカッシュをしにきたのかね。やっこさん、気がかわったんじゃないかな」そういって、ラングによりは自分にきかせるようにいいそえた。「ほんとなら家内もパーティに出るはずなんだが、なにしろあんなひどい目にあっただろう。まるであいつら、野獣みたいに……」

いささか気持ちを動揺させたまま、ラングはいっしょに階段口へ向かった。高級人士《じんし》ぞろいのカクテルパーティをふり返り、いまにも襲われると思ったのは気のせいだったのだろうかと考えた。しかし、現実に彼らになにができただろう。まさか屋上から放りだしもできまい。

そんなことを考えているとき、薄い色の金髪に白いサファリ・ジャケットを着た、見慣れた人影が目にはいった。屋上北端のペントハウスで、エクササイズ・マシンに片手をのせて立っていた。その足元には、耐寒服を着たようなロイヤルのジャーマン・シェパードが控えていた。文句なしにマンションでいちばんいい犬である。アンソニー・ロイヤルはかくれようともせず、もの思う目つきでじっとラングをみつめていた。例によってその表情は、傲慢《ごうまん》と防御のおちつきのない混淆《こんこう》で、自分も設計にくわわったこの巨大ビルが内蔵する欠陥を知りぬいてはいるが、しかし、シェパードやサファリ・ジャケットといった小道具を使ってでも、どんな批判もねじ伏せてやろうと心にきめている——そんな印象であった。としは五十を出ているのだが、肩まである金髪のせいか異様に若々しく、この高所の涼しい空気が、なぜか通常の老化作用をふせいでいるかのようだった。交通事故の傷跡ののこる、骨ばったひたいを片方にかしげ、自分が準備してたったいま完了したなにかの実験を確認しているように見えた。

宝石商のきびきびした足どりにしたがって下へおりるとき、ラングは片手をあげてあいさつしたが、ロイヤルはこたえなかった。どうして彼は、スカッシュ・ゲームをとりやめたことを電話でいってこなかったのだろう。一瞬、ラングはロイヤルがパーティがひらかれているのを承知で、出席者の反応と行動を見たさに、わざと自分を屋上へあがらせたのだと確信した。

　翌朝、ラングははやくから起きだして張り切った。頭もすっきりして気分爽快《そうかい》なのだが、なぜ医学部を休むことにしたのか自分でもわからなかった。二時間室内を歩きまわって九時きっかり、秘書に電話をして、午後の授業を延期するとつげた。秘書が病気の見舞いをいうと、ラングはそれを打ち消した。

「いや、病気じゃないんだ。急な用事ができたものでね」

　なんの用事だ。自分の行動をいぶかりながら、ラングはせまい室内を歩きまわった。シャーロット・メルヴィルも在宅した。ちゃんと出勤の服装はしているのだが、出かけようとしなかった。彼女は上からラングをコーヒーに招いたが、一時間後にあがって行くと、ぼんやりさしだしたのはシェリーのグラスだった。ラングをよんだのは、子どもを診てもらう口実だったとすぐわかった。少年は自分の部屋で遊んでいたが、シャーロットの話では、気分がすぐれなくて、きょうは十階の小学校へ行かないのだという。困ったことに、一階の民間パイロットの奥さんの妹が、留守番をしてくれなくなって……。

「変なのよ、いつもはふたつ返事なのに。ずっとあの人をたよりにしてきたのに。電話の返事もはっきりしないの、なんだか逃げを打ってるような……」

ラングは同情してききながら、自分が子どもをあずかろうといいだしたほうがいいのかと考えた。だが、シャーロットの声にそれをにおわすものはなかった。ラングは少年と遊んでみて、どこも悪いところはないのを知った。少年はいつもとかわらず元気で、昼から三階の遊び仲間のところへ行ってもいいかと母親にきいた。母親は即座に、いけませんといった。ラングは興味をつのらせて彼女をながめた。自分同様、シャーロットもまたなにかが起こるのを待っているのだ。

長らく待つにはおよばなかった。その日の午後はやく、一連のあらたな挑発行為の最初のものが、対抗する階のあいだで起こり、休止していた敵意と破壊の機械をふたたび始動した。事件そのものは些細《ささい》なことだったが、それがマンション内の生活の表皮をあちこちで食い破って噴きだしつつある、根深い対立を反映していることは、ラングにはすでにわかっていた。事件の要因のなかには、はやくから表面化していたものもすくなくなかった——騒音やビルの施設乱用への苦情、いい位置にある部屋（たえずうなりのひびくエレベーター・ホールや保守用シャフトから遠いところ）への反感などである。上のほうの階に住むといわれるきれいな女たち——この一般に信じられている事柄をラングもせいぜいたしかめてみた——への、一種低級な羨望《せんぼう》さえあった。停電のとき、三十八階に住むファッション・カメラマンの十八歳の妻が、美容院でだれともわからぬ女に痛めつけられていた。おそらくその報復だろう、二階からあがってきたスチュワーデス三人が、宝石商のいかつい細君のひきいる、最上階の主婦の襲撃部隊につかまって、手荒にこづきまわされた。

ラングがシャーロットのバルコニーからながめて待つうちに、それら一連の事件の皮切りがはじまった。酒を手に、きれいな女と立っていると、頭がぼうっとして気持ちよかった。眼下の九階では、いましも子どものパーティがたけなわだった。親たちは子どもの手綱《たづな》を締めるどころか、むしろけしかけて大いに騒がせていた。三十分とたたぬうちに、切れ間なく流れるアルコールに調子づけられ、親たちが子どもにとってかわった。ソフトドリンクが下の駐車場にそそがれ、最前列の高価なリムジンやスポーツ・サルーンのフロントガラスとルーフをぬらすと、シャーロットはあけっぴろげに声を立てて笑った。

この陽気な騒ぎを何百人という住人が、バルコニーに出て見物していた。見物を意識して、親は子をたきつけた。まもなくパーティは手がつけられなくなった。酔っぱらった子どもたちが、あぶなっかしい足どりで歩きまわった。はるか上方の三十七階で、女性弁護士が大声でわめきだした。彼女のスポーツカーが幌《ほろ》をたたんでいたものだから、黒いレザーシートが、溶けたアイスクリームでべったりよごされてしまったのである。

たのしいカーニバルのムードが支配した。すくなくとも高層マンション住人の、型にはまった行動とはちがっているとラングは感じた。彼もシャーロットも、まるで素人《しろうと》即席サーカスを見物するように、われを忘れて笑いと拍手にくわわった。ふだんはウィークエンド以外にパーティがひらかれることはまずないのだが、この水曜日の晩は、だれもがなんらかの騒ぎに参加した。電話が鳴りどおしに鳴り、シャーロットとラングは、六つものべつべつのパーティに招きをうけた。

「髪をなおさなきゃ」シャーロットはうれしそうにラングの腕をとり、いまにも抱きつかんばかりだった。「でも、いったいなんのお祝いかしら」

そうきかれて、ラングもびっくりした。彼はシャーロットを守るように肩を抱いた。

「神のみぞ知る、だね。ゲームやおたのしみと関係ないのはたしかだ」

招待のひとつは、リチャード・ワイルダーからだった。ふたりとも即座にことわった。

「あたしたち、どうしてことわったのかしら」まだ受話器から手をはなさぬうちにシャーロットがきいた。「あの人、あたしたちがことわるのを予期していたみたい」

「ワイルダー家は二階だからね」ラングは説明した。「どうもあのあたりは荒っぽくて……」

「ロバート、それは正当化ってものよ」

しゃべっているシャーロットの背後で、テレビが刑務所の脱獄未遂事件のニュースをやっていた。ボリュームがしぼってあり、看守と警官のしずかな影と、バリケードでふさいだ上下二段の監房が、彼女の足のあいだにちらちら写っていた。そういえばマンションでは、みんなテレビの音を小さくして見る。ラングが自宅へもどる途中、部屋部屋の戸口からおなじ映像が光って見えた。はじめて、人々は自宅のドアを半びらきのまま、たがいの部屋を気軽に出入りしていた。

しかし、この心安さも、めいめいの階以外にはおよばなかった。ほかのところでは、マンションの両極化は急速に進んだ。酒を切らしたのに気づいて、ラングはエレベーターで十階コンコースへおりた。案の定、アルコールは需要急増で、リカーショップの前には人々が長蛇の列をつくっていらいらしていた。カウンターの近くに姉のアリスをみつけたので、いっしょに買ってもらおうとした。彼女は即座にことわったばかりか、たちまち昼間のばか騒ぎを激しく非難しはじめた。あきらかに彼女は、ラングを騒ぎを起こした下層階の住人とむすびつけ、リチャード・ワイルダーなど乱暴者たちと同一視した。

ラングが列について待つあいだに、上層階からの報復遠征隊とおぼしき一団が、プールでひと騒ぎ起こした。最上層三階の住人グループが、肩いからせてやってきた。そのなかには、アフガンハウンドをプールで死なせた女優もいた。女優とその仲間は水中でふざけることからはじめ、プールの規則を破ってゴムいかだでシャンペンをあおり、更衣ボックスを出る人人に水をひっかけた。初老の監視人は、やめさせようと無益なくわだてをしかけてあきらめ、飛び込み台の裏のボックスにひきさがった。

エレベーターはすさまじい押し合いへし合いだった。階数ボタンは狂ってしまい、しびれを切らした人々がドアをたたくので、エレベーター・シャフト全体ががんがん鳴りひびいた。ラングとシャーロットは、二十七階のパーティへ出かける途中、酔った三人組のパイロットに箱を三階までおろされ、いやがらせをうけた。彼らはボトルを手に、十階へあがろうとして三十分待たされていたのだった。パイロットのひとりは、シャーロットの腰になれなれしく手をまわし、もうすこしで小学校の横の小さな映写室へひきずりこむところだった。その映写室は、当初は児童映画を見せるのに使っていたが、いまはブルーフィルムの秘密上映をやっていた。そのなかには、〈現地採用〉の演技者を使い、マンション内で製作されたとおぼしい一本もふくまれていた。

二十七階のパーティは、おなじ医学部に勤める、女のようになよなよした、だが感じのいい精神科医エイドリアン・タルボットがひらいたもので、そこでラングはその日はじめて、気持ちのくつろぎを覚えた。客がみな近隣の人ばかりであることはすぐにわかった。覚えのある顔と声ばかりだから安心できた。タルボットにもいったことだが、ある意味で彼らはひとつの村をかたちづくっていた。

「派《クラン》といったほうがいいんじゃないかな」タルボットが考えをいった。「このマンションの住人は、一見したときのような均一人種ではよもやないね。もうすぐみんな自分の領土外の者とは、だれとも口をきかなくなるだろう」といって、そのあとつけくわえた。「昼間わたしの車は、上からおちてきたびんでフロントガラスを割られたよ。きみたちの場所にとめさせてもらっていいだろうか」

医師免許を持つタルボットは、建物にいちばん近い列に駐車できるのだった。ラングは近すぎる危険を予期してか、その特権をいちども行使したことはなかった。精神科医のたのみは、隣人たちに即座にうけいれられた。連帯へのこの要望は、彼の派《クラン》のだれにも拒《こば》めなかった。

パーティはラングがこれまで出席したなかでいちばんよかった。マンションのパーティといえば、育ちのいい客が専門的なおしゃべりをかわしてはひきあげて行くのがおきまりだが、そのパーティにはまぎれもない解放感があり、本物の興奮のムードがあった。半時間とたたず、女のほぼ全員が酔っぱらった――かねてラングがパーティの成功度をはかるのに使っている尺度である。

そういってタルボットをほめてやると、精神科医はふくみのある返事をした。

「脈搏《みゃくはく》があがっているのはたしかだが、はたして陽気や連帯感と関係があるかね。むしろその逆じゃあるまいか」

「心配しないのか」

「思ったほどしないんだな、どういうわけか。しかし、みんなそうだぞ」

このたのしげに口にされた言葉は、ラングを警戒させた。まわりのうわずった話し声をきくうちに、彼は反感のあけっぴろげな表現と、マンションの他階層に住む人々に向けられる敵意におどろいた。とげを含んだユーモアにも、また下層階住人の無能と上層階住人の傲慢にかんするどんなゴシップ、どんなほら話も信じこむその熱意にも、まさに人種偏見なみの激しさがあった。

だが、タルボットの指摘どおり、ラングもまた自分が、そうしたことをまるで懸念《けねん》していないのに気づいた。それどころか、ゴシップ交換にくわわったり、日ごろ慎《つつま》しいシャーロット・メルヴィルが、酒を二、三杯どころか五、六杯すごすのをながめたりすることに、一種低級なたのしみすら覚えた。すくなくともそれは、たがいの心をかよわすひとつの手だてではあった。

しかし、パーティのあと、二十七階のホールのエレベーター前で、小さな、だがいやな事件があった。十時すぎだというのに、マンション全体がざわついていた。人々はたがいの部屋をせわしなく出入りし、寝るのをいやがる子どものように、階段の下へ大声でわめいていた。ひっきりなしにボタンを押されて狂ったエレベーターはとまってしまい、いらだった乗客の群れがホールを埋めた。つぎの行き先は二十六階の辞書編集者のパーティで、ついひとつ下の階なのだが、タルボットのパーティを出た客のだれひとり、階段をおりるつもりはなかった。シャーロットまでが赤い顔をして、ラングの腕につかまり上機嫌でふらつき歩き、荒々しい人波にもぐりこんでホールを渡り、エレベーター・ドアをたくましいこぶしでどんどんたたいた。

ようやく一台到着してドアがひらくと、乗っていたのはただひとり、細い肩をした神経症気味の若い女だった。五階に母親と住むマッサージ師である。ラングはマンション内に大勢いる〈放浪者〉のひとりだとすぐにわかった。家にしばられた主婦や、外へ出ない娘など、退屈した女たちで、一日の大半をエレベーターに乗ったり、マンモスビルの長い廊下をぶらついたり、変化とスリルをもとめてたえずうごきまわっているのだ。

酔った集団が自分のほうへよろめき近づくのを見て、はっともの思いから覚めた若い女は、でたらめにボタンをひとつ押した。ふらつき揺れる群衆から、野次《やじ》の声があがった。たちまち彼女はエレベーターからひきずりだされ、ふざけ半分のつるしあげをくった。興奮した統計学者の細君が、この不運な娘に声ひきつらせてわめきたて、最前列の尋問者のあいだからいかつい腕をのばして、彼女の頬《ほお》をひっぱたいた。

ラングはシャーロットの手をふりほどいて前へ出た。群衆のムードは不愉快ではあったが、まともに相手にするわけにはいかなかった。隣人たちはいまや、ぶっつけでリンチ・シーンを演じているエキストラの群衆を思わせた。

「さあ——階段まで送ろう」

女の細い肩に手をかけて、階段口のほうへ連れて行こうとしたが、いっせいに不満の叫びが起こった。客のなかの女たちは、自分の亭主を押しのけて、娘の腕や胸にパンチをふるいはじめた。

ラングはあきらめて、わきにどいた。彼の見守る前で、ショック状態の娘は待ちうける刑執行人の列へころげこみ、ひとしきり拳固《げんこ》の雨を浴びたのち、やっと許されて階段口へ消えた。彼の騎士道精神や良識など、この中年の、復讐の天使の群れの前には、まるで無力だった。ふと、彼は不安を覚えて、自分にいいきかせた。気をつけろよ、ラング、さもないと株屋の女房かだれかに、アヴォカドの種《たね》でも抜くようにあっさりタマを抜かれてしまうぞ。

夜は騒がしくすぎた。廊下に人のうごきはとぎれず、叫び声、ガラスの割れる音がエレベーター・シャフトをつたってひびき、暗い空には音楽ががんがん鳴り渡った。

3　住人の死

雲ひとつない空が、つめたい液槽《えきそう》をおおう空気のように重苦しく、再開発地のコンクリートの壁と、土手の上方にひろがっていた。混乱の一夜がすぎて、明け方、ラングは自分のバルコニーに出て、眼下のしずまり返った駐車場を見おろした。南に二分の一マイル、川は都心からつねとかわらぬ水路でつづいていたが、ラングは周囲の景色が、どこかでがらりと変化しないものかと思いながら、仔細《しさい》にながめ渡した。バスローブにくるまって、彼は打ち身のできた両肩をマッサージした。そのときは気づかなかったが、パーティのあいだにかなりの暴力行為があったのだ。ひりひりする皮膚にさわり、筋肉をついてみた——あたかももうひとりの自分、すなわち六カ月前にこの高級マンションのしずかな一室を買った生理学者をさがそうとするかのように。もうなにもかも手に負えなくなりだしていた。ゆうべは切れ目のない騒音に邪魔されて、一時間ぐらいしか眠っていない。いま、マンションはしずかだが、ビル内の百箇所以上でひらかれていたパーティの最後のひとつがおわったのは、つい五分前のことなのだ。

眼下はるか、駐車場の最前列の車は、割れた卵、ワイン、溶けたアイスクリームでべっとりよごれていた。びんをおとされて割れたフロントガラスも、十枚ではきかない。この早朝だというのに、ラングの階の住人がすくなくとも二十人、バルコニーに出て、ビルの根方《ねかた》に積もった塵芥《じんかい》を見おろしていた。

おちつかぬままラングは朝食の用意にかかり、わかしたコーヒーのほとんどぜんぶをカップについでから、口にはこんだ。きょうは午前中に生理学科で実験指導があることを、むりやり自分に思いださせた。すでに彼の注意は、ひたすらマンション内の出来事にそそがれ、まるでこの巨大ビルが自分の頭のなかにだけ存在し、自分が考えるのをやめたら消失してしまうかのようだった。キッチンの鏡にじっと見入り、ワインでよごれた手と、びっくりするほど血色のいい、ひげののびた顔をみつめながら、彼は気持ちを切りかえようとした。おい、ラング、と自分にいってきかせた。いいかげんに頭のなかの世界から抜け出なきゃだめだぞ。中年女の一団が若い女マッサージ師を袋だたきにするいやな光景は、彼の周囲の一切すべてを、現実のまたべつの次元にむすびつけるのだった。彼自身の行為——すばやくわきへどいたこと——は、彼が気づいた以上に、事態の進みぐあいを要約していた。

八時にラングは医学部へ出かけた。エレベーター内は、ガラスの破片とビールの空《あ》き罐《かん》で足の踏み場もなかった。制御盤の一部がこわされているのは、あきらかに下層階住人に利用させまいとするくわだてだった。駐車場を歩きながら高層マンションをふり返ったラングは、そこに自分の精神の一部をのこして行くような気がした。医学部に着くと、がらんとした廊下を進んだが、オフィスや階段教室のアイデンティティを再確認するのがひと苦労だった。解剖《かいぼう》学科へ行って解剖室にはいると、ガラス板のテーブルの列にそって、半分まで解剖の進んだ遺体を見ながら歩いた。班を組んだ学生による、四肢《しし》、胸部、頭部、腹部の小刻みな切断は、学期末までにどの遺体もひとつかみの骨片《こっぺん》と一枚の埋葬票にしてしまい、それはまさにマンションの世界の腐蝕《ふしょく》をあらわしていた。

昼間、学生の監督をし、食堂で同僚と昼食をとる間も、ラングはたえずマンションのことを考えた。あの巨大なパンドラの箱についた一千の蓋《ふた》は、いま、内側へ向かって、ひとつまたひとつとひらいているのだ。考えてみれば、マンション住民の主体層、すなわち、そこでの生活に最もよく適応しおえた住人は、下層階のがさつなパイロットや映画屋でもなければ、上のほうに住む裕福な税理士の、意地悪でけんか好きな細君連ではない。一見この連中の挑発であれだけの緊張と敵意がうみだされているようだが、真犯人はじつはおとなしく慎《つつま》しい住人、たとえば歯科医のスティール夫妻などなのだ。マンションビルはあたらしいタイプの人間をつくりだしつつあった。クールで、無感動で、高層住宅暮らしのさまざまな心理的圧迫にも動じず、必要最小限のプライバシーがあればよく、中立の空気のなかでなにやら高級な新型機械のように悠然《ゆうぜん》とやっているのだ。こういう住人は、べつになにをするでもなく、ただ高価な部屋にすわって、テレビを音を小さくしてながめ、隣人がなにか間違いをしでかすのを待っているのだ。

もしかして最近の一連の出来事は、このはっきりしてきた成り行きにたいする、ワイルダーやパイロットたちの最後の反抗なのだろうか。ざんねんながら、彼らに成功の見込みはまずない。なぜなら、彼らの相手は、高層マンションの生活に満足している人々だからである。非情な鋼鉄とコンクリートの景色にかくべつ異存なく、政府機関やデータ処理組織によるプライバシー侵害にも心騒がず、いや、むしろそうした無形の侵入者を歓迎して、自分の都合に合わせて利用しているのだ。彼らは二十世紀後半のあたらしい生きかたを、真っ先に身につけた人々であった。彼らは知人をめまぐるしくとりかえることと、他人に関与せぬこと、そして生活の完全な自足とによって生きていた。なにも必要としない生活だから、幻滅することもない。

あるいは、彼らに真《しん》に必要なものは、あとであらわれてくるのかもしれない。高層住宅での生活が、つまらなく、無感動になればなるほど、そのもたらす可能性はいっそう大きなものになる。住人たちをささえる社会構造を維持する仕事は、高層住宅がまさにその機能性によってひきうけてしまう。それによってはじめて、あらゆる反社会的行為を抑える必要はとり払われ、人々はどんな異常な、どんな気まぐれな衝動にしたがうも自由になる。彼らの生活の最も重要で興味深い側面があらわれるのは、まさにこの領域においてであった。高層住宅という殻《から》のなかに、自動操縦で飛ぶ旅客機の乗客のように安全におさまって、彼らはいかようにふるまうも自由、どんな暗い隅をさぐるも自由になる。多くの点で高層住宅は、テクノロジーが真に〈自由〉な精神病理学の表現をどこまで可能にするかという見本であった。

長い午後のあいだラングは、医学部がひけて帰宅できるまでオフィスで寝て待った。ようやく医学部を出た彼は、工事中のテレビスタジオの前を車をとばして行き、そのあと建設現場にはいるセメントミキサー車の列に五分間とめられた。アンソニー・ロイヤルが、バックしてくる地ならし機《グレーダー》に車をつぶされて怪我をしたのがここだった。ロイヤルが再開発地の交通事故第一号になっただけでなく、事故現場の設計にくわわっていたということが、しばしばラングには皮肉に、またある意味でロイヤルのぬえ的性格に似つかわしく思われるのだった。

　足どめをくって、ラングは運転席でいらいらした。なんとはなし、自分の留守中に重大なことが起こっているという確信があった。はたして、六時にマンションに帰ると、またいくつかあたらしい事件がもちあがっていることがわかった。着がえをすませ、シャーロット・メルヴィルのところへ行って一杯やった。彼女は子どもが心配で、会社を午前中で早退していた。

「ここにひとりにさせておきたくなくて――もうベビーシッターなんて、たよりにならないし」ふたつのグラスにウィスキーをついだが、ディキャンターを扱う手つきがおどおどして、なんだかいまにもバルコニーの手すりの外へなげだしてしまうのではないかと思われた。

「ロバート、いったいどうなってるのかしら。なにもかも危険状態にあるみたいで――あたし、ひとりでエレベーターに乗るのがこわいの」

「それほどの大事《おおごと》じゃないよ、シャーロット」ラングはそうこたえる自分の声をきいた。

「なにも心配することはない」

本当に自分でも、ここの生活が平穏しごくだと思っているだろうか。ラングは自分の声をききながら、なかなか説得力があるのに気づいた。留守中の騒動と挑発行為は、たった半日にしては多かった。下層階の子どもたちが、屋上の遊具庭園を追われるということが二度つづいた。この囲いで仕切られた一画は、ブランコ、メリーゴーランド、遊戯彫刻をそなえ、入居者の子どもをよろこばせようと、アンソニー・ロイヤルにより特に考慮されたものだった。もうその人口ゲートには南京錠《なんきんじょう》がかけられ、屋上に近づく子どもはみな追い返された。その一方で、最上階の主婦数人が、エレベーター内でいやがらせをうけたといいたてた。そのほか、朝出勤しようとして、車のタイヤが切り裂かれているのを発見した住人もいた。十階の小学校の教室に押し入って、生徒のかいたポスターをひっぱがした乱暴者もいた。いちばん下の五つの階のホールが、どうしたことか犬の糞でよごされた。住人たちはすぐさまそれを急行エレベーターに放りこんで、最上階へ送り返した。

これにはラングがふきだすと、シャーロットは彼の目を覚まそうとするかのように、指で彼の腕をたたいた。

「ロバートったら。まじめに考えてちょうだい」

「考えてるさ」

「まるでトランス状態じゃないの」

ラングはふと、この聡朗で人あたりのいい女が、話が通じなくなりかけているのに気づき、じっと顔をみつめた。背中に片手をまわしてやると、自分からも抱きついてきたが、その激しさは意外ではなかった。小さな息子がキッチンのドアをあけようとしているのにかまわず、彼女はそのドアにもたれてラングをひしと抱きよせ、やっと自分の力のおよぶものがみつかったとみずからにいいきかせるかのように、彼の両腕をもみさすった。

子どもが寝つくのを待つあいだ、彼女の手はいちどもラングからはなれなかった。だが、ふたりでベッドに腰かける前から、ラングはマンションの逆説的論理のさながら具体例として、自分たちの関係はこの最初の性行為をもって、はじまるよりはむしろおわるのだと思った。現実的意味合いで、これはふたりをむすびつけるよりは、きっとひきはなすだろう。おなじ逆説にしたがい、ふたりで小さなベッドに倒れこんだとき、ラングが彼女によせたいたわりと気づかいは、周囲の世界の現実とむすびついていない感情だけに、やさしいというより、むしろつめたい印象だった。ふたりがかわし合う、たがいにたいする真の情愛のしるしとなるべきはずのものは、肉欲と倒錯という、はるかにふたしかな材料でできていた。

彼女が宵《よい》の薄明りのなかで寝入ると、ラングはそっと部屋を出て、あたらしい友人たちをさがしに行った。

外の廊下やエレベーター・ホールには、人々が寄りかたまって立っていた。自分の部屋へいそぐわけでもないので、ラングはこちらのグループからあちらのグループへと移動しながら、かわされているおしゃべりに耳をすました。この非公式の寄り合いが、まもなく公式といっていい重味を持つにいたり、住人がそれぞれの問題や偏見を披瀝《ひれき》できる論壇になるのだった。ラングは彼らの苦情の大半が、いまや建物よりも他の入居者に向けられているのに気がついた。エレベーターの故障は、設計者や、建物に組みこまれた欠陥設備のせいではなく、もっぱら上のほうと下のほうの階の連中のせいにされた。

ラングがスティール家と共同で使っているダストシュートが、また詰まった。ビル管理人に電話をしても、管理人はありとあらゆる苦情と要求攻めにあって、精根尽きはてていた。スタッフのうち何人かはすでに辞《や》め、残存部隊のエネルギーは、エレベーターをうごかすことと、九階に送電を再開することについやされていた。

ラングは自分でシュートをなおそうと、ありったけの工具を持って廊下へ出た。スティールもすぐに、何枚も刃のついたなにやら複雑な切断機を持って手つだいにきた。キッチンのごみのかたまりの下に詰まっていた錦織《にしきおり》のカーテンのかたまりを、ふたりで苦労してひっぱりだすあいだに、スティールは塵芥処理システムに詰めこみすぎる上下の階の住人について、ラングに愛想よく話してきかせた。

「途方もないごみをつくりだすやつがいるんだ。まさかこんなところでみつけようとは思わぬようなものをね」と、彼はおしえた。「警察の風俗取締班が興味を持ちそうな代物《しろもの》もある。あの三十三階の美容師、それから二十二階にふたりで住んでいるレントゲン技師とやら。当節のこととはいいながら、奇妙な女たちだよ」

ラングもあるていど同感だった。いかにつまらぬ苦情にきこえようと、五十歳のヘアサロン経営者が、三十三階の自宅をひっきりなしに模様がえしているのも事実なら、ダストシュートに古い敷物やら、こわれてもいない小物の家具まで放りこむのも事実だった。

生ごみのかたまりがずるっと下へすべりおち、スティールはうしろへさがった。彼はラングの腕をとり、廊下の床にころがったビールの空き罐をよけて歩きだした。

「とはいえ、われわれも同罪であることはたしかだ――下のほうの連中は、ごみを小さな袋に入れて部屋の前にだしているって話だ。さて、うちへきて一杯やって行かないか。家内も会いたがってる」

先日のけんかの記憶はあるが、承諾するのに抵抗はなかった。思ったとおり、より大きな対決の空気のなかでは、夫妻とのどんなしこりもすぐに忘れられてしまった。ミセス・スティールは頭をきれいにセットして、新米《しんまい》の娼家《しょうか》の女主人がはじめての客を迎えたときのような愛想笑いをふりまきながら、彼のそばをはなれなかった。防音性の悪い壁ごしにきこえる、ラングの音楽の趣味をほめまでした。故障ばかりしているビル内の保守設備、エレベーターや十階プールの更衣ボックスの荒らされようを興奮気味に話すのを、ラングはじっとききいった。彼女の口ぶりだと、マンションはまるでなにか巨大な生き物が自分たちを睥睨《へいげい》して立ち、起こる出来事にこわい目をそそいでいるかのようだった。この感じはわからないではなかった。長いシャフトを上下するエレベーターは、心室内のピストンを思わせる。廊下を通る居住者は動脈網中の血球、部屋部屋の明りは脳のニューロンだ。

ラングは闇のむこうにあかあかと灯《ひ》のともる、となりのマンションの階層をながめやり、そばの椅子にかけた先客には、ほとんど意識が向かなかった。先客は、テレビのニュースキャスターのポール・クロスランド、エリナ・パウエルという女流映画評論家で、ラングはこの大酒飲みの赤毛には、建物の外へ出ようとして、エレベーターであがったりおりたりしている酔態《すいたい》ぶりをよく見かけていた。

クロスランドは、一派《クラン》の名目上のリーダーになっていた。二十五、六、七階の、隣接する三十世帯ほどのあつまりで、翌日十階のスーパーマーケットにうちそろって買い物に出かける計画があった。無法都市へおもむく村人の一団というところだ。

ソファの彼のかたわらで、エリナ・パウエルがクロスランドをとろんとした目でみつめていたが、ニュースキャスターのほうはお手のものの華麗な話法で、すまいの安全にかんする自分の考えをかいつまんで説明していた。ときおり彼女が片手を前に出すのは、クロスランドの肉づきのいい頬《ほお》の色調をかえたり、声のボリュームをおとしたりして、彼の映像を調節しようとしているのかもしれなかった。

「きみのところは、エレベーター・ホールのすぐ横じゃなかったかね」ラングは彼女にきいた。「バリケードをきずく必要があるだろう」

「あら、どうして。あたしは戸口をいっぱいにあけてあるわ」ラングが怪訝《けげん》な顔をすると、彼女はいった。「だって、それもたのしみのうちじゃないの」

「するときみは、みんなこの騒ぎをひそかにたのしんでると思うのか」

「あなた、思わないの？　あたしは思うわ。寄りあつまれば、からっぽのエレベーターをどんどんたたいたりして。三つのとし以来はじめて、あたしたちはまるで意味のないことをやってるというわけ。考えてみれば、これはじつは興味深いことだわ」

彼女がもたれかかってきて、肩に頭をあてると、ラングはいった。

「どうも冷房が調子よくないようだ……バルコニーに出たら涼しい風があるだろう」

ラングの腕をとらえたまま、彼女はバッグをつかんだ。

「いいわ。立たせて。内気な好き者って、先生のことね」

ふたりがフランス窓まで行ったとき、どこかずっと上のバルコニーで、ガラスの割れる大きな音がした。破片が無数のナイフのようにきらめいて、夜空に降りおちた。ついで、なにか大きな無格好な物体が、バルコニーのつい二十フィート先を落下して行った。びっくりしてとびのいたエリナが、ラングにぶつかった。ふたりがからだを立てなおしたとき、車が衝突したような、激しい金属的な衝撃音が地上からひびいた。みじかいが水を打ったような静寂がつづいた。マンションが久しぶりに知る真の静寂であるのにラングは気づいた。

だれもがバルコニーに出てきた。クロスランドとスティールは、たがいに相手がとびおるのを押しとどめようとするみたいに、腕をつかみ合った。手すりにそって押されるうち、ふと、十五フィート横のだれもいない自分のバルコニーが、ラングの目にはいった。恐怖にかられたばかげた一瞬、犠牲者は自分ではなかったのだろうかと思った。どこのバルコニーにも人が出てきて、グラス片手に手すりから首をつきだし、下方の暗がりを見すかしていた。目の下はるか、最前列の車のつぶれたルーフのまんなかに、正装の男の死体がよこたわっていた。エリナ・パウエルは顔を苦痛そのものにして、手すりをよろめきはなれると、クロスランドの横をけんめいに通り抜けた。ラングはショックと、同時に興奮を感じながら、手すりの金属棒をにぎりしめた。高層マンションの巨壁の、もうほとんどすべてのバルコニーがふさがり、人々は巨大な野外オペラハウスのボックスからのように、下を見おろしていた。つぶれた車にも、そのルーフにはまりこんだ死体にも、だれも近づく者はなかった。はり裂けたタキシードと小さなエナメルシューズを見たラングは、死んだ男が四十階の宝石商に相違ないと思った。部厚い眼鏡が車の前輪近くの地上におちて、割れていないレンズがマンションのまばゆい照明を映していた。

4　上へ！

宝石商の死から一週間のあいだに、事件はさらに不穏な方向へ急速にうごいた。ドクター・ラングの二十四階下に住み、そのため建物内にうまれるさまざまなプレッシャーに、比較にならぬほどさらされるリチャード・ワイルダーは、起こりつつある変化の度合いに最初に気づいたひとりだった。

ワイルダーは刑務所暴動を扱った新作ドキュメンタリー番組を手がけており、三日間ロケに行っていた。たまたま地方の大きな刑務所で囚人の暴動があって、新聞やテレビでも大々的に報じられ、まことにタイムリーなフィルムを挿入することができた。彼は午後のはやい時間に帰ってきた。ホテルからは毎晩ヘレンに電話をかけて、マンションの状況を仔細《しさい》にたずねたが、彼女は特にこれといった愚痴《ぐち》もこぼさなかった。しかし、妻のはっきりしない口調が、彼に懸念《けねん》をいだかせた。

車を駐《と》めたワイルダーは、ドアを蹴りあげて、ハンドルの下から重い図体《ずうたい》をもちあげた。駐車場外縁部の自分の場所から、マンモスビルの顔をじっくりながめた。一見すべてはおちついているように見えた。数百台の車は整然とならんでいる。バルコニーの段々が、澄んだ陽光のなかをのびあがり、手すりの奥には鉢植えが茂っている。一瞬、ワイルダーは軽い失望を感じた。日ごろ直接行動の信奉者である彼にとって、前の週の小ぜりあいはたのしくて、生意気な連中、ことにヘレンとふたりの息子の生活を窮屈なものにしてくれた最上階のやつらを、痛めつけてやれたのはうれしかった。

ひとつだけ不協和音といえるのは、四十階の割れた見晴らし窓だった。不運な宝石商がとびだした窓である。四十階はその両端にペントハウスが二戸あって、北の隅はアンソニー・ロイヤルの、南の隅が宝石商夫妻の家だった。割れたガラスはまだとりかえてなくて、放射状のひびはワイルダーになにやら謎の記号めいたもの、戦時の軍用機の胴に敵を屠《ほふ》るとつけた転写マークのようなものを連想させた。

ワイルダーは車からスーツケースと、ヘレンと子どもたちへの土産《みやげ》がはいっている雑嚢《ざつのう》をおろした。リアシートには、高層住宅ドキュメンタリーのパイロット版を数百フィート撮《と》るつもりで、軽量のシネカメラがおいてあった。宝石商の不審死は、高層住宅の人間生活にかんし重要なドキュメンタリーがつくられていいという、彼のかねての信念を裏づけるものだった。宝石商の死が、まずは起点になるだろう。死んだ男とおなじ建物に住んでいたというのは、ねがってもない幸運だった——個人の伝記にも似たインパクトを持つ作品になるだろう。警察の調べがすめば、事件は裁判所へ移り、彼が〝みずから陰謀と破壊の種《たね》をまいて育てる宙吊り宮殿〟とよぶ、この高価なアパートの上には、かんばしからぬ巨大な疑問符がはりついてうごかなくなるだろう。

たくましい腕に荷物をかかえて、ワイルダーはマンションビルまでの長い道を歩きだした。彼のところは正面玄関のちょうど上だ。彼はヘレンがバルコニーにあらわれて手まねきするのを待った——車を駐車場のいちばん遠い端にとめねばならぬことへの、かずすくない埋め合わせのひとつである。だが、窓のブラインドは、一箇所をのぞいてまだおりたきりだった。ワイルダーは足を速めて、前のほうの車の列に近づいた。そのとたん、正常性の幻影は消えはじめた。最前部三列の車は生ごみをかぶり、美しかったボディは、汁がとび散りついたいおちてよごれ放題だった。建物のまわりの小道は、空《あ》きびん、空き罐《かん》、ガラスの破片だらけで、バルコニーからたえずすてているのか、そこここに山盛りになっていた。

メイン・エントランスをはいると、エレベーターが二基故障していた。ロビーはがらんとして人影がなく、マンション全体からひと気が絶えたかのようだった。管理人室はしまっていて、ガラス扉のそばのタイル床には、郵便物が仕分けされないままおいてあった。エレベーターと向かい合わせの壁には、半分消えかかったメッセージの書きなぐりがあった。やがてある日、ビル内の露出した平面をことごとく埋めつくすスローガンと私的通信の、これがはしりだった。この落書きは居住者の知性と教育程度を、まずまず的確にあらわしていた。そのウィットとイマジネーションがありながら、壁に噴きつけられたこれらの遊戯詩や回文、上品なポルノは、じきに色とりどりの判じがたいごった混ぜになり、マンション住人がいちばん蔑《さげす》んでみせる、あのコインランドリーや旅行代理店などの安っぽい壁紙模様に似てなくもなかった。

エレベーターを待つうちに、だんだん気がむしゃくしゃしてきた。いらいらとボタンをかたっぱしから押すのだが、どれひとつ彼の要求にこたえる気配はなかった。みな二十階と三十階のあいだにとどまったきりで、そのあいだでみじかい昇降をつづけていた。ワイルダーは荷物を持って階段へ行った。二階へあがると廊下は真っ暗で、自宅入口をふさぐようにおいてある生ごみのビニール袋につまずいた。

なかにはいってまず感じたのは、ヘレンが留守で、ふたりの子どもも連れて行ったらしいということだった。リビングのブラインドはおりていて、空調は切られていた。子どもの脱ぎすてた服と玩具《がんぐ》が、床に散らばっている。

ワイルダーは子どもたちの寝室のドアをあけた。ふたりならんで寝て、よどんだ空気のなかで安らかな寝息をたてていた。ふたつのベッドのあいだに、前の日の食事ののこりが、トレイにのせておいてある。

ワイルダーは居間を通って自分たちの寝室へ行った。一枚だけブラインドがあげられ、昼の光が白い壁に、まっすぐな帯になって走っていた。それはワイルダーに、二日前撮影した刑務所の精神病監房の一室を思いださせ、気味が悪かった。ヘレンはきちんとととのえたべッドに服のまま寝ていた。眠っているのかと思ったが、彼が重い足音を殺しながら室内を歩くと、目が無表情に彼のうごきを追った。

「リチャード……いいのよ」彼女がしずかに口をひらいた。「ずっと起きてたの——きのうあなたの電話があってからずっと。ロケはどうでした」

起きあがろうとするのを、ワイルダーが頭を枕におさえつけた。

「子どもたち——いったいどうしたというんだ」

「べつに」彼女は夫の手にちょっとふれて、安心させる微笑を送った。「眠いというから寝かせただけ。あの子たち、なにもすることがないのよ。夜はうるさくて眠れないし。いやだわ、こんなひどいところになってしまって」

「そんなことより、どうして子どもたちは学校へ行かないんだ」

「休校なの——あなたが出かけた日から」

「どうしたことだ」妻のたよりなさにいらだって、ワイルダーは両手をもみ合わせはじめた。「ヘレン、まさかここに一日寝てもいられないぞ。屋上の庭園はどうなってる。プールはどうだ」

「もうそんなものは、あたしの頭のなかにしかないみたいな気がするの。もうとても……」

彼女はワイルダーの足のあいだの床においてあるシネカメラをゆびさした。「どうするの、そんなもの」

「すこし撮ってみようかと思ってね――高層住宅ドキュメンタリー用に」

「べつの刑務所ものってわけね」ヘレンはワイルダーに笑いかけたが、おかしみはこもっていなかった。「どこから撮りはじめたらいいかおしえましょうか」

ワイルダーは両手で妻の顔をはさんだ。ほっそりした骨をさぐり、まだこの細い骨組みがちゃんとあるかどうかたしかめるような手つきをした。なんとか気持ちを引き立ててやらなくては。七年前、彼女が民間テレビ会社に勤めているとき知り合ったころ、彼女は頭の回転がよく、自信にあふれたアシスタント・プロデューサーで、口の達者なことではワイルダーはかなわなかった。ベッドですごす以外の時間は、ふたりはいい合いですごした。だが、子どもがふたり生まれ、高層住宅に一年暮らしたいま、彼女は子どもの日常事に異様なまでにかまけ、だんだん自分の内にひっこみがちになっていた。児童書の書評さえも、そんな逃避のあらわれだった。

ワイルダーは妻の好きな甘いリキュールを、グラスについで持ってきてやった。どうすればいちばんいいかと、胸の筋肉をもみさすりながら思案した。当初こそワイルダーの気に入ったものの、いまではなによりも気になるのは、彼がマンションの独身女性と浮気しても、もはや妻が意に介さないことだった。もうヘレンは夫が彼女らのだれかと話しているのをみつけても、夫のセックスがどこへ脱線して行くか見とどけるほどの関心もないのか、子どもの手をひいて平気で近づいてくるのだった。これらの若い女のなかには、彼が停電のときプールに沈めてやったアフガンハウンドの飼い主であるテレビ女優や、ひとつ上の階のスクリプターなど、ヘレンと仲よくなったのも何人かいた。このスクリプターは、スーパーマーケットの行列のなかでバイロンを読むまじめな女で、ポルノ映画の独立プロデューサーの下ではたらいていた。あるいは、ヘレンがこともなげにつげるところではそうだった。

「撮影と撮影のあいだに、セックスの体位を正確に記録しておくんですって。面白そうな仕事だわ。どういう資格がいるのかしら、将来性はどうかしら」

ワイルダーはこれには愕然《がくぜん》とした。なんとなく上品ぶって、自分からは女にきけずにいたのだ。それからというもの、三階の彼女の部屋で抱き合うとき、彼は不安な感じにおそわれた――彼に急用ができたときにそなえて、彼女は抱擁と交接の姿勢を無意識のうちに仔細に記憶して、中断したところからまたべつのボーイフレンドとつづけるのではないだろうか。マンション住人の専門技術の無限に近い多様さは、多分に人を不安にさせる側面を持っていた。

ワイルダーは妻がリキュールを飲むのを見守った。元気づけようと、小さな腿《もも》をさすってやった。

「おいおい、ヘレン――まるで終末を待ってる顔じゃないか。さあ、すべてを元にもどして子どもたちをプールにでも連れて行ってやろう」

ヘレンはかぶりをふった。

「だめよ、あの敵意では。もともと敵意はあったけど、いまはもうむきだしなの。みんな子どもを叱《しか》るのに、自分でもそうと知らずに叱ってるんじゃないかと思うことがあるわ」彼女はワイルダーが着がえるあいだ、ベッドのふちにかけて窓外に目をやり、空のむこうにしりぞく高層住宅群の列をじっと見た。「ほんとは人間のせいじゃないのよ。なんだかこの建物が……」

「わかってる。しかし、警察の調べさえすめば、またなにもかもおちつくよ。なによりもまず、猛烈な罪悪感がわくだろう」

「警察がなにを調べてるの」

「なにって、死亡事件だよ、ハイダイビング好きの宝石商の」ワイルダーはシネカメラをつかんで、レンズ・キャップをはずした。「きみは警察の人間としゃべったかい」

「どうだったかしら。だれとも口をきかないようにしてたから」しいて自分の気持ちをふるい立たせながら、彼女はワイルダーのそばへ行った。「リチャード……あなた、ここを売ることを考えたことない？　いっそあたしたち、出て行けばいいんだわ。本気よ、これ」

「ヘレン……」一瞬言葉に詰まって、ワイルダーは妻の小柄な、思いつめた姿を見おろした。彼は厚い胸板《むないた》と頑丈《がんじょう》な腰をあらわすことが、自分の権威をとりもどすことになるとでも思ってか、ズボンを脱いだ。「それでは追われて逃げるもおなじだ。それに、買った値段でなんか売れっこない」

彼はヘレンがうなだれてベッドに向きなおるのを待った。すでに半年前、彼女がどうしてもというので、最初にはいった一階の部屋から越してきているのだ。そのときふたりはマンションを出ることを真剣に話し合ったが、ワイルダーがなぜか自分でもよくわからずに、ヘレンを説《と》き伏せてのこることにしたのだった。なによりもまず、彼は他の専門職の人々と対等につきあえず、あのいかにも自己満足した原価会計士やマーケティング・マネージャーににらみがきかぬ不甲斐《ふがい》なさを、自分で認めるのがいやだった。

子どもたちが寝ぼけまなこで部屋へはいってくると、ヘレンはいった。

「せめてもっと上の階へ移りたいわ」

あごにカミソリをあてながら、ワイルダーは妻が最後に口にした言葉を考えた。あの細々《ほそぼそ》たるねがいは、彼の頭のなかで、なにか年来の野心がつきうごかされたかのような、特別な意味合いを持っていた。もちろんヘレンとしては、社会的向上を考え、〈もっといいところ〉への移転を考えてのことだった。それはいまの下級住宅階層を出て、十五階から三十階までの瀟洒《しょうしゃ》な高級住宅階層へあがることであり、そこでは廊下が清潔で、子どもたちは路上で遊ばずともよく、寛容と洗練が上品な空気をつくっているのだ。

ワイルダーの頭には、それとはべつのことがあった。ヘレンがしずかな声で、まるで深い夢の底でしゃべるように、ふたりの息子にぼそぼそ話しかけるのをききながら、彼は鏡をのぞいた。試合前にそうやって自信を持とうとするプロボクサーみたいに、彼は腹と肩の筋肉をぱんぱんたたいた。肉体的にも精神的にも、まず確実に、彼はマンションでいちばん強い男であるのに、ヘレンの無気力は彼を不安がらせた。この種の受け身の相手にたいしては、自分には真《しん》の手だてがないことを知っていた。そういう相手への彼の態度は、いまだに幼時の教育に影響されていた。感情過多な母親は、彼の少年時のできるだけ長いあいだ献身的にいつくしみ、それによってあたえられたものを、以後彼はゆるぎなき自信と思いこむようになるのだった。彼女はワイルダーがまだ小さいころ、夫と別れた。ワイルダーの父は評判かんばしからぬ、なにやらいかがわしい人物だった。再婚の相手は、にこやかな、だが従順一途《いちず》の経理マンで、チェス愛好家で、母親と子牛のような息子の関係には、手も足も出なかった。ワイルダーは未来の妻と出会ったとき、そうした利をヘレンの上に活《い》かし、自分が面倒を見てやるのだ、庇護《ひご》と温容《おんよう》をとぎれることなくそそいでやるのだ、と愚かにも思いこんだ。だが、いまにしてわかったのだが、人間けっしてかわるものではなく、自信ばかりありありながら、あいもかわらず面倒を見てもらわなければならないのは自分のほうだった。一度か二度、新婚時代の気のゆるんだときに、むかし母親とやった子どもっぽい遊びをやってみた。だが、ヘレンにはどうしても、ワイルダーを自分の息子のように扱うことはできなかった。おそらく彼女にとって、愛情と心くばりほど、じつはほしくないものはないのだろう、とワイルダーは察した。きっとマンション生活の崩壊は、彼女の無意識の期待を、本人が気づく以上に実現してくれることだろう。

ワイルダーは頬《ほお》をマッサージしながら、三十九階上の屋上から送られてくる空気が、シャワールームの裏の空調パイプを通る、低いむらのある音にききいった。シャワーヘッドから出る水をみつめる。これもはるばる屋上のタンクから落下してくる。地中の洞窟からしみ出るつめたい清流のように、ビル内部にうがたれた長大な井戸を流れおちてくるのだ。

高層住宅のドキュメンタリー番組をつくろうという決心には、彼個人の強い嗜癖《しへき》がはたらいており、それはまず建物と折り合いをつけ、建物が自分につきつける肉体的挑戦をうけて立ち、しかるのち支配してやろうという、計算ずみのくわだてのうちだった。もうだいぶ前から彼は、自分が高層マンションにたいして強度の恐怖症を起こしつつあることを知っていた。自分の上に積まれているコンクリートのものすごい重量がたえず気になり、自分のからだが建物内を縦横に走る力線の中心点になっていて、まるで故意にアンソニー・ロイヤルが、そこに彼の肉体がしっかりととらえられるよう設計したのではないかと思われた。夜など、眠っている妻のかたわらで、不安な夢から覚めると寝室が息苦しく、他の九百九十九戸の部屋のどれもが、壁と天井ごしにのしかかってきて、彼の胸から空気を押しだしにかかっている気がするのだった。アフガンハウンドを殺したのは、かくべつあの犬がきらいだったせいでも、飼い主を動転させるためでもなく、マンションの上層階を見返すためだったのだとは、自分でも承知していた。あのとき、彼は暗闇でプールにおちた犬をつかまえたのだ。残忍な、だが抑えがたい衝動にかられて、水中にひきこんでやった。もがき痙攣《けいれん》するからだを水のなかでおさえているとき、彼は奇妙なかたちでマンションの建物そのものと格闘していたのだった。あのはるかな高層部に思いをはせながら、ワイルダーはシャワーを浴びた。シャワーヘッドをいっぱいにあけて、冷水の噴射を胸から腰にそそいだ。ヘレンがひるみかけたのとは逆に、彼の決意はいよいよかたまった。長年かけて登攀《とうはん》の準備をしてきた山のふもとに、ついにたどりついた登山家のように。

5　垂直都市

上へあがるのにどういう作戦を立て、頂上までどんなルートをとるにせよ、現在の腐蝕《ふしょく》速度でいけば、マンションが原型をとどめなくなるだろうことは、ワイルダーにはまもなくあきらかになった。いまや住居設備には、およそ考えられるかぎりの故障があいついでいる。彼はヘレンを手つだって、家のなかを元どおりにした。ブラインドをあげ、部屋から部屋へばたばたとうごきまわって、沈滞した一家になんとか生気を吹きこもうとした。

だが、よみがえらせるのは容易でないとわかった。空調は五分おきにとまり、あたたかい夏の天候だから、家のなかにはむっと空気がよどんでいた。ワイルダーは自分がすでに、そんな異臭のこもる空気を正常なものとしてうけいれかけているのに気づいた。ヘレンが他の住人からきいたうわさでは、上のほうの階から空調パイプに、故意に犬の糞が放りこまれているのだという。外の広場には強風が吹き、コンクリートの脚のあいだを逆巻《さかま》き抜けると、ビルの低層階は震動した。ワイルダーは新鮮な空気を入れようと窓をあけたが、家のなかはすぐ砂ぼこりとセメントの粉塵《ふんじん》だらけになった。食器棚や本棚は、はやくも灰をうっすらかぶったようになった。

夕方、人々が勤め先から帰ってきた。エレベーターは騒々しく、超満員だった。三基が故障でうごかず、のこりはわれがちに自分の階へあがろうとする住人でひしめいた。ワイルダーは自宅のあけた戸口から、隣人たちがまるで不機嫌な炭坑夫がリフトをおりるみたいに、荒々しく押し合うのをながめた。彼らはブリーフケースやハンドバッグを、びくついた甲殻《こうかく》の一部のようにふりうごかしながら、目の前を通って行った。

ふと衝動的に、ワイルダーはマンション内の自分の通行権をためし、すべての施設、とりわけ三十五階のプールと、屋上の彫刻庭園への立入り権をためしてみようと思った。カメラを持ち、上の子を連れて、彼は屋上へ行ってみることにした。しかし、高速エレベーターは故障中か修理中、あるいは上のほうで、ドアがとじぬようにしてとめたきりになっていることがわかった。上層階へ行くには専用のエントランスをくぐるしかなく、ワイルダーはそこをあける鍵を持っていない。

もうなにがなんでも屋上へ行く気で、ワイルダーは三十五階まで行く中層エレベーターを待った。エレベーターがきて、混み合う箱にむりやり乗りこむと、まわりの乗客がワイルダーの六歳の息子を敵意もあらわにねめつけてきた。二十三階まであがったエレベーターは、それ以上うごかなくなってしまった。乗客はわれがちに出て、怒りの儀式的表現みたいに、他のエレベーターのとじたドアにブリーフケースをぶつけながら進んだ。

ワイルダーは息子を抱いて階段をあがった。その頑健《がんけん》なからだだから、屋上までのぼって行く体力はじゅうぶんだった。だが、ふたつ上の階段は、ダストシュートの詰まりをなおしている住人の一団によってはばまれていた。ロバート・ラングの隣室に住む、若い無礼な矯《きょう》正《せい》歯科医の顔もあった。空調ダクトにいたずらをしているのかもしれないと思い、ワイルダーは押し分けてはいって行ったが、ひとりの男にいきおいよくわきへのけられた。見ればライバル・テレビ会社のニュースキャスターだった。

「この階段は閉鎖したんだ、ワイルダー。見てわからんのか」

「なに?」その居丈高《いたけだか》ぶりにはワイルダーは唖然とした。「どういう意味だ」

「閉鎖だよ！　いったいこんなところへなにしにきた」

ふたりの男はにらみ合った。キャスターのけんか腰におかしみを覚えて、ワイルダーはその紅潮した顔を撮《と》ろうとするかのように、カメラをもちあげた。クロスランドが横柄《おうへい》に手で追い払う格好をしたとき、ワイルダーはよっぽど張り倒してやろうかと思った。だが、いまの荒れた空気でいいかげんおどおどしている息子をこれ以上びくつかせたくなくて、エレベーターにひきさがって下へもどった。

些細《ささい》なことだったとはいえ、その対決はワイルダーをおちつかなくさせた。ヘレンを無視して、カメラをふりうごかしながら、家のなかを歩きまわった。彼はひとつにはドキュメンタリー番組の計画のためと、ひとつにはいよいよつのる衝突と敵意のムードのせいで、どこか混乱した気のたかぶりを覚えていた。

彼はバルコニーから、近くの高層住宅の、巨大なアルカトラズ島のような建物をながめた。それらの建物にかんする視覚的・社会学的材料は、無限といっていいほどあった。ヘリコプターから、そして四百ヤードはなれたいちばん近くの建物から、外観を撮影することになるだろう。すでに彼の目には、フレームいっぱいにとらえたマンション全景から、ひとつの部屋――おぞましい蟻塚《ありづか》の一房室《ぼうしつ》――の大写しへの、六十秒のロング・ズームが見えていた。

番組の前半は、高層住宅での生活を、その設計上の不備や小さな不満の面からながめ、後半は空中にとじこめられた二千人の共同社会に住むことの心理面をさぐる――犯罪、離婚、性的乱脈のおよびぐあいから、居住者の転出入、健康状態、不眠その他心療内科的疾患《しっかん》の発生率まで、一切すべてをとりあげる。過去数十年のあらゆるデータは、居住しうる社会構造としての高層住宅に批判的光をなげかけているのだが、公団用地の費用効果と民間宅地の高収益性が、こうした垂直都市をその居住者の本当の需要に反して、上へ上へとのばしつづけるのだ。

高層住宅の心理学もあばかれて、厳しい結果をしめしていた。たとえばユーモアの欠如だが、これは前々からワイルダーもいちばん重要な特徴だと思っていた。調査者による報告はすべて、高層住宅の住人が自分たちのすまいをジョークの種《たね》にしないことを確認している。厳密にいえば、そこでの生活は〈平穏無事〉なのである。ワイルダーは、高層マンションの部屋というのは、たんなる寝食《しんしょく》の場とははっきり異なった、さまざまな活動をうながす家庭《ホーム》なるものをうみだすには、柔軟性の足りぬ殻《から》だと思っていた。高層住宅で生きてゆくには、一種特別の態度、すなわち人を黙認し自分を抑えた、いささか常軌《じょうき》を逸《いっ》してさえいる態度が必要である。そこでは精神異常者が大よろこびするだろうな、と彼は思った。野蛮はこれら板と塔の建物を、その当初から荒らしている。ひきちぎられた電話設備の部品のひとつ、もぎとられた防火扉のハンドルのひとつ、蹴りつぶされた電気メーターのひとつは、どれもみな大脳除去手術への反抗をしめしているのだ。

マンション生活でワイルダーがいちばん腹が立つのは、いかにも均質同等の高所得自由業の人々が、敵対する三つの画然《かくぜん》たる陣営に分裂していることだった。権力と資本と私欲にもとづく昔ながらの社会分化が、ここでもまたできあがっていた。

事実上マンションは、すでに上流、中流、下流という、三つの古典的な社会階層に分かれていた。十階のショッピングモールを明瞭な境界として、映画技術者やスチュワーデスなど〈プロレタリアート〉の住む九階までと、プール、レストランのある三十五階までのマンション中層部とは分かれている。この、建物の三分の二をしめる中層部がミドルクラスで、自己本位ながら基本的にはおとなしい専門職の人々からなる。医師、弁護士、会計士、税理士などで、自営ではなく、医療機関や大会社ではたらく人々である。ピューリタンで自己鍛練《たんれん》のできている彼らは、次善のもので満足しようとする人の結束力を持っている。

彼らの上、高層住宅の最上層五階には、上流階級がいる。実業家、企業主、テレビ女優、野心家の学者など、用心深い少数派で、専用の高速エレベーター、ほかよりすぐれた諸設備、カーペット敷きの階段を使っている。マンション生活のペースをきめるのは彼らである。まっさきにききとどけられるのは彼らの苦情であり、子どもがプールや屋上庭園を使う時間とか、レストランのメニュー、自分たちしか手の出せないような料金などをきめて、マンション内の日常生活をそれとなく支配するのは彼らである。なによりも、中間層をおとなしくさせているのは、彼らのそれとない庇護《ひご》である。友好と承認のニンジンをたえずぶらさげているのだ。

農奴《のうど》から見た封建《ほうけん》領主ほどにも高く、頭上はるか最上層の方形堡《ほうけいほう》に住むこれら別格人士《じんし》を思うと、ワイルダーはつのるいらだちと腹立たしさを覚えるのだった。さりとて、どんな反撃態勢を組むことも容易ではない。人民主義のリーダーになり、下層階隣人のスポークスマンになることはやさしいが、そのかわり彼らにはおよそ結束力とか私欲といったものがない。マンション中層部の、きたえられた専門職の連中に太刀《たち》打ちできるはずがない。彼らには潜在的な気楽さがあり、不当なまでの妨害にも甘んじ、そのあとはさっさと荷物をまとめて出て行くというところがある。要するに、彼らの領土本能は、その心理学的意味でも社会的意味でも衰弱してしまい、もはや彼らは搾取《さくしゅ》されるのを待つばかりなのだ。

ワイルダーの近隣を結束させるためには、なにか彼らに強い一体感をあたえてやれるものが必要だった。それを申しぶんなく、しかも彼らにわかる言葉でやってくれるのが、こんどのテレビ・ドキュメンタリーだ。番組は彼らのあらゆる憤懣《ふんまん》を劇化し、居住施設や設備が上の階の住人によって、いかにひどい使われかたをしているかを明らかにするだろう。ばあいによっては、こっそりトラブルをつくりだし、高層住宅のさまざまな緊張を誇張することも必要かもしれない。

だが、じきにわかったが、ワイルダーのドキュメンタリーのかたちは、すでにきまりつつあった。

反撃の決意にいきおいづいて、ワイルダーは室内を間断《かんだん》なく歩きまわることから妻子を解放してやることにした。もう空調は一時間に五分しかはたらかず、日の暮れるころ、部屋はじっとりむし暑かった。大声の会話や、ボリュームいっぱいのレコードが、上方のバルコニーからひびき渡る。ヘレン・ワイルダーはとじた窓にそって歩き、小さな手が夜を押しとどめようとするかのように、窓のラッチを力なくおさえて進んだ。

妻に手をかしてやる気持ちのゆとりはなくて、ワイルダーはタオルと水着を持って十階のプールへ出かけた。下層階の近隣に二、三電話であたった結果、彼らがドキュメンタリーにひと役買いたがっていることはわかっていたが、ワイルダーは上・中層階からの参加者がほしかった。

故障したエレベーターはまだ修理されておらず、ワイルダーは階段をのぼった。階段のところどころは、上方の住民により、ごみすて場にかえられていた。ガラスの破片が散らばって、靴にきずをつけた。

ショッピングモールは混んでいた。人々は歩きまわり、大声でしゃべり、まるで政治集会の開会でも待ちうける雰囲気だった。ふつうこの時間はがらんとしているプールが、いまは住人たちでひしめき、みんな水中でふざけたり、タイル張りのふちからおとし合ったり、更衣ボックスに水をとばしたりしていた。監視人は自分のボックスをすててどこかへ行ってしまい、すでにプールは、排水溝にタオルがおちていたりして、うちすてられた様相を呈しはじめていた。

シャワールームでワイルダーは、ロバート・ラングの姿を認めた。医師は背を向けていたが、その拒絶の姿勢を無視して、ワイルダーはとなりのシャワーの下に立った。ふたりの男は、あたりさわりのない言葉でみじかい会話をかわした。前からワイルダーは、すれちがう若い女のだれかれに鋭い目を向けるラングとは気が合ったが、きょうの彼はよそよそしかった。彼もまたみんなとおなじように、対決のムードに毒されているのだった。

「警察はまだこないのか」飛び込み台へ向かう途中、ワイルダーは周囲の騒ぎに負けない声でたずねた。

「こないね。くることになってるのか」ラングは真実意外そうにきき返した。

「目撃者から事情聴取をするだろう。どういうことなんだ、本当のところ。突きおとされたのか。あの細君なら、それぐらいやれそうな体格だ。てっとりばやい離婚のつもりで、なんてことはないかな」

いかにもワイルダーのいいだしそうな悪趣味なことだとでもいいたげに、ラングは鷹揚《おうよう》にほほえんだ。その鋭い目はわざとあいまいな表情をうかべ、どんな探りもよせつけないというふうだった。

「わたしはあの事件のことはなにも知らないんだ、ワイルダー。やはり自殺なんじゃなかろうか。きみはなにか、個人的に気になることでも？」

「あんたは気にならんのか、ラング。地上四十階の窓から人がひとりおちて、なんの調べもないなんておかしいんじゃ……」

ラングが飛び込み板に乗った。ワイルダーはふと、そのからだにばかにいい筋肉がついているのに気づいた。最近たっぷりエクササイズに励んでいるのか、腕立て伏せを何十回もやっているのか。

ラングは混み合う水面があくのを待った。「万事あの人の隣人たちにまかせておけばいいと思うがね」

ワイルダーは声を大きくした。「例のテレビ・ドキュメンタリーの準備にとりかかったんだが、こんどの死亡事件が格好の起点になりそうだ」

ラングは急に興味を覚えた顔でワイルダーを見おろした。

「わたしならそれはやめておく――わたしがきみならね、ワイルダー」

彼は板の先端へ行って二度はずみをつけたあと、黄色くにごりかけている水に、いきおいよく鮮やかにとびこんだ。

プールの浅い側でひとり泳ぎながら、ワイルダーはラングとその仲間が、深い側でたわむれているのをながめた。以前ならワイルダーも仲間入りしただろう。なかにいい女がふたりいるとあれば、なおのことだ。ひとりはシャーロット・メルヴィルで、この数日は例の父母実行委員会の相談で会うということもなかった。もうひとりは初期アル中患者のエリナ・パウエルである。どうやらワイルダーは、最初からのけ者にされているらしかった。ラングが彼をことさらファミリーネームでよんだことも、ふたりのあいだの距離をつげ知らせたし、宝石商の死にたいするあいまいな態度や、いちどは大いに乗り気だったテレビ・ドキュメンタリーを敬遠しだしたのも同様だ。だいたいあれは、ラングの賛同に力をえて、たんなる思いつきをコンテにしてみたのだ。きっと人一倍プライバシー大事のラングは、入居者の集団愚行や、子どもじみた争いや妬《ねた》みを、国じゅうの人が見るテレビ画面にさらけだされるのがいやなのだろう。

それとも、なにかもっとべつの衝動がはたらいているのだろうか――事件がそれ自身のロジックにしたがって、いよいよ手に負えなくなってくれるようにと、マンション内で現実に起こっていることを、なによりも自分に認めさせまいとする衝動のようなものが。ワイルダー自身、あれほどドキュメンタリー番組への意気ごみを見せながら、マンションの住人でない相手には、だれにも番組のことをしゃべっていないのだった。ヘレンでさえ、その日の午後母親と電話で話したとき、言葉をにごしたものだ。

「順調にいってるわ。空調がちょっとおかしいんだけど、いま修理してるところだし」

この、しだいに強まる現実否定の傾向に、もはやワイルダーはおどろかなかった。住人がマンション内の混乱は自分たちの問題だときめたとなれば、宝石商の死にまつわる謎も説明がつく。死体はすくなくとも千人の人間が見ているはずだ――ワイルダーはバルコニーに出たとき、死んだ男の姿にではなく、空までとどきそうな大観衆におどろいたのを覚えている。だれか警察に知らせなかったのだろうか。当然知らせたものと思っていたが、いまは疑わしくなってきた。あの世慣れた尊大な男が自殺するなど、ワイルダーには信じがたいことだった。なのに、だれひとりまるで気にもせず、プールで泳ぐ人が足元のタイル底にころがるワインボトルやビールの罐《かん》をふしぎに思わぬように、他殺の可能性を当然のことのようにうけいれているのだ。

宵《よい》のうちにワイルダーの考えごとは、自分の正気を保つけんめいの努力にとってかわられた。子どもたちを寝かせつけ、妻とゆっくり夕食にかかろうとすると、とつぜん電気が消えて真っ暗になった。ふたりは食卓に向き合ってかけたまま、廊下から切れ間なくきこえてくる騒ぎに耳をすましました。隣人たちがエレベーター・ホールで口論している。部屋部屋のあけっぱなしの戸口からトランジスタ・ラジオががんがんひびく。

久しぶりに緊張を解いて、ヘレンが声をあげて笑いだした。

「ディック、子どもの大パーティが、手に負えない大騒ぎになったようなものよ」

彼女はワイルダーをなだめるように手をさしのべてきた。となりのマンションから室内にさしこむほの明りのなかで、彼女のほそやかな顔はどこか現実ばなれしたおだやかさをたたえ、もはや自分はまわりで起こっていることとは無縁だと思っているかのようだった。

いらだつ心をぐっとおさえて、ワイルダーは暗がりでテーブルの上に大きな背をまるめた。いちどならず、スープ皿にこぶしをたたきこみたい衝動にかられた。電気がついたとき、ビルの管理人をよびだしてやろうと思ったが、交換台には電話が殺到していた。ようやく録音された声が出て、管理人が病気になったこと、苦情はすべてテープに記録され、後日留意されることをつげた。

「へえおい、このテープをほんとにぜんぶきこうってのかい。何マイルになることやら……」

「そうかしら」ヘレンはひとりおかしそうに笑っていた。「だれも気にしてなんかいないんじゃない。あなただけよ」

配電設備をいじったことが空調に影響をあたえてしまったらしく、壁の換気口からほこりが噴きだしていた。無性に腹立たしくて、ワイルダーは両のこぶしを打ち合わせた。なにか巨大で荒々しい悪人にも似て、マンションは考えつくかぎりの害意を自分たちにふり向けようというのだ。ワイルダーは換気口のグリルをとじてみたが、数分とたたぬうちにバルコニーへのがれなくてはならなくなった。隣人たちも手すりにもたれ、犯人の姿をとらえようとしてか、いっせいに首をのばして屋上をふりあおいでいた。

たのしげに室内を歩きまわっては、噴き出るほこりを見て笑っている妻をおいて、ワイルダーは廊下へ出た。エレベーターはぜんぶ建物の上のほうでとまっていた。ホールには人が大勢あつまって、エレベーターのドアを拍子《ひょうし》をとってたたき、上の連中によるあの手この手の挑発行為をこぼし合っていた。

人垣を分けて中央へ行くと、ホールのソファの上にパイロットがふたり立ち、襲撃部隊のメンバーをえらんでいるところだった。ふたりの注意を惹《ひ》いて自分もえらばれようと待つあいだに、ワイルダーは周囲の興奮したおしゃべりから、襲撃部隊の任務というのが、ただ三十五階へ行ってプールに大っぴらに放尿してくるだけのことだと知った。

ワイルダーはひとこと発言して、そんな子どもじみた行為はかえってまずいと警告してやろうと思った。ちゃんと組織化されないうちは、こちらは上からの報復にたいしてまるで無防備なのだから、いまここで復讐遠征などという考えはばかげている。だが、それが喉から出かかったところで、彼は背を向けた。階段口の扉へ行ってたたずみ、もう自分はこんな、たがいを無益なくわだてへとかりたて合っている、衝動的な住人の群れとは無縁だと思った。彼らの真《しん》の敵は、頭上はるかな高みにいる支配階級ではなく、自分たちの頭のなかにある高層ビルのイメージであり、幾層にも重畳《ちようじよう》して自分たちをその階におさえつけているコンクリートなのだ。

かけ声があがり、わっと喚声が起こった。三十五階からエレベーターが一台おりてきて、階数表示ランプが左から右へ点滅していた。エレベーターが近づいたとき、ふとワイルダーの頭に、ヘレンとふたりの息子のことがうかんだ。彼は隣人たちから絶縁する自分の決意が、妻子を思うどんな気持ちとも無関係であることをすでにさとった。

エレベーターは二階へきてとまった。ドアがひらいたとたん、騒ぎははたとやんだ。箱のフロアに、ワイルダーの隣人のひとりが半死半生でよこたわっていた。三十五階のレストランで夕食をとるのをならわしとしている、ホモセクシュアルの航空管制官だった。彼はみつめる群衆から傷だらけの顔をそむけ、胸元からひきちぎられたシャツにボタンをかけようとした。群衆があとじさって、管制官の姿がはっきり見え、この公然たる暴力の証拠に凝然《ぎようぜん》としているワイルダーの耳に、こんどは五階と八階も真っ暗になったとだれかのいう声がきこえた。

6　空中の路上の危険

一日かかってリチャード・ワイルダーは登高の準備をした。喧騒に満ちた一夜を、彼はふたりの息子と、くすくす笑いやまぬ妻をなだめてすごしたあと、テレビスタジオに出かけた。スタジオに着くと、約束をぜんぶ取り消し、秘書に四、五日不在になるといっておいた。人としゃべるときワイルダーは、秘書の怪訝《けげん》顔にも、近くの部屋の同僚たちのふしぎそうな表情にも、ほとんど気がつかなかった――彼は顔の半分しかひげを剃《そ》っておらず、前の日から服も着がえていないのだった。疲れきっているものだから、つかのまデスクで寝入ってしまい、秘書の見ている前で、まだ目を通していない郵便物の上に俯《うつぶ》していびきをかいた。スタジオにいたのはせいぜい一時間で、ブリーフケースに必要なものを詰めてマンションへ帰った。

ワイルダーにとって、マンションをはなれたこのいっときは、現実感がなくてまるで夢のようだった。車をロックせずに駐車場において、エントランスのほうへ歩きだすと、しだいに安堵感がわきあがってきた。建物の下に散らかったごみ屑《くず》、空《あ》きびん、フロントガラスが割られ生ごみでよごされた車さえも、マンション内で起こっていることが自分の生活のなかで唯一現実の事件なのだという彼の確信を、妙なかたちで補強するだけだった。

十一時すぎだというのに、ヘレンと子どもたちはまだ寝ていた。居間と寝室の家具は白いほこりの膜をかぶり、まるで長い年月が部屋と三人の睡眠者のまわりに石のように凝固したところへ帰ってきたかと思われた。前夜、空調の換気口をふさいでおいたので、室内にはなんの音もうごきもなかった。ワイルダーは、書評用の児童書にかこまれてベッドに寝ている妻を上から見おろした。数時間後に彼女をおいて出かけるのだと思うと、自分についてくる気力のない妻をざんねんに思った。いっしょに高層マンションをのぼれたかもしれないのに。

登高のことをもっとよく考えてみようと思いながら、ワイルダーは自宅の掃除にとりかかった。バルコニーに出て、上からすてられた吸いがら、ガラスの破片、コンドーム、新聞のきれはしを掃《は》きあつめた。自分がビルのてっぺんまで行く決意をしたのがいつのことだったか、もはや覚えがなく、上までのぼりついたらなにをしようというのかもわからない。それに、屋上まで行くという簡単な仕事——エレベーターのボタンを押すだけ——と、頭のなかを占領しているこの登高の神話版とのあいだの矛盾《むじゅん》も、彼はじゅうぶん承知していた。

理性よりも強力な成り行きへの、このおなじ屈服は、ワイルダーの隣人たちの行動にもあらわれていた。エレベーター・ホールで彼は最新のうわさ話に耳をかたむけた。その日の朝、九階と十一階の住人のあいだで、激しい口論があった。いまや十階コンコースは、マンション下層部九階までの住人と中層部の住人、ふたつの対立した陣営のあいだの無人地帯であった。いやがらせや、つのる暴力行為にもかかわらず、そうした事件にだれもおどろきはしなかった。マンション内の日常生活のルーティーン、スーパーマーケット、リカーショップ、ヘアサロンがよいも、いままでどおりにつづいた。ある意味で高層住宅は、この二重のロジックを包容することができた。そうした暴力事件を語る人々の口調までがしごくおちついて、こともなげで、まるで戦火にさらされた都市の市民が、またぞろの空襲を話題にする調子とかわらなかった。はじめてワイルダーは、みんな保守設備の故障や、自分たちの内に高まる対決ムードをたのしんでいるのだと気づいた。それらは彼らをむすびつけ、それ以前のひややかな断絶状態をおわらせたのだ。

午後からはワイルダーは子どもの相手をして、夜がくるのを待った。ヘレンは夫の存在も気づかぬかのように、家のなかを黙ってうごきまわった。激しい笑いの発作を起こした前夜とうってかわり、その顔は蠟《ろう》人形のように無表情だった。ときおり口の右端に、胸底《むなそこ》の震えを映すかのようなチック症状が出た。彼女は食卓について、子どもたちの髪を機械的になでおろした。そんな妻を見ながら、ワイルダーはどうしてやればいいのか考えもつかず、自分が彼女をおいて出かけるのではなく、彼女が自分からはなれて行くのかもしれないとまで思いかけた。

日の光が薄れるころ、ワイルダーは勤め先から帰りはじめた住人をながめた。そのなかに、車をおり立つジェーン・シェリダンの姿もあった。半年前、ワイルダーは三十七階まであがるのが億劫《おっくう》で、この女優との短期間の関係を絶ったのだった。彼女の部屋で平生《へいせい》どおりにしていることもむずかしかった。たえず地上までの距離が気になり、はるか下方、ビルのいちばん下の隙間《すきま》の奥深く、十九世紀の搾取《さくしゅ》された婦女子労働者のように暮らしている妻子のことが気になった。更紗《さらさ》の壁布を張った彼女の寝室で、セックスしながらテレビを見ていると、なんだか個室とカクテル・バーつきの豪華な重役用旅客機に乗って、街の上空高く飛んでいる気分になるのだった。ふたりの会話は、語法からボキャブラリーにいたるまで、飛行機で隣席に乗り合わせた他人同士のように様式化されていた。

女優は割れたびんと空き罐《かん》のあいだを軽やかに通って、上層階用エレベーター・ホールの専用入口へ歩いて行った。彼女の部屋へ行くだけで、ボードゲームの近道のように、ダイスのひとふりで一足とびにマンションのてっぺんまで行けるのだ。

ヘレンは子どもたちを寝かせつけていた。ワードローブと化粧台が、ベッドのそばへ移動されていた。夜の騒ぎからふたりをさえぎろうとのくわだてだった。

「リチャード……？　行くの……？」

自分のなかの深い井戸からつかのま浮かびあがって、彼女は口をきいた。自分と子どもだけになることを、その数秒間は意識していた。

みずから課した任務をヘレンに説明することは不可能だと思ったから、ワイルダーはこの正気の一瞬がすぎるのを待った。彼女はベッドにしずかに腰をおろした。積みあげた児童書の上に片手をのせ、廊下に出て行く彼を鏡のなかで表情もかえずに見送った。

三十七階へあがるのが思ったよりむずかしいことはすぐにわかった。上層階へ行く五基のエレベーターは故障か、さもなくば上でドアがとじないようにして停止させてあった。二階ホールはワイルダーの隣人たちで混み合っていた。ビジネススーツを着た者、ビーチウェアの者がいて、通貨危機につかまった観光客のように、ぶつくさいい合っている。ワイルダーはそのなかを抜けて階段へ行き、十階までの長い登高を開始した。十階からなら上りのエレベーターをつかまえやすい。

五階まできたとき、パイロットがひきいる十数名の襲撃部隊が、またも不首尾だった遠征から帰ってくるのに出会った。腹立ちと挫折《ざせつ》から彼らは、階段の上から野次《やじ》を浴びせる連中にわめきたてた。十階コンコースの入口が、小学校から持ちだして階段になげおろした机と椅子でふさがれていたのだという。学校にかよう生徒の父兄からなる襲撃部隊は、机をどけようとして、リカーショップに品物がはいるのをいらいらと待っていた中層部の住民にはばまれたのだった。

ワイルダーは彼らの横をしゃにむに通り抜けた。十階に着くと、相手グループは保安隊となってどこかへ行ってしまっていた。ワイルダーはこわれた机をまたぎながら階段をあがった。鉛筆やクレヨンがあたりに散乱している。カメラを持ってくるんだったと思ったそのとき、十八階の住人である化学技術者と、会社の人事部長をしている男が、扉のそばに立っているのに気づいた。どちらもシネカメラを持って、下方のシーンをじっくり撮影していた。自分たちのほうへあがってくるワイルダーをレンズが追っている。

怪しげな私家版ニュース映画撮影をつづけさせておいて、ワイルダーはスウィング・ドアを押しひらき、ショッピングモールをのぞいた。何百人もの住人がひしめいて、ワイン・ラックや洗剤の棚、クロームの金網《かなあみ》でつないだ針金細工のワゴンのあいだで押し合いへし合いしていた。レジのベルの音に混じって怒声《どせい》がとびかう。そんなもみ合いがおこなわれている一方、ヘアサロンのドライヤーの下には婦人客がずらりとならび、しずかに雑誌を読んでいた。銀行では夜勤の出納係《すいとう》がふたり、無表情に紙幣をかぞえていた。

コンコースを渡るのをやめて、ワイルダーはだれもいないプールへ行ってみた。黄濁《おうだく》した水を盗む人間でもいるかのように、水位がすくなくとも六インチはさがっていた。ワイルダーはプールのまわりを歩いた。中央にワインの空きびんがぷかぷか浮いて、それを煙草《たばこ》のパックや、ほぐれかけた葉巻きの端が、かたまってとりまいている。飛び込み板の下には新聞紙が水中にだらりとたれて、ゆらめく見出しが別世界からのメッセージを思わせる。

十階のホールでは、酒の段ボール、デリカテッセンでの買い物、夜のいやがらせパーティにそなえての材料を腕いっぱいにかかえた住人が、じれったげにエレベーター・ドアの前に押しかけていた。ワイルダーは階段に引き返した。あの連中はどこか上の階でエレベーターをおりるだろうから、そうしたら自分が乗りこむチャンスもある。

階段を二段ずつあがった。まるでひと気はない――マンションの上へ行くほど、居住者はまるで沽券《こけん》にかかわるというかのように、階段を使いたがらない。上へ上へのぼりながら、ワイルダーは窓から、だんだん下方へ沈んでゆく駐車場をながめた。遠くの川は、暗くなってきた街の輪郭のほうへのびて、どこか忘れられた世界をさす標識のようだった。

すてられた罐や煙草のパックのあいだに道をえらんで、十四階へあがる最後の階段にさしかかったとき、頭上でなにかがうごいた。ワイルダーは立ちどまり、静寂のなかに肺をあえがせながら、上を見あげた。三階上からだれかがなげたキッチンチェアが、空《くう》を切って彼のほうへとんできた。ワイルダーがはっと身をそらすと同時に、スチールの椅子は手すりにあたり、彼の右腕をかすめてからころがりおちて行った。

ワイルダーは階段にうずくまり、つぎの階の張り出しの下に身をかくした。打ちみのできた腕をさする。すくなくとも三人か四人が待ちうけ、きこえよがしに金属製の手すりを棍棒《こんぼう》でたたいている。ワイルダーは両のこぶしをにぎりしめ、階段になにか武器になるものはないかとさがした。空中の路上の危険――階段をかけのぼって反撃しようという衝動がまず起こった。自分の屈強なからだなら、マンション住人のどんな三人でも手玉にとれる。あんな運動不足の、贅肉《ぜいにく》だらけの、アカウント・エグゼクティヴやら顧問弁護士やらが、生意気な女房らにたきつけられて、お上品な暴力をふるったところで、どうだというのだ。だが、彼は自重《じちょう》して、正面攻撃はやらないことにした。最上階へ行くのだ。ただし、腕力ではなく策略を用いて。

彼は十三階の踊り場へおりた。エレベーター・シャフトの壁を通して、レールとケーブルの低いうなりがきこえた。人々はめいめいの階でエレベーターをおりている。だが、階段から十三階のホールにはいる扉には、かんぬきがかかっていた。なかからのぞいた顔が眉をひそめ、きれいな手があっちへ行けというように小さくふられた。

十階までずっと、踊り場の扉はロックされるか、バリケードでふさがれるかしていた。どうするすべもなく、ワイルダーはショッピングモールにもどった。エレベーターの前では、まだ大勢の人が待っていた。彼らははっきり階ごとに分かれたグループをつくって、めいめいの交通手段を確保していた。

ワイルダーは彼らからはなれて、スーパーマーケットのほうへ歩いて行った。商品棚はからっぽで、従業員は回転腕木《うでぎ》をロックして帰っていた。ワイルダーはレジのカウンターをおどりこえ、奥の倉庫へ向かった。空《から》段ボールの山のむこうに、マンションに三個所ある保守用コアのひとつがあり、貨物用エレベーター、水道、空調、配電の本管が通じている。

ワイルダーはエレベーターがのろのろとシャフトをおりてくるのを待った。大きさが空母のリフトほどもあるそれは、キッチン・ユニット、バスルーム・ユニット、マンション住人の好きな巨大なポップアート絵画や抽象表現主義絵画などの運搬用に設計されていた。スチールの格子ドアをひきあけると、肩の細い若い女が、コントロールパネルのうしろにかくれるようにして乗っていた。栄養失調ぎみの青白い顔をして、だがこの秘密領にワイルダーを歓迎するかのように、興味深げにみつめてきた。

「どこまで行きたいの」と、女はたずねた。「どこへでも行けるわよ。あたしもつきあってあげる」

五階のマッサージ師だった。高層住宅内でひまをつぶてぶらつく放浪者、目に見えないもうひとつの人口を形成している、内なる世界の住人である。

「そうか。じゃ三十五階はどうだ」

「三十階の人間のほうがましよ」慣れた手つきで彼女はボタンを押し、重いドアを作動させた。じきにエレベーターは、鈍重《どんじゅう》にふたりを上へはこびあげていた。うごきだすと若いマッサージ師は元気づき、彼に誘いをかけるように笑顔を向けた。「もっと上へ行くなら案内するわ。換気シャフトがたくさんあるのよ。ただ、換気シャフトには犬がはいりこんでるの。その犬がだんだん飢《う》えてきて……」

一時間後、三十七階の豪華な絨毯《じゅうたん》敷きのホールに足を踏み入れたときには、ワイルダーは自分が入居した本来の建物のなかに、もうひとつ建物があるのを発見していた。若い女マッサージ師とはそこで別れた。高層マンションの保守用シャフトと貨物用エレベーターは、彼女の頭のなかの放浪の旅を具現する交通機関であり、それらを使って上へ上へ果てしもなくのぼってきたのだった。彼女と迂遠《うえん》なルートをたどるあいだに——別の貨物用エレベーターに乗りかえて三階上の二十八階へあがり、敵領土との境界では迷路のような廊下をあちらへ行きこちらへ行きし、ようやく上層階用エレベーターで階をひとつだけ上へ進んだ——ワイルダーはマンションの中・上層部住民が、いかに組織化されているかを見てとった。

自分たち下層階の人間が、たがいの無力感でむすびついているだけの、混乱した群衆にとどまるのにひきかえ、そこではだれもが三十世帯からなる小グループにくわわっていた。これは廊下、ホール、エレベーターなどの配置により二階ないし三階にまたがるにわか党派《クラン》であった。もうそんなグループが二十ばかりあって、それぞれ両どなりのグループと同盟していた。あらゆる種類の自警活動が目立ってふえていた。バリケードがきずかれ、防火扉がロックされ、生ごみが階段の下へなげおとされ、あるいは敵の踊り場にすてられた。

二十九階では、女ばかりのコミューンに出くわした。その一群をひきいるのは、年配の童話作家で、体格も性格もおそろしげな女だった。その彼女のところに、一階のスチュワーデスが三人ころがりこんでいた。ワイルダーは若い女マッサージ師がいっしょなのを感謝しながら、彼女らの部屋のならぶ廊下を用心深く進んだ。半びらきの戸口から、二人一組の女たちに尋問されるとき、ワイルダーをおちつかなくさせたのは彼女らの敵意で、それは彼が男だからというだけでなく、あきらかに彼が自分たちより上のレベルへあがろうとしているからでもあった。

ひと気のない三十七階のホールに出たときにはほっとした。階段口の扉にたたずみ、だれもホールを見張る者はいないのだろうかといぶかった。きっとここの住人は、自分らの足の下でなにがはじまっているか知らないのだろう。しずかな廊下の絨毯は、彼らを地獄からさえぎることさえできそうに部厚かった。

彼は廊下をジェーン・シェリダンの部屋へ向かって歩いて行った。むこうはびっくりするかもしれないが、ワイルダーは今夜はぜったいに彼女とすごしてやると思った。あすからは完全に彼女のところにころがりこんで、妻子とはスタジオの行き帰りに会うだけだ。

ベルを押すと、部屋の奥に力強い、男のような声がきこえた。かぞえきれないほどのテレビの歴史ドラマでおなじみの声音《こわね》だった。ようやく戸口が、チェーンをのこしてひらいた。彼女の顔がのぞいて、すぐにワイルダーと認めたとき、やはりおれがやってくるのを待っていたんだなと思った。彼女はそっけなさと同時におちつきのなさをしめし、いまからだれかが事故にまきこまれるのを見物しようとする人のようだった。ワイルダーは婦人自警団に、自分の行き先をつげたことを思いだした。

「ジェーン、待っててくれたのか。うれしいね」

「ワイルダー……それが……」

ワイルダーが口をひらくより先に、隣室の戸がさっとあいた。敵意もあらわにワイルダーをにらんでいるのは、四十階の税理士と、ワイルダーが十階のジムでよくメディシンボールをなげ合った、筋肉過剰の振付師だった。

自分の到着をこの連中が全員で待ちうけていたと知って、ワイルダーは逃げようとしたが、背後の廊下はすでにふさがれていた。六人からなるグループが、エレベーター・ホールからあらわれていた。みなトレーニングウェアに白のスニーカーというい でたちで、めいめい磨《みが》いた棍棒をにぎっているものだから、一見まるで中年ダンベル・チームかと思われた。株仲買人《がいにん》一、小児科医二、年配の学究三からなる、この老いたる、だが小悪魔的一団をひきいているのは、アンソニー・ロイヤルだった。例によって白いサファリ・ジャケットを着ている。捕虜収容所長か動物園長が好みそうな服装で、これにはワイルダーはいつも不快感を覚えるのだった。廊下の照明が金髪を光らせ、ひたいの傷をうかびあがらせた。厳しい表情の上におどけた疑問符をならべたようなその傷跡は、なにやら不可解な符号の感じがした。ワイルダーに近づくと、その手のなかでクロームのステッキが、ひゅっと鞭《むち》のようにうごいた。その磨きぬかれた柄《え》に光があたるのをみつめながら、ワイルダーはそいつをロイヤルの首にあてて締めつける瞬間をたのしく待った。

袋のネズミであることは知りながら、ワイルダーはその狂気の集団を見ては、思わず大声で笑いだしていた。明りが、最初警告するようにちょっと薄れ、ついで完全に消えてしまった。彼は集団をやりすごそうと壁にへばりついた。闇のなかで棍棒がカツカツと鳴って、よく訓練された軍楽行進を打ち出した。ジェーン・シェリダンの部屋のあいた戸口から、ぱっと懐中電灯の光芒《こうぼう》が彼を射た。

ワイルダーのまわりで、ダンベル・チームが演技を開始した。懐中電灯の光のなかで棍棒がおどった。いきなり両肩に激しい連打を感じた。倒れる前に棍棒の一本をつかんだが、ほかの男たちが彼をアンソニー・ロイヤルの足元、絨毯敷きのフロアに打ち沈めた。

気がつくと、一階エントランス・ロビーのソファに、ながながとよこたわっていた。まわりに蛍光灯が輝き、天井のガラス・パネルに反射していた。そのしずかな光は、いままで彼の頭のどこかに、ずっと点《とも》っていたかと思われた。おそく帰宅した住人がふたり、エレベーターを待っている。ブリーフケースをしっかりにぎりしめ、ふたりはワイルダーを見て見ぬふりをした。酔っぱらいと思っているのだ。

両肩の痛みを覚えながら、ワイルダーは右耳のうしろに手をのばし、腫《は》れた乳様突起《にゆうようとつき》をさすった。やっと立ちあがると、ソファからエントランスへよろめき進み、ガラス扉によりかかった。駐車した車の列が、闇のなかにつづいている。逃げだす先がいくつあっても、それだけの車があれば不足はない。彼は涼しい夜気《やき》のなかに歩み出た。首筋をおさえてマンションの前面をふりあおいだ。三十七階の灯火がどれか、わかるような気がした。彼は不意に、自分の失敗のせいばかりでなく、建物の量感にぐったり疲労を覚えた。マンションのてっぺんまで行ってみようという彼の無造作な、よく考えなかったくわだては、屈辱的な結果におわった。ある意味で彼は、ロイヤルとその仲間によるよりは、高層住宅そのものに拒絶されたのだ。

屋上から視線をさげる途中、五十フィート上方の自宅バルコニーから、妻がじっと見ているのに気づいた。服はずたずたで、顔は傷だらけなのに、まるで夫とわからぬかのように、彼女はなんの気づかいもしめさなかった。

7　出発準備

はるか上の四十階では、最初のふたりの入居者が、出発の準備をしていた。アンソニー・ロイヤルと妻は、一日じゅう荷づくりをしていた。三十五階のがらんとしたレストランで昼食をとったあと、ふたりは部屋へもどり、ロイヤルはマンション暮らし最後の数時間になるであろう時間を、仕事部屋のかたづけについやした。ついにマンションをすてる時がきたからには、出立《しゅったつ》をいそぐことでもないので、この最後の儀式めいた仕事にはことさら時間をかけた。

空調がはたらかなくなっていて、かつては小さないらいらの種《たね》だった、あのなんとなく耳慣れたうなりがきこえないのが、ロイヤルをおちつかなくさせた。この一カ月、目《ま》のあたりにしながらも拒《こば》みつづけてきたことを、さすがにいまとなっては、不承不承ながら認めざるをえなかった。自分が設計にくわわったこの巨大ビルは、いまや死に瀕し、その生活機能はひとつずつ停止しつつある――ポンプの不調で水圧がさがり、各階の配電室は勝手にストップし、エレベーターはシャフト内でとまっている。

それに共鳴したかのように、足と背中の古傷がまた疼《うず》きだしていた。ロイヤルは製図台によりかかって、痛みがひざから腰へ放射状につきのぼってくるのを感じた。彼はクロームのステッキをつかむと、仕事場を出て、ほこりの薄膜をかぶった客間のテーブルとアームチェアのあいだを歩いた。事故のあと一年間、平生《へいせい》たえず運動するだけでも痛みが抑えられるものだと知った。ロバート・ラングとたたかったスカッシュ・ゲームがなつかしかった。かかりつけの医者とおなじく、ラングも交通事故の怪我はなかなかおらないのだといっていたが、ロイヤルは最近、もしかするとこの傷は、なにか自分勝手な役を演じているのではないかと思いはじめていた。

朝のうちに詰めた三個のスーツケースは、持って出るばかりになって玄関においてあった。ロイヤルは見おろして、一瞬ふと、それがだれか人のものであればいいと思った。これまでいちども使ったことのないスーツケースだが、それらが彼の私的撤退作戦《ダンケルク》においてまもなくつとめる役どころは、屈辱を強調するばかりだった。

ロイヤルは仕事場にもどり、壁にピンどめしてある建築製図とスケッチののこりをはずした。彼が再開発建設の自分の仕事に使った、この寝室を改造した小さなオフィス、最初は回復期になにか目的意識を持ちたくてそろえた書物、青図《あおず》、写真、製図板は、まもなく私設博物館のようなものになった。設計図、スケッチの大半は、事故のあと同僚たちにひきつがれたが、ふしぎにこれらコンサートホールやテレビスタジオの古い立面図《りつめん》は、引き渡し日にマンションの屋上でとった自分のスナップ同様、いまからすてようとしている建物以上に、ひとつのリアルな世界をえがきだしていた。

すでにのばしすぎていた、自分たちの部屋をすてる決心は、とてもつらかった。設計担当者のひとりとして、マンションにたいする職業的愛着は大いにあるにもかかわらず、ロイヤルの貢献度は小さかったのだが、あいにくなことに、それがまさに住人の敵意の矢面《やおもて》に立った部分なのだった。十階コンコース、小学校、彫刻庭園のある展望台、エレベーター・ホールのデザインと装飾である。ロイヤルが表面加工材の選択に細心の注意をそそいだ壁は、いまやおびただしい卑猥《ひわい》なスプレーの落書きにおおわれていた。ばかげているかもしれないが、彼はそれを個人的なものとうけとめずにはいられなかった。住人たちの自分にたいする敵意をよく知っているだけに、なおのことだった。クロームのステッキ、白いジャーマン・シェパードは、もはや芝居の小道具ではなくなっていた。

原理的にいえば、あの何不足ない専門職の人々による、自分たちで集団購入した建物への反逆は、終戦後頻発した労働階級住人の市営高層住宅にたいする反乱となんらかわらない。だが、またしてもロイヤルは、彼らの狼藉《ろうぜき》を個人的にうけとめていた。社会構造物としての建物の崩壊は、彼自身にたいする反逆であった。そう思う気持ちがあまりに強くて、宝石商の謎の死のあとしばらくは、自分も身体に危害を加えられると思っていた。

しかし、その後、マンションの崩壊はかえって、彼のがんばり抜こうという意志を強めはじめた。自分が設計にくわわった建物のうける試練は、自分自身の試練であった。なによりもまず、彼のまわりにあたらしい社会秩序がうまれつつあるのに気づいた。ロイヤルはなんらかの厳格なヒエラルキーこそが、こうしたマンモスビルの成否の鍵であることを確信した。よくアンにもいってきかせるのだが、三万人もの人間がはたらくオフィスビルが長年スムースに機能するのは、蟻塚《ありづか》のそれにも似た厳格で定型化した社会的ヒエラルキーのおかげであり、そこでは犯罪、治安紊乱《びんらん》、軽犯罪などの発生率は、ほとんどゼロに近い。このあたらしい社会秩序——小さな部族領地にもとづくものらしい——の、まだ混乱してはいるがまぎれもない誕生は、ロイヤルをわくわくさせた。そこで彼は、その産婆《さんば》役をつとめるべく、なにがなんでも、自分に向けられた敵意がどうあろうと、一時はとどまる決心をしたのだった。じっさいただそのために、彼はマンション内につのりつつある混乱を元の仕事仲間には知らせなかったのだ。高層マンションの現在の崩壊は、その失敗よりは成功をしめすものかもしれないぞ、と自分になんどもいいきかせた。彼は自分ではそれと知らずに、人々にあたらしい人生への逃避手段をあたえ、将来のあらゆる高層住宅の模範となる社会組織の一形態をもたらしていたのだ。

だが、二千人の居住者を彼らの新エルサレムにみちびくそうした夢は、アンにはなんの意味も持たなかった。空調や電気がおかしくなりだして、ビル内のひとり歩きが危険になると、彼女はロイヤルにマンションを出ようといいだした。ロイヤルの妻を思う気持ちと、マンシヨン崩壊にたいする彼自身の罪障感《ざいしょう》につけこんで、どうしても出るのだということをまもなく承知させてしまったのだった。

彼女の荷づくりがどうなっているかを見に、ロイヤルは妻の寝室にはいって行った。大型衣裳《いしょう》トランクがふたつと、大小のスーツケース、ジュエリー・ボックス、ヴァニティ・ケースが、床の上、化粧台の上に、カバン屋の店先のようにふたをあけてころがっていた。アンは中味を入れているのか出しているのか、化粧台の鏡の前でケースをいじっていた。最近気がついたのだが、彼女は自分の映像になんらかの安心を見いだすのか、ことさら身のまわりに鏡をおいていた。元来アンは、自然な敬意のそなわった世界に住み慣れており、この二、三週間はペントハウスの比較的安全圏にいてさえ、だんだんつらい日々になってきていた。彼女の性格中の子どもっぽいところがまた出てきて、まるで気違い帽子屋の盛大すぎるティーパーティにむりやり出されたアリスが、しぶしぶ自分をパーティに合わせているみたいだった。三十五階のレストランまでおりて行くことが毎日の苦業となり、いまはもうマンションを出るのぞみだけが、からくも彼女をささえていた。

彼女は立ちあがってロイヤルを抱擁した。いつものとおり、無意識にひたいの傷跡に唇《くちびる》をつけた——そこにたがいをへだてる二十五年のダイジェストを読みとり、ロイヤルの人生の、彼女が知らぬ部分の鍵をみつけようとするかのように。事故の後養生《あとようじょう》をしているころ、ペントハウスの窓辺にすわっていて、あるいはエクササイズ・マシンを使っていて、彼は自分の傷に妻がひどく興味を持っているのに気づいた。

「めちゃくちゃ」散らかったスーツケースを彼女は希望の表情で見おろした。「あと一時間ぐらいかかりそう。タクシーをよんでくれた？」

「すくなくとも二台は必要だな。待ってはくれないから、家を出るまではよんでもしかたがない」

　建物にいちばん近い列にとめてある自分たちの車は、二台とも下のほうの住人にこわされ、フロントガラスはおちてきたびんで割られていた。

　アンは荷づくりにもどった。

「だいじなのは、ここを出て行くということよ。ひと月前、あたしが出たいといったときに出ればよかったのよ。こんなところにとどまる人の気が知れないわ」

「アン、もう出て行くんだから……」

「やっとね。それにしても、どうしてだれも警察に知らせないのかしら。あるいはビルの持ち主に文句をいわないのかしら」

「持ち主は自分たちだよ」

　ロイヤルは妻から顔をそむけた。情愛をこめた微笑がこわばりかけていた。彼は窓外に目を移し、となりのマンションのカーテンウォールにあたった光が薄れるのをながめた。当然のことに、きょうまで彼は、アンの批判をいつも自分への評言としてうけとめてきた。

いまとなってはロイヤルにも、若い妻が高層住宅の特別な空気のなかでは、とうていしあわせになれないことがわかった。地方事業家のひとり娘として、彼女は大きなカントリーハウスの深窓《しんそう》に育った。ロワール地方のシャトーを模した、凝《こ》った造りの屋敷は、なにからなにまで十九世紀風の使用人たちの手で維持されていた。それにひきかえマンションでは、彼女に仕える使用人は、サーモスタットと湿気センサー、コンピュータ制御されたエレベーターの運行管制システムなど、目に見えぬ大スタッフであり、それらははるかに複雑かつ抽象的な主従関係のなかで、おのおのの役目を果たしていた。けれども、アンの世界では、仕事がなされるだけでなく、なされるところが目に見えなくてはいけなかった。マンションの設備のあいつぐ崩壊、居住者の対抗グループ間の衝突は、彼女の大いなる不安感をあおり、この世で自己の優位を保ってゆくことへの、はやくから身にしみついた上流階級の懸念《けねん》をつのらせ、どうにも耐えがたかった。現在マンションにもちあがっている無数のトラブルは、そうした不安を仮借《かしやく》なくさらけだしていた。知り合った当時、ロイヤルは彼女の絶対の自信を当然のことと疑わなかったが、事実は逆だったのだ。自信どころか、アンは自分の位置をたえず梯子《はしご》の最上段におきなおさなくてはならなかった。それにくらべて周囲の専門職の人々は、すべてを自分の才能の結果として手に入れているだけに、まさに自信の見本だった。

最初の入居者としてこのマンションにはいったとき、ふたりともここを、ロイヤルの再開発地の仕事に便利な、ほんの仮りずまいとしか考えていなかった。ロンドン市内に家がみつかりしだい出る気だった。それなのにロイヤルは、出て行く決断を自分が先のばししてばかりいるのに気づいた。彼はこの垂直都市での生活にも、そのスムースな機能主義に魅《み》せられている人々にも、興味を覚えた。最初の入居者であり、最上階のいちばんいい部屋の持ち主である彼は、好きではないがアンのルールブックの言葉を借りれば、〝荘園領主〟になった気分だった。元アマチュア・テニスチャンピオン——ハードコートの有名ではないタイトルだからといって重味はかわらない——としての肉体的優越感は、年とともに当然薄らいだものの、自分の真下にあれだけ大勢の人間がいて、彼らのずっとささやかなすまいの上に自分のすまいがのっかっているのだと思うと、いくらか回復していた。

事故のあと、やむなく共同経営権を売り渡し、ペントハウスで車椅子に縛《しば》られる身になってからも、この肉体的権威回復の気分はあった。回復期の何カ月間か、傷が癒《い》えて体力がもどってくると、あたらしい入居者がひとりくるたびに、なぜか自分の筋肉と腱《けん》の強化につながる気がし、ひとりひとりがロイヤルの安寧《あんねい》に、目に見えぬ寄与《きよ》をもたらすように感じられた。

それにひきかえ、アンはあたらしい入居者の切れ間のない流れに戸惑い、いらだった。マンションに自分たちだけのころは、彼女は新居をたのしみ、自分たち以外にはだれもやってこないものときめこんでいた。エレベーターに乗れば、まるで私設ケーブルカーの豪奢《ごうしゃ》な内部装飾がほどこされたゴンドラに乗った気分で、ふたつのプールのしずかな水にひとり身を泳がせ、ショッピング・コンコースをぶらつくときは、自分専用の銀行、ヘアサロン、スーパーマーケットをおとずれる足どりだった。二千人の居住者の最後のふたりがあらわれて、下におさまったときには、アンはもう出て行くのが待ちきれなくなっていた。

だが、ロイヤルはかつて思いえがいたなにものにもまして、ピューリタン風勤労倫理の鑑《かがみ》であるらしい、あたらしい住人たちに惹《ひ》かれた。その住人たちが彼をどう見ているかといえば、アンにきいたところでは、ちょっと不可解な、超然とした人物で、高層マンションの屋上に、自分の半分ほどの年齢の若い裕福な妻とのんきな世帯をかまえ、妻がよその男たちに誘われて出かけるのを見てよろこんでいる、車椅子暮らしの交通事故犠牲者、ということだった。このシンボリックな去勢《きよせい》をされながらも、ロイヤルはどこかまだマンションの鍵をにぎる人と目《もく》されていた。ひたいの傷、クロームのステッキ、射的の的《まと》にでもなったみたいに好んで着る白いサファリ・ジャケットは、この巨大ビルの設計者とその不安な住人たちとの真《しん》の関係をかくす、なにやら符号の構成要素に見えるのだった。アンの毎度乱行すれすれの行状さえ、このアイロニーに満ちた世界の一部であって、これはすべてを賭け何物も失わずにすむ〈ゲーム〉的状況を好むロイヤルの気に入った。

そうしたことの隣人たちにあたえる効果が、ロイヤルには面白かった。わけてもリチャード・ワイルダーのようなはみだし者だ。ああいう男は、エヴェレストが自分よりも大きいという口惜《くちお》しさだけを装備に、エヴェレスト登頂をくわだてるのだ。あるいはドクター・ラング。自分はマンションから完全に一歩はなれたところにいるという心たのしい思いにひたりながら、終日バルコニーから外をながめているが、そのじつ彼はおそらく最も忠実な居住者だった。すくなくともラングは、自分の場所をわきまえ、そこから踏みだすことはない。ワイルダーには三日前の夜、みんなで手ばやく焼きを入れてやらなくてはならなかった。

ワイルダーの侵入——上層階の部屋に押し入ろうという、下の連中による一連のくわだてのほんのひとつ——のことを考えながら、ロイヤルは寝室を出て、玄関の鍵のぐあいをたしかめた。

「それだけなの、持って行くものは」

「さしあたってはね。ほかにいるものがあれば、とりにもどる」

「もどる？　どうしてそんな気になるの。あなた、ほんとはのこりたいんじゃない？」

妻にというよりは、ひとりごとのようにロイヤルはいった。

「くるのは一番、出るのは最後……」

「それ冗談？」

「そうじゃないさ」

アンは彼の胸に手をあてて、なにか古傷でもさがすような仕種《しぐさ》をした。

「もうおしまいよ。いいたくないけど、このマンションは失敗だったのよ」

「かもしれん……」

ロイヤルは彼女の同情の口ぶりを大いに割り引きしてきいた。彼女はロイヤルが、マンションはやはり成功だという考えを、またもたしかめようとするのをおそれて、しばしば彼の挫折感をあおった。そんな考えのところへもってきて、隣人たちは彼をいささか安易に、リーダーとしてうけいれてしまっていた。だいたい彼の共同経営権は、主としてアンの父親が彼にまわしてくれた仕事のおかげで買えたのであり、彼女がそのことをロイヤルに忘れさせないのは、彼に分際《ぶんざい》を知らせるためというよりは、彼にとっての自分の価値をはっきりさせるためだった。しかし、どちらの意味も通じた。たしかに彼は、言葉のあまりにも多くの意味で、高きへのぼってしまっていた。もしかするとあの交通事故は、一種きちがいじみたかたちで、罠《わな》を破って逃げようとのくわだてであったのかもしれない。

だが、それもこれも、いまとなっては過去のことだった。自分たちがいま、からくも間に合ううちに出て行くのだということは、ロイヤルにもわかっていた。ここ数日でマンションの生活は、どうにもならぬところまできていた。はじめて上層階の住人も、直接かかわりを持った。一切すべての腐蝕《ふしょく》荒廃はつづき、それは彼らを下へ下へと押し流す緩慢《かんまん》な心理的なだれであった。

表面的には、マンション内の生活は正常といえた。大半の住人は毎日勤めに出て行き、スーパーマーケットもまだ営業しているし、銀行やヘアサロンもふつうにやっている。だが、内部の本当の空気は、不穏のうちに共存する三つの武装軍団のそれであった。すでにそれぞれの陣営は完全にかたまって、いまはもう上・中・下のグループ間にほとんど接触はなかった。一日のまだ時間のはやいうちは、マンション内を自由に歩くこともできるが、午後が進むにつれ、それもしだいにむずかしくなる。夕方には一切のうごきが不可能になった。銀行とスーパーマーケットは三時に閉店する。小学校は破壊された教室から、七階のふたつの世帯に移っていた。ロイヤルが児童のために苦心して設計した屋上の彫刻庭園はもとより、もう十階から上に子どもの姿を見かけることはなかった。十階のプールは、にごった水が半分だけのこる、塵芥《じんかい》を浮かべた池だった。スカッシュ・コートはひとつが閉鎖され、他の三つはこわれた学校の机や椅子と、ごみの山でふさがっていた。ビルにぜんぶで二十基あるエレベーターは、三基が故障したきりなおらず、他はそれぞれ対抗グループが確保して、専用路線にしていた。五つの階が停電していた。夜になると、マンションの前面にそこだけ黒い帯が横に走り、衰弱した脳の死んだ層を思わせた。

ロイヤルと彼の隣人にはさいわいなことに、マンション上層階の状態は、まださほど悪化してはいなかった。レストランは夜間営業をやめたが、毎日数時間、わずかなスタッフが自由に出入りできるあいだだけ、かぎられたメニューのランチを出した。しかし、ウェイターふたりはすでに辞《や》めてしまい、ロイヤルはシェフと細君もそのうちいなくなるだろうと思った。三十五階のプールは使えるが水位がおちて、水の出は自分たちの部屋同様、屋上のタンクと電動ポンプの機嫌しだいだった。

客間の窓からロイヤルは駐車場を見おろした。もう何週間もうごいていない車がたくさんあった。おちてきたびんで窓を割られ、車内はごみだらけ、タイヤは空気が抜けかけ、まわりにはごみの海が建物を中心に、しみがひろがるように外へ外へとひろがりつつあった。

マンション崩壊の、この目に見える指針は、同時にまた居住者が、この腐蝕の進行をどこまで許しているかをしめすものだった。ロイヤルはときどき、隣人たちがもっとなにもかも崩壊することを無意識にのぞんでいるのではないかと思うことがあった。管理人室におこった住人が押しかけるということももうなかった。はじめのころはなんでもすぐ文句をいっていた上層階の連中も、いまではふっつりとマンションの批判をしなくなっていた。管理人は心身失調状態でまだ一階の自宅に寝ており、不在中はそののこりすくない二名のスタッフ（一階の録音技師と三階の第一ヴァイオリンの細君たち）が、頭の上で急速に進行している退廃も気にせず、冷然とエントランス・ロビーのデスクについていた。

ロイヤルが興味を覚えたのは、エレベーターや空調に故意に無茶なことをしたり、電源機構に過負荷をかけるなど、居住者のマンションにたいする行動が、度はずれて粗暴になっていることだった。自分たちの生活の利便にたいするこの無神経は、思考の優先順位の変化をしめし、おそらくはロイヤルが待っているあたらしい社会的・心理的秩序の到来をしめすものだった。ワイルダーへの暴力沙汰《ざた》が思いだされた。小児科医や大学教員のグループが、狂った体操集団のように棍棒《こんぼう》をふりあげて襲いかかってきたとき、ワイルダーはうれしそうに声をあげて笑った。ロイヤルの目にもグロテスクに映った事件だったが、じつはあのときワイルダーは、エレベーターに半死半生《はんしょう》で放りこまれることに、一種隠微《いんび》なよろこびを感じていたのだろうと思った。

　ロイヤルはカバーのかかった家具のまわりを歩きまわった。ステッキをふりあげ、ワイルダーにしたのとおなじ手つきで、よどんだ空気に打ちかかった。もういまにも警察が大挙到着、全員をいちばん近い拘置所《こうちしょ》へ連れて行きそうだ。いや、そうだろうか。居住者にとってまことに好都合なのは、高層マンションのすぐれた自己自足性である。なにぶんマンション自体が、再開発地という大きな私領のなかの独立した自治領なのだ。管理人とそのスタッフ、スーパーマーケット、銀行、ヘアサロンをやっている人間は、みなマンションの住人だった。外からきていたわずかばかりの従業員は、辞《や》めて出て行くか解雇されていた。建物の保全にあたる技術者たちは、管理人の指示で作業をするのだが、なにも指示が出ていないことはあきらかだった。こなくていいとさえいわれているのかもしれなかった——ごみ収集車はもう何日もよばれず、ダストシュートの詰まったものも相当あった。

　自分らの周囲でいよいよ混乱が深まるのに、住人は外部の世界にだんだん関心をしめさなくなった。一階ロビーには、仕分けもされない郵便物の束《たば》がいくつもころがっていた。建物のまわりに散らかったごみ、割れびん、空《あ》き罐《かん》などは、地上からはほとんどそれと気づかない。こわされた車すら、まだとりかたづけられていない建築資材、木枠《きわく》、砂山などで半分かくれていた。そのうえ、外部世界をシャットアウトするあの無意識の共謀の結果、マンションをおとずれる人は皆無だった。ロイヤルとアンも、数カ月来、自宅にひとりの友人も招待していなかった。

ロイヤルは妻が漫然《まんぜん》と寝室をうごきまわるのをながめた。親友のジェーン・シェリダンがきて、荷づくりを手つだっていた。ふたりの女はワードローブから一列のイヴニングガウンをトランクに移し、同時にいらないシャツとズボンをスーツケースから棚にもどしていた。いそがしそうにやっているわりには、出発前夜に荷づくりしているのか、到着して荷ほどきしているのか、はっきりしなかった。

「アン……行くのか行かないのか」ロイヤルはきいた。「とても今夜はむりだがね」

アンはまだ半分しか詰まっていないスーツケースのほうへ、絶望的なジェスチュアをした。

「空調のせいよ――なんにも考えられない」

「いまは出て行きたくても出られやしないわよ」ジェーンがいってきかせた。「あたしの見るところ、どうやらあたしたちはここにとりのこされたって感じ。エレベーターはぜんぶほかの階でおさえられてしまったもの」

「ほんと？　ねえ、きいた？」アンはおこった顔でロイヤルをにらんだ。まるで彼のエレベーター・ホールの設計が悪いから、そういう海賊行為が出てくるのだといいたげだった。

「いいわ、明朝一番に出ましょう。食べるほうはどうするの。どうせレストランはやってないでしょうし」

自宅ではいちども食事をしたことがなかった――面倒な食事の支度にえんえんと時間をかける隣人たちへの、アンの軽蔑の意思表示だ。冷蔵庫のなかにあるのは犬の餌《えさ》だけだった。

ロイヤルは鏡を見て、白いサファリ・ジャケットの乱れをなおした。薄れる光のなかで、鏡に映った姿はちらちらと妖《あや》しくふるえ、死体に照明をあてたみたいに見えた。

「なにか考えるさ」

スーパーマーケット以外に食料源があるという意味だから、われながら奇妙な返事だと思った。彼はジェーン・シェリダンのふくよかな肢体《したい》を見おろした。そのロイヤルのむりに抑えた表情に気づいて、彼女は請け合うように見返していた。ロイヤルはこの愛嬌《あいきょう》ある若い女の面倒を見る仕事を、その愛犬の溺死以来ひきうけているのだった。

「エレベーターは一時間ほどで乗れるようになるだろう」彼はふたりにいってきかせた。「そしたらスーパーマーケットへ行ってみよう」

ふと、ジャーマン・シェパード――ペントハウスの彼のベッドで寝ているのだろう――のことを思いだし、屋上で運動させてやろうと思った。

アンは半分詰めたスーツケースの中味を、またひっぱりだしにかかっていた。頭の大きな部分がはたらきを停止したかのように、なにをやっているのか自分でもよくわかっていないようだった。あれほど文句がありながら、彼女は自分ではいちども管理人に電話をしたことがなかった。そんなことは彼女の身分ですることではないと思っているのだろうが、しかし彼女もまた、マンションのむこうの世界の友人のだれにも、苦情ひとつ漏らしてはいなかった。

そんなことを考えていると、ロイヤルはふと、彼女のベッドサイドの電話がコンセントからひき抜かれ、コードが電話機にきちんと巻きつけてあるのに気づいた。犬をさがしに行く前に、家のなかを歩いてみると、玄関と客間とキッチンにある三本の外線電話も、ぜんぶ線がはずされていた。前の週、外部からいちども電話のなかったわけがこれでわかり、今後ともかかってこないと思うと、まぎれもない安堵感を覚えた。すでに彼には、おたがい口では意向をはっきりさせているものの、あすの朝だろうといつの朝だろうと、自分たちはたぶん出て行かないだろうという予感があった。

8　肉食鳥

　ペントハウスのひらいた窓から、ロイヤルは五十フィート先のエレベーターの塔屋《とうや》にむらがった大きな鳥をながめた。河口カモメのあまり見かけぬ種類で、数カ月来こんな上までやってきて、換気シャフトや貯水タンクのあいだにあつまり、ひと気の絶えた彫刻庭園のトンネルにはいりこんでいるのだった。彼は回復期に、よく自宅テラスで車椅子にすわって、鳥がやってくるのをながめた。その後、エクササイズ・マシンを据えると、エクササイズ中に鳥がテラスをひょこひょこ歩くようになった。ひとつにはロイヤルの白いジャケットと金髪が、自分たちのあかるい羽毛《うもう》と色調がひどく似ているため、それでひきよせられるらしかった。自分らの同類とでも思っているのだろうか。肢体《したい》不自由になってこんな遠い川岸の屋上にのがれた、老いぼれアホウドリとでも。ロイヤルはそんな想像が気に入って、しばしば頭にうかべた。

　ひらいたフランス窓が、宵《よい》の風に揺れた。ジャーマン・シェパードは逃げだして、全長五百フィートの展望台で勝手に餌《えさ》をさがしているのだろう。夏もおわり、屋上へあがっている人はほとんどいない。カクテルパーティ用テントの残骸が、雨に打たれてよごれ、手すりの下の排水溝におちている。重い翼をたたんだカモメが、段ボールのまわりに散らかったチーズスティックのなかを歩いている。鉢植えの棕櫚《しゅろ》は長いこと手入れされず、だんだん屋上全体が、すべてをのみこむ貪婪《どんらん》な廃園の様相を呈してきていた。

ロイヤルは屋上へ出た。エレベーターの塔屋にとまった鳥たちの、敵意ある注視をたのしんだ。ひっくり返った椅子、のび放題の棕櫚、宝石だけほじくりだしてすててある螺鈿《らでん》のサングラスなどのあいだに、野蛮復活の感じがただよっていた。なにが鳥たちを、屋上のこの孤立領土にひきつけるのだろう。ロイヤルが近づいたとき、ひと群れのカモメがさっと宙にとびだしたと思うと、急降下でまいおり、十階下のバルコニーからなげられたものをキャッチした。どうやら鳥たちは、駐車場になげすてられるごみを餌にしているのだが、ロイヤルは、彼らが屋上を占拠した本当の理由は自分のと似ており、きたるべき聖なる暴力というおなじイメージに惹《ひ》かれて、どこか古めかしい風景を出て、ここまで飛来したのだと考えてみるのだった。彼らがどこかへ行ってしまうのが心配で、まるで待てばいいことがあるといいきかせるかのように、しげしげと餌をはこんでやった。

彫刻庭園の錆《さ》びたゲートを押しあける。庭園灯のケースからシリアル食の箱をとりだす。ほんとはジャーマン・シェパードのためにとっておいたものだ。ロイヤルは遊戯彫刻のコンクリート製トンネルや幾何学《きかがく》立体のあいだにばらまきはじめた。この庭園の設計にはことのほか満足していたから、子どもたちが遊びにこなくなったことは寂しかった。だが、せめて鳥には開放されている。カモメたちは彼のあとからせっつくようについてきて、力強い翼で手のなかの箱をたたきおとそうとした。

ステッキで身をささえて、ロイヤルはコンクリート面にできた水たまりをよけた。彼には昔から、自分だけの動物園をつくりたいという夢があった。大型ネコ科動物を五、六頭と、なにより欠かせないのは、あらゆる種類の鳥を入れた巨大な檻《おり》だ。年来そんな動物園の図をかいてきたが、そのひとつに、皮肉にも高層構造のものがあった。そこでは鳥が、彼らの真《しん》の故郷《ホーム》である空の高みを自由に飛びまわれるのだ。動物園と巨大構造物の建築とは、かねてロイヤルのかくべつの関心事だった。

カモメの群れに追いつめられたシャム猫の死体が、排水溝にぐしょぬれになってころがっていた。その小動物は、どこか下方のあたたかい快適な部屋をあとに、換気シャフトをてっぺんまでよじのぼってきて、昼の光をものの数秒かきいだいたところで、鳥たちになぶり殺しにされたのだ。猫の横には、一羽のカモメの死体もあった。ロイヤルは手でつかみとり――意外に重い――力いっぱいランニング・スローで空中になげつけた。死んだ鳥は地上めがけ、はてしもなくつづくかと思う急降下のすえに、駐車した車のボンネットの上で、白い爆弾のようにはじけた。

だれも見ていなかったが、いたとしても平気だった。ロイヤルは隣人たちの行動に非常な興味を持ちながらも、どうしても彼らを見下げずにはいられなかった。アンとの五年間の結婚生活は、それまでなかった種類の偏見を彼にもたらしていた。認めたくないことではあったが、彼は仲間の住人たちが、マンションのそれぞれ割りあてられた穴に、あまりにいそいそとはまりこんでいるのを軽蔑し、彼らの責任感過剰と、派手やかさの欠如を軽蔑しているのだった。

なによりも彼らの趣味のよさを軽蔑した。この建物は、上品な趣味と、優良設計のキッチン、洗練された什器《じゅうき》備品、エレガントでけっして押しつけがましくない調度の、さながらモニュメントであった。要するに、彼ら高等教育をうけた専門職の人々が、インダストリアル・デザインのあらゆる流派からうけつぎ、そしてまた二十世紀最終四半期までに確立した、多くの賞に輝くあらゆるインテリア・デザイン方式からうけついだ、あの美的感覚そのもののモニュメントなのだ。彼らインテリのこの正統性遵守《じゅんしゅ》が、ロイヤルにはがまんならなかった。住人たちの部屋をおとずれるたび、ロイヤルは賞をとったコーヒーポットの輪郭に、ほどよく加減された色彩計画に、そして、手にふれるものを純金にかえたミダス王さながら、室内の一切すべてを機能とデザインの理想的結合にかえてしまった、彼らの知性と上品な趣味に、生理的反感を覚えるのだった。ある意味で、この連中は教育もうけ生活にも困らぬ未来のプロレタリアートの先駆者といえた。未来のプロレタリアートは、こういう高級マンションのはるか高みに、エレガントな調度と知的感受性をいだいて閉じこめられ、脱出の可能性はまったくないのだ。ロイヤルは愚劣なマントルピースの飾り物のひとつ、真っ白ではない便器のひとつ、なんでもいい、なにかひとつ希望をいだかせるものを、どんなに欲《ほっ》したことだろう。うれしいことにその彼らが、ついにこの高級牢獄を破りはじめたのだ。

彼の左右どちらにも、雨にぬれたコンクリートが夕もやの奥へのびていた。白いジャーマン・シェパードの気配もない。ロイヤルは屋上の中央へ出ていた。カモメたちは換気シャフトとエレベーターの塔屋の上にとまって、いつもより鋭い目つきで彼を見ていた。やつらはすでにあの犬を食ってしまったのだろうかと思いながら、ロバートは倒れた椅子を足で蹴り、愛犬の名をよびながら階段口のほうへ歩いて行った。

屋上の南端、専用テラスから十フィートのところに、長い毛皮のコートを着た中年の女がひとり、手すりのそばにたたずんでいた。女はとめどなく身をふるわせて、再開発地のむこうの銀色の川面《かわも》をながめていた。はしけが三艘《そう》、タグボートに曳《ひ》かれて上流へ向かい、北岸を警察の巡視艇が行く。

近づいたロイヤルは、それが死んだ宝石商の細君だとわかった。彼女はどこか屈折した自尊心から、自分では警察をよべず、警察がきてくれるのを待っているのだろうか。彼は犬を見かけなかったかきいてみようと思ったが、返事をしてもらえないことは、きかぬうちにわかった。顔はじつにきれいにこしらえてあるのだが、ルージュとパウダーのあいだから激しい敵意の色がにじみ、おそろしくけわしい目つきをしていた。ロイヤルは思わずステッキをにぎりしめた。女の両手はかくれて見えず、もしかすると毛皮のコートの下で、宝石だらけの指が、鞘《さや》をはらったナイフを左右につかんでいるのではないかと思われた。なぜか不意に、宝石商の死をもたらしたのは彼女にちがいない、彼女はいまにも自分をつかまえて屋上から放りだす気だ、と彼は確信した。それでいて自分でも意外なことに、彼女のからだにふれ、肩に腕をまわしてみたい気がするのだった。なにかしら異様な性本能がはたらいているらしかった。ふと、彼女の前で自分のからだを露出してやりたい、一瞬の醜悪《しゅうあく》な衝動にかられた。「アンの犬をさがしてるんだ」彼はおぼつかない口調でいった。相手の返事がないので、つけくわえていった。「わたしらはとどまることにしたよ」

この悲しんでいる女にたいする自分自身の対応にうろたえながら、ロイヤルはその場をはなれ、階段をひとつ下の階へおりた。両足の痛みをこらえ、ステッキで壁をたたきながら、廊下を足ばやに歩いた。

中央ホールまできたとき、ジャーマン・シェパードの狂ったように吠える声が、五基ある高速エレベーターのいちばん手前のシャフトをのぼって、はっきりきこえてきた。ロイヤルはドアパネルに耳をくっつけた。鳴きあばれる犬を乗せた箱は、ドアが閉じないようにして十五階にとめられていた。犬をフロアに打ちすえているのだろう、三人の加虐者《かぎゃくしゃ》――ひとりは女――の罵声《ばせい》と、金属棒が壁とフロアをがんがんたたく音がききとれた。

犬の鳴き声がやんだあと、エレベーターはようやくコールボタンにこたえた。箱が最上階にきてドアがあくと、半殺しの目にあった犬が、血だらけの床を這《は》いずっていた。頭から肩にかけて血がべっとりついている。箱の壁には、ぬれ固まった毛が筋目《すじめ》をなしてこびりついていた。

ロイヤルはなだめようとしたが、犬はステッキにおびえてか、彼の手に噛《か》みついた。住人が五、六人、テニスラケット、ダンベル、ステッキなど、思い思いの武器を持ってあつまってきた。その彼らを手ぶりでわきへどけたのは、ロイヤルの友人でホールのすぐ横の部屋に住む、パングボーンという婦人科医だった。アンの水泳友だちで、ジャーマン・シェパードともよく屋上で遊んでいた。

「どれ、ちょっと見せてもらおう……かわいそうに、あの野蛮人どもにいじめられたんだね……」するりとエレベーターにはいりこみ、犬をなだめにかかった。「きみの部屋へ連れて行こうじゃないか、ロイヤル。エレベーターの階数についても相談しよう」

パングボーンは床にひざをつくと、犬に向かってなにやら奇妙な音声をつづけざまに発した。このあいだから婦人科医は、下層階への報復の手段として、ビルの配電システムをいじることをしきりにロイヤルにもちかけていた。この、マンションにたいして持つと思われている支配力が、住人たちにたいするロイヤルの権威の最大の源泉なのだ——もっともパングボーンにしたところで、彼がよもやそんなものを利用しないことは百も承知かと思われたが。

婦人科医のやわらかい手と、診察室風の挙措《きよそ》は、まるでつねに、無警戒な患者にすんなり恥ずかしい診察体位をとらせようとしているみたいで、ロイヤルには少々意外だった。じっさいにはパングボーンは婦人科医のあたらしい世代に属し、彼らは患者に直接手をふれることはなく、まして分娩《ぶんべん》に手をかしたりはしない。彼の専門は録音した産声《うぶごえ》のコンピュータ分析で、そこから起こりうべき無数の症状を診断するのである。彼はそうしたテープを、古代の魔術師が腸の模様を読むようにして、仔細《しさい》に検討する。パングボーンの部屋での情事の相手は、いかにも彼らしく、二階に住むなにかの研究所員で、一日じゅう小さな哺乳動物をいじめて暮らしているらしい、ほっそりした口かずのすくないブルネットだった。その女とは、階層間闘争がはじまってすぐに切れていた。

それでも、彼の傷ついたジャーマン・シェパードの扱いはじょうずだった。ロイヤルは彼が犬をなだめて傷を調べるあいだ待った。かわいそうな犬の頭からたったいま羊膜《ようまく》をはずしてやったかのように、白い手で鼻面《はなづら》をつかんでいた。それからロイヤルとふたりで、半分かかえ、半分ひきずりながら、ロイヤルの部屋へ連れてもどった。

さいわいアンとジェーン・シェリダンは、一般昇降用にあげられている一台きりのエレベーターに乗って、十階のスーパーマーケットに出かけていた。

パングボーンは、ソファにかけたほこりよけのカバーの上に犬をのせた。

「きみがいてくれてたすかった」と、ロイヤルはいった。「病院のほうはいいのかい」

パングボーンは犬の腫《は》れあがった頭をなでた。白い手が出血箇所でデリケートにうごく。「わたしは週に二日、午前中だけ顔を出せばいい。最新の録音テープをきくだけでね。あとの時間はここで張り番だ」彼はロイヤルの顔をきつい目つきで見た。「わたしがきみなら、アンからいっときも目をはなさないだろう。さもないと彼女――」

「ご忠告かたじけない。きみはここを出ることを、いちども考えたことはないのか。いまの状態だと――」

婦人科医はロイヤルがまじめなのかどうかいぶかしむように、眉をよせてみつめた。

「こっちは越してきたばかりだよ。あんなやつらになにをゆずることがあるもんか」と、血まみれの指できっぱり床をさしていった。

この洗練された凡帳面《きちようめん》な男の、自分の領土を守る決意に心うごかされながら、ロイヤルは彼を廊下まで送り、たすけてもらった礼をいい、エレベーターの妨害作戦について相談すると約束した。それから半時間かかって、ロイヤルは犬の傷を消毒した。犬はうとうとしはじめたが、純白のカバーににじんだ血痕《けつこん》に、ロイヤルはしだいにおちつかなくなった。犬への加害は彼のなかに、もはや無意識ではない闘争欲を解き放っていた。これまでの彼は、住人たちが不必要な報復行為に出るのを抑える引き締め役だった。いまはもう、なにがなんでも騒ぎを欲した。

どこか下のほうで、びんがバルコニーにおちて割れ、騒々しいレコードプレーヤー、叫び声、ハンマー音などのしだいに高まる背景音のなかに、一瞬、その破裂音をきわだたせた。すでに室内の明りは薄れはじめ、カバーのかかった家具は、ふくらみの足りない雲のように彼の周囲にただよっていた。午後はおわり、まもなく危険時間帯がはじまる。十階からけんめいに帰ろうとしているだろうアンのことを考えながら、ロイヤルは部屋を出ようと向きをかえた。

戸口の前まできて立ちどまり、腕時計を見た。アンを気づかう心はこれまでになく強く、所有欲さえいやますのを感じたが、もうあと三十分待ってからさがしに出ることにきめた。異常な期待ながら、それによって危険の要素、遭敵《そうてき》の可能性がます。彼は家のなかをしずかに歩いて、床の上の電話機と、きっちり巻かれたコードを確認した。アンがどこかで身うごきならなくなっても、彼にたすけをもとめることはできない。

暗くなるのを待つあいだに、ロイヤルはペントハウスへあがって、エレベーターの塔屋にとまったカモメをながめた。夕明りのなかで羽毛は、はっとする白さだった。日暮れに霊廟《れいびょう》の軒蛇腹《のきじゃばら》に群れて待つ鳥のように、彼らは白骨のようなコンクリートを翼でたたいた。ロイヤルの興奮気味の視線におびえてか、ばたばたと空に飛び立った。ロイヤルは妻を思い、妻にくわえられるかもしれない危害を思った。危険と復讐の性的なまでの熱が、きゅっと神経を締めつけた。あと二十分したら部屋を出て、高層マンションのエレベーターで殺しの下《くだ》りを、殺人の降下をやってやるのだ。できればあのカモメたちといっしょに行きたかった。彼らがエレベーター・シャフトを真一文字《まいちもんじ》に、あるいは階段を螺旋《らせん》形にまいおりて、廊下にとびこんで行くさまが目にうかんだ。彼は空を旋回するカモメをながめ、その鳴き声をききながら、やがてくる修羅場《しゅらば》を思った。

9 降下地点へ

午後七時、アンソニー・ロイヤルは白いジャーマン・シェパードを連れて、妻をさがしに出た。犬は彼の前を足をひきずって歩けるていどには、うけた打撃から回復していた。湿った毛皮に鮮紅色《せんこうしょく》の花が咲いていた。自分の白いジャケットに散った血痕《けっこん》ともども、ロイヤルはそんな戦闘の跡《あと》を誇りに思った。犬をまねたみたいに、彼も胸と尻にその血をつけていた――いまだデザイン例を見ぬ死刑執行人服の紋章。

マンション下層階への下降は、高速エレベーター・ホールから開始された。ちょうど一台のエレベーターから、興奮した住人のグループがあらわれたところだった。四つ下の階で、十五階の住人グループに荒らされた部屋があるという。この散発的な襲撃略奪は、このところ日ましに多くなっていた。たとえ一日の留守でも、無人のところはとりわけねらわれた。なにか無意識の通報システムがあって、襲撃志望者には、十数階上に、あるいは下に、収奪に絶好のところがあることをつげ知らせるのだった。

ロイヤルは三十五階までおりるエレベーターをやっとみつけた。レストランはしまっていた。ロイヤル夫妻に最後の昼食を供《きょう》したあと、シェフと細君はとうとう出て行ってしまった。椅子とテーブルが調理場に積みあげられてバリケードをつくり、回転ドアには南京錠《なんきんじょう》がかかっていた。みごとな眺望のきく展望窓も、シャッターがおりてチェーンがほどこされ、プールの北端を闇に沈ませていた。

最後まで泳いでいた三十八階の株式アナリストが、プールからあがるところだった。着がえをするあいだ、ボックスの外で細君が見張っていた。彼女は飛び込み台のそばのきたないタイルにジャーマン・シェパードが寝そべって、水をぺちゃぺちゃなめるのを見ていた。犬がだれもいないボックスのドアに小便をかけたときも、女は表情をかえなかった。ロイヤルは犬のその行為に、ささやかな誇りを覚えた。それはふたたび原始的な領土本能を目覚ませた。このボックスに犬の鮮やかな色の小便でしるしをつけたことで、この小さな領土が彼の支配下にはいることになる。

それから一時間、ロイヤルは妻をさがしてさらに深く、高層マンションの中層部へおりて行った。ひとつの階からつぎの階へ、ひとつのエレベーターからつぎのエレベーターへと進むにつれ、その荒廃の度合いがよくわかった。マンションにたいする居住者の反乱は、いまや最高潮だった。詰まったダストシュートのそばには塵芥《じんかい》が山をなしていた。階段にはガラスのかけら、キッチンチェアの破片、手すりの一部が、いっぱいに散らかっている。さらに意味深いのは、どのエレベーター・ホールの公衆電話も、コードがひきちぎられていることだった。まるで住人たちのあいだに、アンや彼自身同様、外界との一切の接触を絶つ点で合意があるかのようだった。

下へ行くほど被害は大きかった。防火扉は蝶番《ちょうつがい》からはずれて傾き、石英《せきえい》ガラスの点検窓は割られていた。照明のつく廊下、階段はほとんどなく、割れた電球をとりかえる努力もなされていない。八時にはもう廊下にとどく光はなくて、さながらごみ袋でいっぱいの薄暗いトンネルだった。壁面に蛍光塗料で噴きつけたスローガンの毒々しい赤い文字が、彼の周囲に、悪夢の装飾のようにひろがった。

ロビーには住人同士のライバル・グループが立って、自分たちのエレベーターを見張り、廊下でもたがいににらみ合っていた。女たちのなかには、肩からポータブル・ラジオをつるした者が多く、音響戦争の用意なのか、局から局へダイヤルをまわしていた。別の女たちはカメラとフラッシュを持って、どんな敵対行為、どんな領土侵犯も記録しようと身がまえていた。

エレベーターを乗りつぎ、いちどに階ふたつずつ進んで、ようやくロイヤルはマンションの下半分へおりた。住人たちは彼をさまたげず、自分たちのホールに彼がはいるのを黙ってながめ、そばへくると道をあけた。傷ついたジャーマン・シェパードと血のついたジャケットは、裏切られた領主が砦《とりで》から反乱者たちに傷を見せにおりてきたという印象をあたえるせいか、彼をフリーパスさせた。

十階までおりたときには、もうコンコースはほとんどからっぽだった。ショッピングモールを住人数人がぶらつき、なにもないクロームのカウンターをながめているばかりだった。銀行もリカーショップもしまって、シャッターにはチェーンがかけてあった。どこにもアンの気配はない。ロイヤルは犬をひいてスウィング・ドアをくぐり、いまはもう半分の水量しかないプールへ行ってみた。黄色い水にごみがいっぱい浮き、浅いほうの底はむきだしになって、ごみの海の干潟《ひがた》を思わせた。空《あ》きびんのあいだにマットレスが浮かんで、まわりを段ボールと新聞紙がとりまいている。

ここなら人間の死体が浮いていても気にとめる者はいないな、とロイヤルは思った。犬は破壊された更衣ボックスにそって鼻で嗅《か》ぎ進み、ロイヤルは湿っぽい空気をうごかして生気をあたえようと、ステッキをふりまわした。いまにもここ、マンションの下層区で窒息してしまいそうだった。この少時の探訪のあいだでさえ、頭上のおびただしい人間の重みと、それぞれが窮屈な時空を持つ何千という個々の人生に、押しつぶされるのを感じた。

プールのむこう側のエレベーター・ホールから、どなり合う声がきこえてきた。犬をせかしてロイヤルは、飛び込み台のうしろにある裏口へ向かった。ガラス扉ごしにのぞくと、小学校の入口の前で、激した口論がはじまっていた。二十人ばかりの男女で、下層階のグループは机と椅子、黒板とイーゼルを持ちだし、他方のグループは彼らの教室再占拠を阻《はば》もうとしていた。

そのうち小ぜり合いがはじまった。机を頭上にふりあげたフィルム・エディターにたきつけられて、児童の父兄は決然と前に出た。相手方、十一、二階の住人は、息荒らげて防衛線をこしらえ、一歩もひかぬかまえだ。あらそいは本気になって、男も女も不格好に取っ組み合った。

このもみ合う集団には自分たちで決着をつけさせることにして、ロイヤルは犬をひきよせた。もういちどアンをさがしに行こうと向きをかえかけたとき、ホールに通じる階段口の扉がさっとひらいた。十四階と十五階の住人からなる一団が、いきおいよくとびだしてきたと思うと、騒ぎのなかになだれこんだ。先頭に立つのはリチャード・ワイルダーで、片手にシネカメラを戦闘旗のようににぎっている。ロイヤルはおそらくワイルダーが、前々からいっていたドキュメンタリー番組に入れるエピソードを撮影していて、それでこんな騒動を起こしたのだろうと思った。だが、ワイルダーは乱闘のまんなかで、あたらしい味方を以前の隣人仲間に向かってけしかけながら、自分でもシネカメラを乱暴にふりまわしていた。父兄の襲撃隊は階段のほうへ押し返されて乱れ、机や黒板をすてた。

退却した彼らの背に、ワイルダーは階段口の扉をいきおいよくしめた。かつての隣人友人を追い払ったことが、彼にはしごく満足であるらしかった。カメラをふりうごかしながら、彼は小学校の教室をゆびさした。倒れた机のうしろに、若い女がふたりでうずくまっていた。ロイヤルの妻とジェーン・シェリダンだった。なにかいたずらの現場をみつかった子どもの顔つきで、ふたりはワイルダーが自分らを大仰《おおぎょう》に手まねきするのをじっとみつめた。犬のリードをみじかく持って、ロイヤルはガラス扉を押しひらいた。いまは生徒の机をたのしげにたたきこわしている人々のあいだを、彼は大股に進んだ。

「もういいぞ、ワイルダー」きっぱりと、だがさりげなさを失わぬ声でよびかけた。「あとはひきうけた」

彼はワイルダーの前を通って教室にはいった。アンを立たせてやった。

「ここを出よう。ワイルダーなら心配いらない」

「あたしはべつに……」ずいぶんこわい目にあったにしては、アンは意外なほど動揺していなかった。彼女はワイルダーを、あきらかな賛嘆の目でみつめた。「あの人ったら、まるで気違いみたい……」

ロイヤルはワイルダーが襲ってくるのを待った。二十の年齢差はあるが、あわてはしなかった。冷静な気持ちで肉体的対決にそなえた。だが、ワイルダーはうごこうとしない。興《きょう》がる顔でロイヤルをみつめ、片方の腋《わき》の下をまるで動物の仕種《しぐさ》でたたいた。ロイヤルがこんな下までおりてきて、領土と女のための闘争に、ついにみずからくわわったことをよろこんでいるみたいだった。シャツを腰まではだけ、樽《たる》のような胸板《むないた》をこれ見よがしにむきだしていた。シネカメラを頬《ほお》にくっつけて、そのうちもっといいおりに、建物のもっと上のほうでおこなわれる高度な決闘の、背景と殺陣《たて》を想定しているのかと思われた。

その夜、四十階の自宅に帰ったロイヤルは、マンション上層階のリーダーシップをとることをはじめた。まず妻とジェーン・シェリダンがアンのベッドで休んでいるあいだに、ロイヤルは犬の世話を焼いた。キッチンでドッグフードののこりを食わせてやった。犬の肩と頭の傷は、こりこりに固まっていた。ロイヤルは妻がこうむったどんな狼藉《ろうぜき》よりも、犬がうけた傷のほうに腹が立った。アンの苦境は、彼がわざとさがしに行くのを遅らせて確実にしてやったといっていい。思ったとおり彼女とジェーンは、スーパーマーケットで買い物をすませたあと、エレベーターをつかまえることができなかった。ふたりはホールで酔った録音技師にからまれ、無人の教室に逃げこんだのだった。

「下ではみんな、自分たちで映画をとってるのよ」下層階級の一日を見た刺戟《しげき》的な経験に、あきらかに魅《み》せられた様子でアンはつげた。「だれかがやられるたびに、カメラが十台ぐらいまわりだすの」

「それを映写室で上映してるの」ジェーンが口をそえた。「満員よ、たがいのラッシュを見るために」

「ひとり例外はワイルダーだな。あの男はなにかよくよくおそろしいことが起きるのを待ってる」

ふたりの女は思わずロイヤルの顔を見たが、彼はその視線を平然とうけとめた。彼をして下の住人たちにアンの姿をさらさせたのは、陰微《いんび》なかたちでの彼女にたいする思いやりであり、それは共同できずくあたらしい王国への彼の寄与《きよ》となった。それにひきかえジャーマン・シェパードのほうは、もっと実利的な世界のものだった。すでに彼は、待ちうけている将来においては、おそらくこの犬が役立ち、どんな女よりも容易に交換材料になりうると見ていた。彼は胸に犬の血をつけていたくて、よごれたジャケットをすてるのはやめた。若い女ふたりを見舞いにくる近所の細君連が洗ってくれるというのもことわった。

ジャーマン・シェパードとロイヤルの妻への襲撃が自然と焦点になって、住人一同、高層住宅の屋上でうごきがとれなくならぬうちに主導権をとりもどそうということになった。ロイヤルはパングボーンに、三十五階の直下《ました》数階の住人の支援をうることが、なんとしても必要だと説《と》いた。

「生きのこるためには、下層階からの攻撃にたいし緩衝《かんしよう》材となる味方が必要だし、それはもっと多くのエレベーターを確保するためにも必要だ」

「同感」婦人科医に異存はなかった。彼はロイヤルがついに、自分たちのおかれた状況に気づいたことをよろこんだ。「あの辺に足場ができたら、つぎは連中をそれより下の階にぶつけてあらそわせる——つまり、中間部を分裂争覇させた上で、マンション全体の植民地化にとりかかり……」

あとから考えると、これら初期計画がいかにやすやすと実行できたかに、ロイヤルはおどろくのだった。午後九時、あちこちでパーティがはじまらぬうちに、ロイヤルは三十五階のプールの下層の住人の支持をとりつけにかかった。パングボーンは巧みに彼らの不満につけこんだ。この連中には、上層階居住者とおなじ苦情がすくなくない――彼らの乗用車も乱暴され、彼らもまた心細くなる一方の水道と空調に苦労していた。計算ずくのジェスチュアとして、ロイヤルとパングボーンは上層階用エレベーターを使ってくれと申し出た。そうすれば、もうメイン・ロビーからはいって、中間三十階の敵中突破をしなくても、自分たちの階まであがれる。今後はだれか上層階の人間がくるのを待って、いっしょに専用ロビーからはいり、妨害なしに三十五階まで直行、そこからちょっと階段をおりて自分たちの部屋へ行けばいい。

申し出はうけいれられ、ロイヤルとパングボーンはわざとなんの交換条件ももちださなかった。代表交渉委員は四十階にもどり、一同めいめいの自宅に散って、夜の騒ぎの支度をはじめた。それに先立つ一時間のあいだに、二、三小さな事件が起きていた。二十八階に住むアカウント・エグゼクティヴの中年の細君が、半分しか水のないプールに突きおとされて気を失い、七階の放射線技師がヘアサロンのドライヤーのあいだで袋だたきにあった。しかし、マンション内はおおむね常態を保っていた。夜がふけるにつれて、やむ間もない歓楽の音声がビルに満ちた。下のほうの階からはじまって、パーティは上へ上へとひろがり、ビルを光とにぎわいの鎧《よろい》でおおって行った。ロイヤルはバルコニーにたたずみ、下からのぼってくる音楽と笑い声をききながら、若い女ふたりの着がえを待った。はるか下方を一台の乗用車がとなりのマンションへの進入路を走っていて、車内の三人の人間がこちらの何百というにぎやかなバルコニーを見あげていた。だれでもこの電飾煌々《こうこう》たる船を見たら、船内の二千人は集団多幸症《たこうしょう》にかかったにちがいないと思うだろう。

この強壮効果を持つ空気に元気づけられて、アンとジェーン・シェリダンは急速に立ちなおっていた。アンはもうマンションを出ていくなどおくびにも出さず、いちどは出る決心をしたことなど忘れてしまったみたいだった。小学校での乱闘事件は彼女に、他のマンション住人との連帯感という、それまでなかったものをあたえていた。将来は暴力こそ社会紐帯《ちゅうたい》の重要な形態になるにちがいない。ロイヤルは彼女を連れて、三十七階の新聞コラムニストがひらいた今夜最初のパーティにおもむいた。手を組んで歩くアンとジェーンは、その後またいくつか抗争事件があったとの知らせと、さらにふたつの階、六階と十四階が停電になったというニュースにうきうきしていた。

パングボーンはそれをロイヤルの手柄《てがら》だとでも思っているのか、ロイヤルをねぎらった。だれひとり、上層階においてさえ、飲み騒ぐ人々のりゅうとした身なりと、建物の荒廃状態のコントラストに気づく者はいないようだった。収集されぬごみでいっぱいの廊下を、詰まったダストシュート、こわされたエレベーターの前を、男は仕立てのいいディナージャケットを着て通った。エレガントな女性が、ロングスカートをもちあげて割れたびんの破片をまたいだ。高級アフターシェーヴ・ローションの香りが、生ごみのにおいと入り混じった。

この奇怪なコントラストは、彼ら冷静で洗練された男女が、およそ理性的行動なるものからどれぐらいはなれつつあるかをしめして、いたくロイヤルの気に入った。彼は自分とワイルダーの対決を思った。それはマンション内の勢力争いのすべてを要約するものだった。どうやらワイルダーは、ふたたびマンション登高をこころみ、十五階までやってきたのだ。本当はマンションは、ワイルダーと彼をのぞいて無人にならなければいけない。真《しん》の決闘は、ふたりの頭のなかにあるマンションの無人の廊下、人住まぬ部屋のあいだで、鳥にだけ見守られておこなわれるだろう。

あたりにただよう暴力の脅威は、ひとたびそれをうけいれたアンを大人《おとな》にしていた。コラムニストの客間の暖炉ぎわに立って、ロイヤルは彼女をあたたかくながめやった。もう彼女は年配のビジネスマンや青年実業家とふざけ合ってはおらず、ドクター・パングボーンの話にじっとききいっていた。この婦人科医が、純然たる職業的理由以外にも、いろいろ自分に役立つかもしれないと思っているかのようだった。彼女の姿を他の住人にさらすたのしみとはべつに、彼はいま、妻を守ってやりたい気持ちのほうがはるかに強かった。この性的領土権は、ジェーン・シェリダンにまでおよんだ。「うちへ越してこようと考えてみたことはないか」ロイヤルは彼女にきいてみた。「きみの部屋は無防備すぎる」

「そうできれば――アンもそういってくれるの。じつはもう、荷物をすこし持ってきたの」

ロイヤルは生ごみを積みあげた玄関広間で彼女と踊り、その力強いヒップと太腿《ふともも》を無遠慮にまさぐった――その〈商品調べ〉により、いつか将来、彼女のからだのその部分にたいする権利が確実になるかのように。

何時間かたって、ロイヤルにはそんなパーティが永久につづいているかに思われる、夜半をだいぶすぎたころ、気がつくと彼は三十九階のだれも家人《かじん》のいない部屋で酔っぱらっていた。長椅子に寝て、肩にジェーンがもたれかかり、まわりをよごれたグラスや灰皿ののったいくつものテーブルと、客がひきあげたあとのパーティのごみにかこまれていた。近くのバルコニーからひびく音楽は、ときどき起きる暴力行為の騒音にかき消された。どこかで住人のグループが罵声《ばせい》をとばしながら、エレベーターのドアをがんがんたたいていた。

停電で明りは消えていた。ロイヤルは暗がりに身をよこたえ、となりのマンションの照明に、はかばかしく回転しない頭の焦点を合わせた。そして無意識にジェーンを愛撫《あいぶ》しはじめ、豊かな乳房をなでさすった。彼女は身をひこうとはしなかった。数分後、電気がついて、バルコニーの床においてある電気スタンドがともると、彼女は相手がロイヤルだったとわかり、その胸におおいかぶさった。

キッチンの物音にロイヤルがふり向くと、妻がロングガウンでテーブルにつき、片手をあたたまってきた電動パーコレーターにそえているのが見えた。ロイヤルはジェーンのからだに両腕をまわすと、妻のためにスローモーションでプレイバックをしてやるみたいに、ことさらゆっくり抱擁した。アンから見えるのはわかっていたが、彼女はキッチンテーブルにしずかにかけて、煙草《たばこ》に火をつけた。つづく性行為のあいだずっと、彼女はなにもいわずに見ていた。浮気にたいする当世風の考えかたからではなしに、ロイヤルの見るところ、種族の連帯感から、党派のリーダーによせるひたすらな敬意から、認めているという感じだった。

10　水のない池

夜が明けてまもなく、ロバート・ラングは二十五階の自宅バルコニーにすわって、粗末な朝食をとりながら、周囲の部屋部屋ではじまった一日の最初の活動の物音をきいていた。はやくも仕事に出かける住人がちらほら、建物の根方《ねかた》のごみのあいだを抜けて、生ごみでよごれためいめいの車に向かっていた。まだ毎日数百人が、オフィスに、スタジオに、空港に、競売場に出かけて行く。水も光熱もままならぬにしては、男も女も身ぎれいで服装もととのい、この数週間の出来事を気《け》ぶりにもあらわしていない。とはいえ、自分でも気づかぬまま、オフィスのデスクで居眠りばかりしている者もすくなくなかった。

ラングは一枚のパンをことさら時間をかけて食べた。タイルの割れたバルコニーの床にそうやってすわっていると、なんだかあわれな巡礼者が危険な旅に出て、道ばたの廟宇《びょうう》で簡単な、だが意義深い儀式をおこなっているような気になった。

前夜は一大混乱をもたらした――乱痴気《らんちき》パーティ、喧嘩、留守宅収奪、単身の住人にくわえられる襲撃。またいくつかの階が停電になり、姉のアリスが住む二十二階もそのなかにはいった。ほとんどだれも眠っていない。なのに、まるで生活の秩序が昼から夜にさしかわりつつあるかのように、ほとんどだれも疲労の色を見せないのは驚異だった。あんなに大勢の住人が訴えていた不眠は、じつはきたるべき危機にそなえた一種無意識の準備だったのではないかとすら思われた。ラング自身、気持ちがはりつめ、自信もあった——肩と腕の打ち身にもかかわらず体調は申し分なかった。八時になったら身づくろいをして医学部へ行くことにした。

ラングは夜のうちに、シャーロット・メルヴィルの部屋のあとかたづけを手つだってやった。彼女が子どもを連れて友人のところに身を寄せているあいだに、侵入者たちに荒らされたのだ。そのあと、隣人たちが二、三時間確保したエレベーターをいっしょに見張った。べつにどこへ行くというのではない。エレベーターを確保したら、だいじなのはそれを心理的に効果のある長さだけとめておくことだった。

夜は例によって、テレビのニュースキャスターでいまは派《クラン》のリーダーであるポール・クロスランドがひらくパーティではじまった。クロスランド本人はスタジオにいて遅れたが、客一同は彼がいつものおちついた声で九時のニュースをつげ、六人の死者が出たラッシュアワーの玉突き衝突事故について話すのを見た。隣人たちはテレビの前にあつまり、ラングはクロスランドが、高層住宅で玉突き事故におとらぬ惨事が起こっていることをつげ、宝石商の死（もう完全に忘れられていた）と、居住者の分断抗争についてなにかいいだすのを待った。きっとニュースのいちばん最後に、いましも彼の居間でビニールのごみ袋にかこまれて酒をこしらえている自派のメンバーに、特別メッセージでもつけ足すのだろうと思った。

クロスランドがフリースの裏地つきのジャケットにフリースの裏地つきのブーツ、まるで爆撃機パイロットの帰還といった格好で到着したときには、もうだれもかれもできあがっていた。赤い顔で上機嫌のエリナ・パウエルが、足元おぼつかなくラングに近づくと、けらけら笑って彼をゆびさし、この人はあたしの部屋に忍びこもうとしたといいたてた。このニュースには一同どっとわいた。まるでレイプが、派《クラン》のメンバーの結束をはかる貴重かつ有効な手段ででもあるというかのように。

「低犯罪率なんて、社会的貧困のたしかな徴候よ」彼女はラングににこやかな顔でいった。

まったくセーブせずに飲みつづけたラングは、アルコールが頭につきのぼるのを感じた。もうどんな節度もすてて、クロスランドのような人々の分別にたいし、自分で自分を挑発しているのだとはわかっていた。実利面では、酔っぱらうことはエリナ・パウエルに近づくほぼ唯一の手段だった。素面《しらふ》の彼女は、すぐうんざりするほど涙もろくなって、自分の頭の鍵をなくしたみたいに廊下をほっつき歩くのだが、カクテルが四、五杯もはいると、うってかわってはしゃぎだし、まるで故障したモニターテレビさながら、ついたり消えたりして、ラングが自分も酔わなければ理解できない、途方もない番組をかいま見させてくれるのだった。彼のいうことをかたはしからねじ伏せ、カウンターの下のごみ袋につまずいてばかりいる彼女を、彼はしかし倒れないようにささえてやり、背広の胸元をまさぐる女の手のうごきに興奮した。自分も隣人たちも、セックス・ライフをひろげるのに最も有効な手段として、騒ぎを切望している――そうラングが思うのもはじめてではなかった。

ラングはバルコニーのふちからパーコレーターの中味をすてた。建物の壁面にべとついたしぶきがかかり、流れおちるコーヒー滓《かす》ののこりは、風で下の部屋にはいってもかまわぬげに、ふちからはみ出て盛りあがった。彼は朝食のトレイをキッチンへはこんだ。停電つづきで冷蔵庫のものは腐っていた。饐《す》えた牛乳のびんが、かびを生やしてならんでいる。いたんだバターが網棚《あみだな》からぽたぽた流れおちている。この食べ物の腐ったにおいには、それなりの魅力もないではなかったが、ラングはビニール袋にぜんぶ放りこんだ。それを廊下になげすてると、他の袋といっしょに薄暗がりにころがった。

エレベーター・ホールで、隣人のグループが大声をはりあげていた。彼らと二十八階の住人のあいだで、ちょっとした争いがはじまっているのだった。クロスランドがからっぽのエレベーター・シャフトに、ひどい剣幕でどなっていた。ふつうならラングは、こんな朝っぱらからは気にもとめないところだ。だいたいクロスランドは、自分でもなにをわめいているのかわからないことがしょっちゅうだった――喧嘩でさえあればいいのだ。メイクをおとした顔の憤慨《ふんがい》の表情は、はじめてだまされて自分にかんするよからぬニュースを読まされたキヤスターを思わせた。

廊下の暗がりから、矯正歯科医《きょうせい》がさりげなさをよそおってあらわれた。スティールはきつい顔立ちの細君と、さっきからごみ袋のあいだに立って、四方に目をくばっていたのだ。彼はそっとラングのそばへ寄ってきて、彼の腕をやんわりと、だがややこしいにぎりかたでにぎった。むずかしい抜歯《ばっし》には、そうやって患者の手をおさえるのかもしれない。彼は上の階をゆびさした。

「あいつら、ドアを完全に封鎖してしまおうというんだ。エレベーター回路のうち二本を組みかえて、一階から二十八階までノンストップでうごかす気らしい」

「あとの者はどうなる」ラングはきいた。「われわれはどうやって外へ出るんだ」

「さあねえ、あんまりわれわれのことまでは気にかけてくれないんじゃないかな。連中の本当のねらいは、マンションをここで、この二十五階で、ふたつに分けることなんだ。ここが配電上の基幹階になってるらしい。この下の三つの階をつぶすことによって、建物の上半分と下半分をへだてる緩衝《かんしょう》地帯ができる。いいかねドクター、そうなったときは、おたがい緩衝地帯の間違った側につかないようにしないと……」

みなまでいわなかったのは、そこへラングの姉が、電気コーヒーポットを持ってやってきたからだった。会釈《えしゃく》したスティールは、ものの影のなかを抜けて行った。小さな足がごみ袋を器用によけて通り、頭のまんなかの髪の分け目がほの明りをうけて光った。そのまま音もなく自分の部屋にすべりこむのをラングは見送った。スティールならこの先ひかえているどんな危険も、ああやって巧みにくぐり抜けて行くことだろう。もう彼がまったくマンションの外へ出ないことにラングは気づいていた。あの非情な野心はどうなってしまったのだろう。このところの乱闘つづきのあと、きっと最新口腔《こうこう》外科の需要急増をあてこんでいるのだろう。

アリスに朝のあいさつをしていてふと気づいたのは、歯科医の話が本当だとすると、彼女も切りすてられる組であり、分界線のよくないほうの側で、アル中の夫と暗闇暮らしをするのだということだった。彼女はいかにもコーヒーポットをラングのキッチンのコンセントにつながせてもらいにきた格好だったのに、部屋にはいりしな、ポットを戸口のテーブルにおき忘れた。彼女はまっすぐバルコニーへ歩いて行き、朝の大気に目をこらした。自分の下にまだ階が三つあるのが安心という顔つきだった。

「チャールズはどうしてる」と、ラングはたずねた。「会社かい」

「ううん……休暇なの。最終休暇よ、あたしにいわせれば。そういうあなたはどうなの。学生を放《ほ》っといちゃだめでしょう。このぶんだと、医者の卵がいくらいてくれても困らないってことになるわよ」

「きょうは行くつもりだ。なんなら出がけにチャールズをのぞいてみようか」

アリスはこの申し出を無視した。両手で手すりをつかんで、子どものようにからだをゆすりはじめた。

「のどかなものね、ここまでくると。ロバート、あなた知らないでしょう、ほかの人たちにはどんな毎日か」

ラングは声に出して笑った。アリスが彼を、きょうまでマンション内の出来事と無縁だときめこんでいるのがおかしかった。少女期に、わが身を犠牲に幼い弟の世話をさせられた姉の、典型的な思いこみである。

「きたけりゃいつでもおいでよ」

ラングは彼女がバランスをくずしたらささえてやろうと、肩に手をまわした。これまではいつも、そのあまりにも母親似のために、アリスとは肉体的に距離感を持っていたのだが、いまはその酷似が、かならずしも性的な理由からではなく、彼をつきうごかした。アリスの腰にさわり、乳房に手をあててみたくなった。それを察したかのように、彼女は力を抜いてラングにもたれかかった。

「今夜はここのキッチンを使うといい」ラングはいってやった。「いろいろきくところでは、だいぶひどいことになりそうだ。ここのほうが安全だろう」

「そうね――でも、ここはきたなくて」

「掃除しておくよ」

思わず口をつぐんで、ラングは姉を見おろした。彼女は気づいただろうか。自分たちはいま、意図せぬままに、密会の手はずをととのえているのだ。

マンションじゅういたるところで、人々はバッグにものを詰め、みじかいが重要な旅の支度をしていた。上下に二、三階、横には廊下の反対端までという旅である。もうひとつ、表《おもて》に立たないが重大な、配偶者の移動がおこなわれていた。シャーロット・メルヴィルは、いまでは二十九階の統計学者とねんごろになって、自宅は空《あ》き家《や》同然だった。ラングは彼女が出て行くのを心おだやかに見送った。シャーロットにはだれか、彼女の力と勇気をひきだしてくれる人間が必要だった。

彼女のことを考えていると、ラングは自分がまだだれもみつけていないことに、ひりりとにがい悔恨《かいこん》を覚えた。だが、いまどき流行《はや》らぬ家庭的美徳の遵守《じゅんしゅ》者であるアリスが、日常に必要な手だすけにはなってくれるだろう。彼女の口やかましい態度は、なにかと母を思いださせて好きでないのだが、それがまた否《いな》みがたい安心感もあたえてくれるのだった。

アリスの肩を抱いたまま、彼はマンションの屋上を見あげた。もう何カ月も展望台へあがっていない気がしたが、はじめて、行ってみたいという衝動がわかなかった。自分の住処《すみか》はいまいるところに、絶壁画のこの洞窟に、この女ときずくのだ。

姉が帰ったあと、ラングは医学部に出かける支度をはじめた。キッチンの床にすわって、流しに積みあげたよごれた食器と器具を見あげた。彼はごみを詰めたビニール袋にゆったりもたれていた。このふだん見なれない角度から見ると、キッチンのよごれようがよくわかった。床にはごみ、食べ物のきれはし、空き罐《かん》が散らかっている。ごみの袋が、かぞえたら六つあったのにはおどろいた。なぜだかひとつしかないと思っていたのだ。

ラングはしみだらけのズボンとシャツで両手をぬぐった。自分のごみでできたこのやわらかいベッドにもたれかかっていると、つい眠たくなってくる。彼は苦労して目を覚ました。荒廃はもうだいぶ前からとぎれずつづいており、それによってくずれる一方の生活規準は、すまいばかりでなく彼自身の習慣や衛生観念にも影響をあたえた。むろんそれはいくらかは、断続的な送水送電、塵芥《じんかい》処理システムの故障により強《し》いられもした。しかし、それはおよそ文化生活上の慣習なるものに、興味をなくしていることのあらわれでもあった。もう隣人たちもだれひとり、食べるものに頓着《とんちゃく》してはいない。ラングも友人たちも、久しくまともな食事をとっておらず、空腹を覚えたらなにかその辺の罐詰をあけるというところまできていた。同様に、飲みものにもだれも気をつかわず、できるだけはやく酔って、まだのこっている感性を鈍《にぶ》らせることしか頭になかった。ラングは苦心してそろえたレコードをこの数週間一枚もかけなかった。言葉づかいさえ下品になってきていた。

彼は爪にびっしりたまった垢《あか》をほじくった。自分自身と生活環境のこの荒廃は、むしろ喜ばしくさえあった。というのが、しだいに急になるこの下り坂を、彼は禁じられた谷間へおりる人のように、まだいくぶんむりをしつつおりているのだ。よごれた手、よれよれの服、衛生観念の低下、飲食物にたいする関心の薄れ、すべては自分の、より現実の姿をあらわにするのに役立った。

ラングは冷蔵庫の断続するノイズにききいった。また電気がきて、機械は配線から電流を吸いとっていた。ポンプがうごきだし、蛇口から水がちょろちょろ流れはじめた。アリスの非難を鞭《むち》に自分をはげまして、ラングは家のなかをうごきまわり、せいいっぱい家具の乱れなどをなおした。だが、三十分後、キッチンからごみの袋を廊下にはこぶ途中、ふと立ちどまった。彼は袋を床にとりおとした。さっきからなにもやっていないのだ——ごみを移動させているだけ。

それよりもっとだいじなことは、部屋の保安、とりわけ留守中のそれであった。ラングは居間の長い書棚にそって進みながら、医学と科学の教科書を抜いて床におとした。一段ずつ棚板をはずす。その板を戸口にはこび、それから一時間、家のなかをうごきまわって、開口部だらけの屋内を即製掩蔽壕《えんぺいごう》にかえた。食卓や、寝室の手彫りのオーク材のチェストなど、重い家具をのこらず玄関口にひっぱりだした。アームチェアと机で頑丈《がんじょう》なバリケードをきずいた。その出来に満足すると、食糧をキッチンから寝室に移した。ライス、砂糖と塩の袋、牛肉と豚肉の罐詰、古いパンひとかたまり——とぼしいストックだが、五、六日分はある。

空調がとまっているので、部屋部屋はじきにむっと息苦しくなった。最近ラングは、きついが不快ではないひとつのにおいに気づいていた。このすまい特有のにおい——自分自身のにおいだ。

ラングはきたないスポーツシャツを脱いで、シャワーから出る最後の水でからだを洗った。ひげをあたり、きれいなシャツとスーツに着がえた。浮浪者のようななりで医学部へ行っては、だれか烱眼《けいがん》の同僚に、マンションでじつはなにが起きているかを見破られかねない。彼はワードローブの鏡で自分の姿を点検した。やせて白い肌をして、ひたいに傷をつけて、だぶだぶのビジネスーツを着て、ぎごちなく立っている男の姿は、まるで説得力に欠けた。長い刑期をおえて釈放された囚人が、娑婆《しゃば》用の服を着て、慣れぬ陽光に目をしばたたいている図に似ていた。

戸口の錠《じょう》のゆるみをなおしてから、ラングは部屋を出た。さいわいマンションの外へ出るのは、マンション内でうごきまわるよりはやさしかった。昼間のうちはまだ一台、もぐり営業の地下鉄といった感じのエレベーターが、相互の黙諾《もくだく》によりメイン・エントランスから昇降していた。しかし、緊張と敵意のムード、たがいにかさなる内部攻囲《こうい》状況は、いたるところに見うけられた。ホールの調度とビニールのごみ袋でこしらえたバリケードが、各階入口をふさいでいる。ホールと廊下の壁面だけでなく、天井やカーペットまで、さまざまなスローガンやら、上下の階からの襲撃のしるしであるごたまぜの暗号符丁《ふちょう》やらでおおわれていた。エレベーターの箱の内壁には、さながら狂人の訪問者名簿といった感じで、なかには高さ三フィートもある数字がなぐり書きされており、ラングは鉛筆で自分の階のナンバーを書きこみたくなるのをがまんした。ほとんどこわせるかぎりのものがこわされていた。ホールの鏡は割られ、公衆電話のコードはひきちぎられ、ソファのクッションは切り裂かれていた。その破壊ぶりは故意に度を越しており、じつはもうひとつの、もっと重要な役割を持っているかのようだった。すなわち、マンション住人がすべての電話線をひきちぎって自分たちを外界から遮断している、その意識的なやりかたを偽装するものではないかと思われた。

一日に何時間か、非公式の休戦ルートが建物のなかをガラスのひび割れのように走るのだが、その時間がしだいにみじかくなっていた。人々は小集団を組んで歩き、よそ者にたいし鋭く目を光らせた。だれもが顔に自分の階数を、身分証のようにつけていた。この四、五時間のみじかい休戦中だけ、人々は自由にうごきまわれた。儀式的な梯子《はしご》合戦で、選手が試合の合間《あいま》だけ許されて、あらかじめ定められた段までのぼっているという印象だった。ゆっくりおりて行くエレベーターのなかで、ラングと他の乗客は、博物館の模型図の人形のようにうごかなかった――〈二十世紀後期の高層住宅居住者〉。

一階に着くと、ラングは用心してエントランスをぬけた。シャッターをとざした管理人室、仕分けされていない郵便物の袋の前を進む。このところ医学部へ行っておらず、ガラス扉をくぐったとたんにおそった涼しい光と空気は、まるで異星の苛酷な大気のようだった。マンション内の何物よりもはるかに手ごたえのある、確たる違和感が、建物の四面をめぐり、再開発地のコンクリートの広場と道路のかなたへのびていた。

マンションとつながる精神的命綱《いのちづな》を切るまいとするかのように、ラングは肩ごしにふり返りふり返り駐車場をよこぎった。車と車のあいだに、おびただしい割れびんと空き罐がおちていた。前日、再開発管理オフィスから衛生技師が見まわりにきたが、これら荒廃のしるしは、ビルの塵芥処理システムの初期故障にすぎないと断定した。入居者から正式な苦情申し立てがないかぎり、どんな措置《そち》もとられることはない。つい数週間前までは、マンション居住設備の故障にたいする怒りでむすびついていた住人たちが、いまは部外者に万事異状ないことを信じさせることでおなじように団結しているのを見ても、もうラングはおどろかなかった。部外者にそう信じさせるのは、高層マンションにたいするゆがんだプライドもあるが、自分たちの抗争は自分たちだけで決着をつける必要があるからでもあった。ごみすて場をはさんで争うギャング団が、力を合わせて侵入者を阻《はば》んでいるようなものだ。

駐車場のまんなかまでくると、となりのマンションはもう、二百ヤードの距離にあった。密封された、直線ずくめの惑星。もうそのガラスの顔ははっきり見えた。ほぼ全室入居がおわっていて、カーテン地から食器洗い機にいたるまで、自分たちのそれとおなじなのだが、そちらの建物はよそよそしく威嚇《いかく》的だった。バルコニーのかぎりない段を見あげると、なにか邪悪な動物園をおとずれたような、不安な気分だった。垂直に積みかさねられたあれらの檻《おり》には、気まぐれで獰猛《どうもう》な獣《けもの》がはいっている。数人の住人が手すりによりかかって、無表情にラングを見おろしていた。彼はふと、二千人の住人がバルコニーにとびだして、手あたりしだいにものをなげつけてくる図を想像した。自分がワインボトルに灰皿、防臭スプレーに避妊具ケースのピラミッドに埋もれてしまう図を。

ラングは自分の車のところへきて、窓枠によりかかった。いまから自分を外界の刺戟《しげき》にふれさせ、そのかくれたさまざまな危険にさらそうとしているのだと思った。それにひきかえ、あれだけの抗争があっても、マンションには安全と保護があった。肩に窓枠の塗料のぬくもりを感じながら、ラングは自分の生あたたかい体臭のこもる、あの部屋のよどんだ空気を思いだした。それにくらべて、何百台という車のクローム部分に反射するまぶしい光は、大気をナイフで満たしていた。

彼は車をはなれ、建物と平行して走る駐車場通路を歩きだした。外の空気にとびこみ、医学部で同僚と顔を合わせ、学生指導の遅れをとりもどす用意はまだない。きょうは午後いっぱい自宅ですごし、つぎの講義のノートをつくったほうがいい。

長さ二百ヤードの優美な楕円形をした人工池のふちにきて、コンクリートの底へおりて行った。自分の影を追って、ゆるやかな下り斜面を歩く。まもなく水のない池の中央に立った。湿ったコンクリートは、巨大な鋳型《いがた》の面にも似て、どこもかも曲面で、すべすべでやわらかい感じなのに、それでいて、なにか根深い精神病が外形をとればこうもあろうかというこわさを秘めていた。およそ硬い直線構造を欠いていることが、ラングにとっては、マンションのむこうの世界のあらゆる危険を要約していた。

もうそれ以上そこにいられなくて、彼はきびすを返すと足ばやに岸へもどった。土手をあがり、ほこりまみれの車のあいだをマンションへ向かってかけだした。

十分たたぬうちに自宅へ帰っていた。戸口をロックし、バリケードをのりこえて、がらんとした部屋部屋を歩きまわった。饐《す》えた空気を吸いこむと、自分自身のにおいに生き返る心地がした。足のにおい、性器のにおい、いろいろなものが入り混じった口のにおい——身体各部を嗅《か》ぎ分けられそうな気がした。寝室で服を脱ぎ、スーツとネクタイを戸棚の底に放りこんで、またよごれたスポーツシャツとズボンをつけた。もう二度とマンションを出ることはあるまいと思った。彼はアリスのことを考え、どうやって彼女を自分のところへ連れてくるかを考えた。この強烈なにおいは、彼女を自分にひきよせるビーコンになりそうだった。

11　討伐《とうばつ》部隊

　その日は四時までに、マンションの住人は全員帰宅した。ラングはバルコニーから、最後の何人かの車が進入路にあらわれて、駐車場のそれぞれのスペースにはいるのをながめた。おり立った男たちは、ブリーフケースをさげてエントランス・ロビーに向かった。建物に近づくと会話がすべてとだえたのには、ラングはほっとした。会話というこの上品な行為は、どうも彼をおちつかなくさせた。

　ラングは気持ちをしずめて夜のためにスタミナをためておこうと思い、午後はずっと休養をとった。スティールの姿を見かけないかと、ときどきバリケードをのりこえて廊下をのぞいてみた。つい三階下に、だらしない夫といる姉のことを考えると、だんだんおちつかなくなった。ひと騒動もちあがってほしかった。そうすれば、それを口実に彼女を救いだしに行ける。マンション分断作戦が成功したら、たぶん二度と会えないだろう。

　家のなかを歩きまわって、原始的な防衛準備を点検した。彼自身をふくめて、上層階居住者は自分らが思っている以上に隙《すき》が多く、やすやすと下の連中の手中におちてしまいかねない。ワイルダー一党は簡単に出口をふさぎ、電気と水道の供給源を絶ち、上層階に火を放つかもしれない。ラングは最初の火炎がエレベーター・シャフトと階段をつきのぼり、階がつぎつぎに焼けおちて、狂乱した住人が屋上にのがれようとする光景を想像した。

まがまがしい想像が不安をよんで、ラングはステレオ・スピーカーもはずし、家具と厨房《ちゆうぼう》設備できずいたバリケードにくわえた。レコードとカセットが足元に散らばったが、足で蹴ってどけた。ついで寝室のワードローブの床板をはがした。そのスーツケースほどのくぼみに、小切手帳、保険証書、税金申告書、株券をかくした。最後に医療カバンを、モルヒネ、抗生物質、強心剤の小びんといっしょに押しこんだ。床板を元どおり釘《くぎ》で打ちつけると、これまでの人生の最後の残物を永久に封じこめ、あらたな人生の到来を心おきなく待ちうけられるという気になった。

表面的にはマンションは平静を保っていたが、ラングを大いにほっとさせたことには、夜にはいってすぐ、最初の事件が起こった。夕方ずっと彼はホールで、近隣のグループとぶらぶら待っていた。ひょっとして、異常にも、このまま何事も起こらないのではあるまいか。そう思いかけたところへ国際問題評論家があらわれて、十階下でエレベーターをめぐって激しい争いがあったというニュースをもたらした。二十七階に住む感じのいい精神科医エイドリアン・タルボットが、自宅へあがる階段で小便の雨を浴びたという。四十階の部屋が荒らされたとのうわささえあった。そうした挑発行為は、全員に熱い一夜を約束するものだった。

つづいて、ぞくぞくと知らせがもたらされた。帰宅したら部屋が荒らされていて、家具調度や厨房設備がこわされ、電気器具のコードがひきちぎられていたというのが多かった。奇妙なことに、食糧のたくわえには手がつけられておらず、そうした破壊行為は故意にでたらめで無目的なのかと思われた。それとも所有者自身が、暴力行為をすこしでもふやしたくて、自分でもなにをしているのかよくわからないうちに破壊をもたらしてしまったのだろうか。

そうした事件がなおもつづくうちに、夜はマンションの建物をすっぽりくるんだ。ラングのバルコニーから見おろすと、電気の消えた下の八つの階で、窓に懐中電灯の光線が、なにか野蛮な血の祭儀の準備を知らせる合図でもあるかのように、右に左にうごくのが見えた。ラングは真っ暗なリビングにもどってカーペットにすわりこみ、バリケードの心丈夫《こころじょうぶ》な厚みに背をもたせた。電灯をつけるのはいやだった。なんだか——ばかげたことだとはわかっていても——バルコニーの外の空中から、だれかが襲ってくるような気がするのだ。ウィスキーのポケットびんからつづけざまにやりながら、宵《よい》の口のテレビ番組を見た。音を小さくしたのは、その手のドキュメンタリーやシチュエーション・コメディが退屈だからではなく、無意味だからだった。日常生活のあれこれに心くだいたコマーシャルさえ、異星からの通信にひとしかった。ビニールのごみ袋のあいだにすわり、積みあげた家具を背に負って、ラングは目をみはるようなキッチンをみがく主婦やら、よく手入れされた腋下《わきした》にスプレーする防臭剤やらの、贅沢な実演に見入った。それらはみな、不可思議な家庭的宇宙の構成要素をなしていた。

おびえもなく、おちついて、ラングは廊下のかまびすしい人声《じんせい》に耳をすました。姉のことを考えれば、こういう暴力発生のきざしは歓迎してよかった。ことごとにうるさいアリスは、家のなかの荒れように眉をひそめるだろうが、しかし彼女には、なにか文句をつけるものがあったほうがいいのだ。歯垢《しこう》が歯列《しれつ》をくるんでいるように、汗はラングの全身を垢《あか》と体臭の被膜で包んでいたが、その強烈なにおいは、いかにも自分の肉体の産物で領土を掌握しているという感じで、彼に自信をあたえた。もうすぐトイレも完全に詰まるだろうという、一時は恐怖をもよおせしめた予測すら、いまではたのしいぐらいだった。

この衛生観念の低下は、隣人たちもおなじだった。彼らのからだが発散する猛烈なにおいは、マンションのふたつとない名札だった。外の世界で彼をいちばんおちつかなくさせたのは、このにおいの欠如だった——これに最も近いにおいは、解剖《かいぼう》学科の解剖室へ行けばある。数日前、ラングは秘書の席のそばで、自分がこの心休まるにおいを彼女にも嗅《か》ぎとらせようとしていることに、はっと気づいた。びっくりした秘書が顔をあげると、ラングが色気づいたルンペンのように、からだを寄せてきているのだった。

三階上で、おちてきたびんがバルコニーにあたって割れた。闇のなかをガラスの破片が、曳光弾《えいこうだん》のように散って行った。どこかのあいた窓ぎわで、レコードプレーヤーのボリュームがいっぱいにあげられた。増幅された音楽のばかでかい断片が、夜のなかに鳴りひびいた。ラングはバリケードをのぼりこえて、戸口のロックを解いた。エレベーター・ホールで隣人の一団が、鋼鉄製の防火扉で階段口をふさごうとしていた。五階下で襲撃が進行中だった。ラングたちは防火扉にむらがって、真っ暗な階段をのぞいた。エレベーターが往復して現場に新手《あらて》をはこんでいるのだろう、機械音がひびき渡ってくる。二十階から女の悲鳴が、処刑場からのようにあがった。

　スティールがあらわれて手をかしてくれるのを待っていたラングは、自分からさがしに行くことにした。だが、廊下もロビーも、逃げ惑《まど》う人であふれた。襲撃側が押し返されたのだ。二十五階より上の部屋へわれがちにもどろうとする彼らは、暗がりでぶつかり合った。懐中電灯の光が壁に、狂人たちの信号のように交錯する。ラングは油だまりですべり、走る影のあいだに尻もちをついた。うしろで興奮した女が彼の手を踏み、ヒールが手首を切った。

　それから二時間、廊下と階段で移動戦があいつぎ、階を上に下にうごいては、そのたびにバリケードがきずきなおされ、またくずされた。真夜中、ラングがエレベーター・ホールのこわれた防火扉のうしろにうずくまり、思いきってアリスのところまで行ってみようかどうか迷っているとき、散らばったスチール椅子のあいだにリチャード・ワイルダーが立っているのが目にはいった。片手にまだシネカメラをつかんでいた。ひと息ついている大型獣のように、彼は壁と天井に映った自分の巨大な影を目で追い、まるでいまにもおのれの影法師たちの背にとび乗って、動物曲芸団よろしくビルの配管をかけのぼろうとしているみたいだった。

騒ぎはしずまり、下のほうへ嵐のように移動して行った。ラングと隣人たちは、エイドリアン・タルボットの部屋にあつまった。居間の床の上にすわって、こわれたテーブルや、クッションを切り裂かれた安楽椅子のあいだに陣どった。足元の懐中電灯が光の輪をこしらえ、まわし飲みするウィスキーとウォッカのびんを照らした。

包帯で片腕をつるした精神科医は、めちゃめちゃに荒らされた家のなかをうごきまわって、壁のあちこちにスーパーマーケットのいちばん流行《はや》りの色で噴きつけたスローガンを、こわれた額でかくそうとしていた。タルボットはそれらアンチ・ホモセクシュアルの猥褻《わいせつ》表現にこめられた個人攻撃よりも、自宅の大規模破壊に茫然《ぼうぜん》としているみたいだったが、ラングはそれらについつい刺戟《しげき》を感じとった。壁面のどぎつい漫画は、懐中電灯の明りに、穴居人《けっきょじん》のかいた男根《だんこん》誇張画のようにうきあがった。

「きみはまぬがれたというわけだ」タルボットはラングのとなりにすわっていった。「わたしはどうやらスケープゴートにされたらしい。きょうまでこの建物は、不満の醸成工場だったにちがいない。みんな幼児反抗のおどろくべき残量を吐きだしている」

「そのうちおさまるさ」

「かもしれん。昼間わたしは小便をバケツ一杯かけられたよ。もういちどあれをやられたら、わたしも棍棒《こんぼう》をつかむかもしれない。われわれがみなしあわせな原始状態に向かっていると考えるのは間違いだぞ。どうやらこのばあいは、堂々たる野蛮というよりは、あの甘やかされた排泄《はいせつ》訓練、献身的母乳、親の情愛――わがヴィクトリア朝期の祖先の知らぬ危険な組み合わせだ――に毒された、われわれの、よもや無邪気ではない、フロイド以後の自我、といえるようだ。わが隣人たちは、ひとりのこらずしあわせな幼児期をすごしながら、腹を立てている。きっと屈折するチャンスをあたえられなかったことの不満が……」

みんなで打ち身をさすり、ボトルをまわし、飲んで度胸づけをする間《かん》に、ラングは反撃と報復の話にききいった。まだスティールは姿を見せない。なぜかラングは、いまあの男がここにいてくれなくてはいけないと思った。みんなにとって、クロスランドよりも重要な将来のリーダーだ。負傷はしてもラングはいい気分で、自信がみなぎり、はやく闘争の場へ引き返したかった。闇はそれ自体が防護になって安心感をあたえ、いまやマンションにおける彼らの自然の生活環境要素だった。自慢ではないが、彼は真っ暗な廊下を歩くすべを会得《えとく》していた。いちどに三歩以上はうごかずに、立ちどまって闇をたしかめるのだ。自分の家のなかでも、なるべく床面に身を沈めて進むという、正しい歩行法を身につけていた。いまでは翌朝がもたらす日の光を憎く思うほどだった。

マンションの本当の光は、ポラロイドカメラのメタリックなフラッシュだった。待望の暴力の一瞬を記録して、のちの視姦《しかん》的たのしみを供《きょう》してくれる、あの点滅する閃光《せんこう》だ。この新種の光源に反応して、いったいどんなひねくれた電照植物が、生ごみだらけの廊下のカーペットから生まれ出るのだろう。床という床には、この内なる太陽からおちる剝片《はくへん》、黒くなったネガフィルムが、一面に散らばっていた。

アルコールと興奮でぽうっとなって、ラングは仲間とともによろよろ立ちあがった。みんな酔っぱらった学生の集団みたいに、弱気を起こさぬよう大声でどなり合いながら出発した。暗がりを階三つ下へおりたときには、ラングはすでに方向感覚をなくしていた。一同がはいりこんだのは二十二階の無人の一画だった。みんなでうちすてられた部屋から部屋へ歩き、テレビ画面を蹴破り、キッチンの陶器《とうき》をたたき割った。

姉を救出しに行く前に頭をはっきりさせておこうと、ラングはバルコニーの手すりによりかかって吐いた。きらきら光る痰《たん》の糸が、ビルの外壁をつーっとおちて行った。暗がりでそうやってよりかかりながら、仲間が廊下を進みだす気配に耳をすました。みんなが行ってしまえば、アリスをさがしに行けるだろう。

背後でぱっと電灯がついた。ラングはびっくりして手すりにへばりつき、侵入者の攻撃を覚悟した。わずかの間《ま》があってから、明りは心臓の細動みたいにちらちらふるえだしてとまらなくなった。ラングはよごれた服と、吐瀉物《としゃぶつ》でぬれた手に目をおとした。ひどい荒らされようのリビングが、ぼうっと見えてきた。戦場で目を覚ましたかと思うほど、床の上は無残なごみだらけだった。

寝室には、ベッドの上に割れた鏡がのっていて、元どおりになろうとしてなれぬもうひとつの世界の断片のように、ちかちかまたたいていた。

「こっちへきたまえ、ラング」矯正《きょうせい》歯科医のきき慣れた明確な声が彼をよんだ。「面白いものを見せよう」

スティールは仕込み杖《づえ》を片手ににぎって、室内をぐるぐるまわっていた。ときおり、メロドラマのシーンのリハーサルみたいに、からかう仕種《しぐさ》で床を突くまねをする。彼はラングに、心細くちらつく明りのなかへくるよう合図した。

やっとスティールに会えたのはいいが、どんな頓狂《とんきょう》な衝動の餌食《えじき》にされぬともかぎらないので、ラングは用心して戸口に近づいた。スティールはこの部屋の持ち主か、あるいはここに逃げこんでいただれかを追いつめたのかと思ったが、室内にはだれもいなかった。と、仕込みの剣先を目でたどると、スティールは化粧台の脚のあいだに、一匹の小さな猫を追いつめているのだった。スティールがさっと前に出た。窓からひきちぎった錦織《にしきおり》のカーテンをふりまわし、おびえた猫をバスルームに追いこんだ。

「待っててくれ、ドクター!」歯科医の声には、エロティックな機械が発するような、妙につめたい快活さがこもっていた。「まだそこに——」

電灯は残虐行為を撮影した実際以上に生々しいニュース映画のように、なおもちらちらとまたたきつづけた。ラングは自分自身の態度に戸惑いながら、スティールが猫にカーテンをかぶせるのを見守った。なにかしら醜悪《しゅうあく》なロジックにしたがい、歯科医の猫をいじめるたのしみは、吐き気をもよおしつつ見とれている目撃者の存在で倍加した。ラングはバスルームの入口に立って、また停電になりませんようにと、つい祈ってしまっていた。見守るうちに、スティールはしずかに猫の息を奪い、まるで病院の毛布の下で高等な人工蘇生《そせい》術をおこなうようにして、カーテンの下で殺害した。

やっとその場から身をはなすと、ラングはなにもいわずに外へ出た。暗い廊下を、慎重に歩をはこんだ。収奪された部屋部屋の戸口から、床にころがった電気スタンドから、最後のとぎれとぎれの命がかようテレビ画面から、光がほのかにちらつく。どこか近くで、かすかな音楽がきこえていた。うちすてられたプレーヤーが、またまわりだしたのだ。ひと気のない寝室で、映写機がベッドに面した壁に、ポルノ映画の最後の何フィートかを映しだしていた。

アリスの部屋にたどり着いたラングは、しかし自分の来訪をどう説明したものかわからず躊躇《ちゅうちょ》した。だが、ドアがあいて招《しょう》じ入れられるとすぐ、自分がくるのを姉は待っていたのだとわかった。居間にはすでに中味の詰まったスーツケースが二個おいてあった。アリスは最後にもういちど寝室の入口へ行った。明滅する黄色い明りのなかで、チャールズ・フロビシャーが、ベッドで正体もなく眠りこけ、かたわらに半分なくなったウィスキーのケースがあった。

アリスはラングの腕をつかみ、「おそかったのね」と、咎《とが》めるようにいった。「ずいぶん待ったわ」

出るとき、彼女は夫のほうをふり返ろうともしなかった。昔アリスとふたりで、やはりいまみたいに、そっと客間を抜け出たことがあったのを思いだした。客間の床には、飲んで自分のからだを傷つけた母が、意識をなくして倒れていた。

二十五階の闇の安全地帯に向かう途中、小ぜりあいの物音が、階段の吹き抜けをあがってきた。ラングの階をふくめてもう十五の階が、完全に停電していた。

なかなかしずまらぬ嵐が、間《ま》をおいては盛り返すのにも似て、暴力は夜っぴてつづき、ラングは姉と寝室のマットレスの上でまんじりともしなかった。

12　頂上めざして

四日後の二時すぎ、テレビ局から帰ったリチャード・ワイルダーは、マンションに隣接する駐車場に車を乗り入れた。この帰宅の瞬間を満喫するため、スピードをおとし、シートにゆったり背をもたせて、マンションの前面を自信に満ちたまなざしで仰いだ。まわりにはずらりとならんだ車が、医療センター後方の交差路工事現場から、風に乗って再開発地の広場を越えてとんでくる土ぼこりとセメント塵《じん》をかぶっていた。もう駐車場を出る車はいくらもなくて、あいたスペースはほとんどなかったが、ワイルダーはつぎつぎと進入路にはいり、列のつきあたりまで行ってはまた入口までバックした。

ワイルダーはひげののびたあご先の、なおったばかりの傷を指でさわった。前夜のはなばなしい廊下戦のなごりである。彼はわざと傷口をひらいて、指先についた血を満足げにちらと見やった。テレビ局からここまで、なにか腹立たしい夢から抜け出ようとするみたいに、他の車が邪魔になるとどなりつけ、ホーンを鳴らし、一方通行路も無視してとばしてきた。いまは興奮もしずまり、くつろぎを覚えた。五棟ならんだマンションの、最初に目にはいる光景は、テレビスタジオにはない現実味をあたえて安心させてくれるのだった。

空《あ》きスペースはかならずあると思ったから、ワイルダーはなおもさがしてまわった。元来は駐車場の外辺部に、下層階の隣人たちといっしょに駐車していたのだが、このところすこしずつ建物の近くに移していた。最初はほんの無邪気な見栄《みえ》ではじめたこと——自分自身を笑いものにする皮肉なジョーク——が、そのうち真剣な役割りを果たすようになった。すなわち、彼の成功か失敗かの目に見える指標になったのだ。ビル登高に数週間うちこんだいま、彼はあたらしい住人たちの駐車スペースに自分も駐車していいという気になった。いずれは最前列まで進むのだ。四十階までのぼりつめた勝利の日には、彼の車も建物にいちばん近い、めちゃめちゃに破壊された高級車の列にくわわるのだ。

前夜数時間、ワイルダーは二十階まで行き、不意の小ぜりあいがあった何分間かは二十五階までも行った。夜明けにはこの前進拠点から、現在のベースキャンプへ退却を余儀《よぎ》なくされた。ベースキャンプは十七階、テレビ局のフロアマネージャーの部屋で、このヒルマンという元飲み友だちは、ありがたくない闖入《ちんにゅう》者をしぶしぶうけいれてくれた。ひとつの階の占拠とは、ワイルダーの厳密な意味では、無人のひと部屋に難なくはいりこんだというだけではだめだった。そんな部屋はマンション内いたるところにある。ワイルダーはもっと厳格な登高の定義を自分に課していた。すなわち、あたらしい隣人たちに仲間のひとりとして、腕力以外のものでえた居住権の保有者として、うけいれられなければならないのである。要するに、彼らに必要とされなくてはならないのだ——そう思うとつい鼻がむずがゆくなった。

二十階まで行けたのは、彼のマンション内進行につきまとってしばしば戸惑わせた、人口動態上の変異のおかげだった。夜をにぎわした移動戦のあいだに、彼はふと気がついたら、二十階の女性株式アナリストふたりが共有する部屋の、こわれた戸口にバリケードをきずくのを手つだっていた。ドアの穴につっこんだワイルダーの頭をシャンパンのびんでなぐりかけたあと、ふたりは彼の気さくな助力申し出をよろこんでうけた——こういうピンチにのぞんだときほど、彼はことさら冷静になれるのだった。年上のほうの、三十がらみの威勢のいいブロンドは、ワイルダーをマンションで出会ったただひとりの正気の男だともちあげさえした。ワイルダーとしても、エレベーター・ホールのバリケードで人民主義リーダー兼ナポレオンを演じて、雑誌編集者や金融会社重役ら練度の低い兵隊たちに、階段の防衛線突破法やら、敵方エレベーター奪取法をおしえるだけでなく、ちょっと家庭的な役どころも演じてみたかった。なによりも、上へ行くほど住人の体力は劣った——ジムのエクササイズ・バイクにまたがった幾時間かは、ジムのエクササイズ・バイクにまたがった幾時間か以上のものを、けっして彼らにあたえてはいない。

ふたりの女に手をかしたあと、夜明けまでの時間を、彼は出されたワインを飲んだり、彼女らが自分に、ここへ越してきてはどうかといいだすよう、しきりに水を向けたりしてすごした。例によってシネカメラを大仰《おおぎょう》にうごかして、高層住宅のドキュメンタリー番組についてしゃべり、テレビに出てみないかともちかけた。だが、ふたりともかくべつ興味をしめさなかった。下層階の入居者が番組に出て苦情をぶちまけたがるのにたいし、上のほうの人々はさまざまな今日《こんにち》的問題を扱った番組に、専門家としていちどならず出演しているのだった。「テレビは見るものよ、ワイルダー」女のひとりがきっぱりいいきった。「出るものじゃないわ」

夜が明けてまもなく、婦人襲撃部隊のメンバーがぞろぞろとやってきた。彼女らの夫や相棒は、他の階の友人宅に身をよせるか、彼女らの前から姿を消すかしてしまっていた。リーダーである年配の童話作家は、ワイルダーがドキュメンタリーの主役の話をもちかけると、こわい顔でにらみ返した。雲行きを察したワイルダーはおとなしく辞去《じきょ》し、あらかじめ確保してあるベースキャンプ、十七階のヒルマンの部屋へ帰った。

あたらしい身分にかなう駐車位置をなんとしてもみつけるつもりで、駐車場内をまわっていると、三十フィートはなれたところで車のルーフにびんがあたり、ぱっと砕け散った。びんは相当高く、おそらく四十階からおちてきた。ワイルダーは車の速度を停止寸前におとし、自分を標的としてさしだした。なかば期待したのはアンソニー・ロイヤルの姿だった。白いサファリ・ジャケットを着て、ペントハウスの手すりの前で、白いジャーマン・シェパードをしたがえて、あの救世主然《ぜん》としたポーズで立っているような気がした。

この何日かのうちに、ワイルダーはなんどか建築家の姿をちらりと見かけていた。こちらを見おろす高い階段のてっぺんに立っていたり、確保したエレベーターで上層階の砦《とりで》に向かって消えるところだったりした。あれは疑いもなく、わざとワイルダーの前に姿を見せ、上へさそっていたのだ。どうかするとロイヤルは、ワイルダーの記憶の片隅にひっかかっていつも子供部屋の高い窓にかいま見る、亡父《ぼうふ》の混乱したイメージを、不可思議にも知っているのではないかと思うことがあった。あるいはロイヤルは、ワイルダーの父親にかんするこの混乱が、マンション登高の決意をあらぬかたへそらせると思って、この役どころを演じはじめたのだろうか。ワイルダーは大きなこぶしで車のハンドルをどんどんとたたいた。ひと晩ごとに彼はロイヤルに近づいている。あと数歩で最後の対決だ。

ガラスの破片がタイヤの下で砕け、トレッドを裂くかと思う音を立てた。前方真正面、上層階居住者用になっている最前列に、死んだ宝石商が使っていたスペースがあった。ワイルダーはためらわずハンドルを切って、そのあいた箇所へ車首をつっこんだ。

「ようやく……」

シートにゆったり背をあずけ、左右にならぶごみだらけの、見る影もない乗用車を心たのしくうちながめた。スペースがみつかったのは幸先《さいさき》がいい。彼はゆっくり車をおり立って、ドアを荒々しくとじた。エントランスへ歩をはこびながら、ひと山買ったばかりの富裕地主の気分を味わった。

ロビーでは、ひどいなりをした一階の住人グループが、ワイルダーがエレベーターの前を通って階段へ向かうのをながめた。彼らはマンション内での彼のうごきに不審の目を向け、彼の変節を感じとっていた。昼間のうちワイルダーは、二階の自宅で妻子と数時間をすごし、日ましにふさぎこむヘレンの気持ちを引き立てるようにした。いずれは永久に彼女のもとを去るのだ。夜になって、彼がまたマンション登高にかかるころ、ヘレンはすこし元気になって、テレビスタジオでの仕事のことをもちだし、以前彼が手がけた番組の話などをはじめたりもした。前夜など、出かける用意をして、子どもたちをなだめたり、戸口のロックを点検したりしていると、とつぜんヘレンは抱きついてきて、行かないでほしいといいたげな様子を見せた。やせた顔の筋肉が、なかなかはまらない錠前《じようまえ》のタンブラーみたいに、一連の不規則な、小きざみなふるえをしめした。

ワイルダーが自宅に帰ると、意外にもヘレンはひどくうきうきしていた。彼はごみ袋をよけ、廊下をふさぐこわれた家具のバリケードをまわりこんだ。ヘレンは一団の女と、なにかささやかな勝利を祝っているところだった。手に負えぬ子どもら――マンションの内乱は彼らを親に劣らず戦闘的にしていた――を連れた疲れた女たちは、いかにも切なげなマンション住人の絵をなしていた。

以前小学校で教師をしていた七階の若い女ふたりの協力で、授業再開がきまったのだった。

彼女たちと戸口のあいだに立つ自警団の父親三人――コンピュータ・タイム・セールスマン、録音技師、旅行代理業者――に、ちらちら向ける不安な視線から、どうやらふたりはあまり丁重ではない誘拐の被害者であろうと思われた。

彼が最後の罐詰《かんづめ》で食事の用意をはじめると、ヘレンは食卓について、その白い両手は、かごのなかでうろたえている小鳥のようにひらひらうごいた。

「なんだか夢みたい――子どもたちから一、二時間でも解放されるなんて」

「どこでその授業をやってるんだ」

「うちでよ――あしたから二日間、午前中。あたしにはそれぐらいのことしかできないわ」

「しかし、それではちっとも解放されたことにならないじゃないか。ま、なにもないよりはよかろう」

彼女は子どもをすてるだろうか、とワイルダーは自問した。子どもから解放されることばかり考えている。彼は息子たちと遊びながら、ふたりを連れて登高することも真剣に考えた。ヘレンは家のなかをかたづける神経質な努力をした。リビングは襲撃にあってすっかり荒らされていた。ヘレンが子どもを連れて近所にのがれているあいだに、家具調度はあらかた破壊され、キッチンは見るもむざんに蹴りこわされていた。ヘレンはダイニングルームからこわれた椅子をはこんできて、背面の板が破れているワイルダーの机の前にならべた。かしいだ椅子はたがいによりかかって、珍妙な教室ができあがった。

ワイルダーは手をかそうとはしなかった。妻の細い手が家具をひっぱるのをただ見ていた。どうかすると彼は、妻が故意にわが身をいためつけているのではないか、手首やひざの打ち身は、意識的自傷《じしょう》の周到な計画のうち、夫をとりもどそうとするこころみなのではないか、と思うことがあった。毎日うちへ帰ってくると、車椅子にすわった妻を見いだすような気がしてならなかった。両足を骨折して、剃髪《ていはつ》した頭に包帯を巻いて、ロボトミーという最後の思いつめた処置をとろうとしている妻を。

なぜ自分は毎日彼女のところへ帰ってくるのだろう。いまはもうヘレンからはなれること、毎日マンションの部屋と、そこにある彼自身の少年時とのわずかばかりのつながりへ帰る、その必要性にうちかつことだけが夢だった。ヘレンから逃げることによって、青年時以来たえずふりすてようとしてきた、幼時のあらゆる桎梏《しっこく》からのがれられるのだ。むりして浮気をしたのさえ、過去の束縛を絶とうとのくわだてのうちだったのだが、そのくわだては肝心のヘレンに黙過《もっか》されて失敗におわった。しかし、浮気はすくなくともマンション登高のルートをつけてくれた。それらを文字どおり足場にして、あおむけに寝た女たちのからだを乗りこえて、屋上までのぼって行くのだ。

いまはもう妻の苦しみにも、彼女の仲間や、そのせせこましい敗北生活にも、あまりかかわり合いを持ちたくなかった。下層階が最後を迎えていることは、すでにあきらかだった。子どもの教育についてのがんばりも、いためつけられた人間集団の最後の反射作用といったものだ、彼らの最後の抵抗をしめしていた。ヘレンはもう二十九階の婦人グループにまでたすけられていた。昼の休戦中、童話作家と子分たちはマンション内をまわって、すてられた、あるいは孤立した主婦たちの力になってやっていた。まがまがしい慈善をほどこすシスターたち。

ワイルダーは息子たちの寝室へ行った。ふたりとも父親の顔を見てよろこび、からっぽのボウルをプラスチックの拳銃でたたいた。着ているものはかわいい落下傘兵の迷彩服とブリキのヘルメット——マンション内で起こっていることを考えればまずい服装だな、とワイルダーは思った。ふさわしい戦闘服は、株仲買人《なかがいにん》のピンストライプにブリーフケースと中折れ帽でなくてはいけない。

子どもたちは腹をすかしていた。彼はヘレンに声をかけてから、キッチンにもどった。ヘレンは電気調理機の前に、両ひざをついてぐったりしていた。ドアがあいていて、一瞬ワイルダーは、彼女が小さなからだをオーヴンにかくそうとしているのでは——いや、一家のために最後の犠牲、わが身を料理しようとしているのではないかと思った。

「ヘレン……」彼は背をこごめ、妻のからだの細さにびっくりした。青白い皮膚の下にひとかたまりの骨があるだけだった。「どうしたんだ、まるで——」

「大丈夫……あとでなにか食べるから」

ヘレンは彼から身をひきはなし、ぼんやりオーヴンの底に焦《こ》げてくっついた脂《あぶら》をつつきはじめた。足元にうずくまったその姿を見おろして、ワイルダーは妻が空腹から一瞬めまいを起こしたのだとわかった。

ワイルダーは彼女が調理磯にもたれかかるにまかせた。食料品貯蔵棚をずっと見渡すとからっぽだった。

「ここにいなさい。スーパーマーケットへ行って、なにか食べるものを手に入れてくる」腹立たしさについ口調もきつくなる。「どうして飢《う》え餓《かつ》えるまで黙ってるんだ」

「リチャード、あたしはなんどいったか知れないわ」

彼が妻のハンドバッグをあけて金をさがすのを、彼女は床からじっと見あげていた。ワイルダーにとって金は、このところだんだん無用のものになってきていた。いちばんあたらしい給料小切手はまだ口座に入れてもいなかった。シネカメラをとりあげ、レンズ・キャップがちゃんとかかっているか確認した。ヘレンをふり返ると、小さな顔のなかで目が意外にきつい色をおびていた。夫がその精巧な玩具《がんぐ》の能書《のうが》きを信じきっているのを、面白がっているかのようだった。

外に出て戸口をロックすると、ワイルダーは食料と水をさがしに出かけた。昼間の休戦中は、マンション下層階の住人にも、まだ十階のスーパーマーケットへ行くルートがひとつだけひらかれていた。階段はたいていどこも常設のバリケードでふさがれていた——踏み段から天井まで、居間の家具、食卓、洗濯機がぎっしり積みあげられている。二十基のエレベーターのうち、十基以上がうごかなかった。のこりは上位の派《クラン》の気まぐれのままに、うごいたりとまったりしていた。

ホールでワイルダーは、からっぽのエレベーター・シャフトをこわごわ見あげた。金属製の手すりや水道パイプが、エレベーターの昇降をとめる停止標識のように縦横につっこまれて、それ独自の階段をつくっているみたいだった。

どこの壁面も、スローガン、卑猥《ひわい》表現、なにか狂気の案内簿めく襲撃予定の部屋番号でふさがっていた。階段口の扉わきには、それだけはまともな字体の軍隊風標示があり、ひとつだけ午後のはやい時間に使える階段をおしえ、外出禁止時間——午後三時——をつげていた。

ワイルダーはカメラをもちあげ、ファインダーで標示をにらんだ。そのショットは高層住宅ドキュメンタリー・フィルムの、効果的なオープニングタイトル・シークエンスになりそうだった。彼はいぜんマンションで起こったことの視覚的記録をのこす必要性を感じてはいるものの、決意はにぶりかけていた。マンションの荒廃は彼に、地すべりで山腹を流され全滅したアンデスの町のスローモーションのニュースフィルムを思いださせた。そこでは住人たちが、引き裂ける庭でまだ洗濯物を干し、台所では壁がくずれおちてくるなかでまだ料理をこしらえていた。

夜になるともう二十の階が真っ暗で、百室以上が持ち主に放棄されていた。いちどは住人をあるていど保護した派閥《クラン》システムも、いまはほとんど分解して個々の小さなグループになり、無感動ないし偏執症におちいりつつあった。いたるところで人々は自宅に、それもひと部屋にひきこもって、バリケードで自分たちを外から遮断しつつあった。五階の踊り場でワイルダーは、あたりにだれもいないのをいぶかしんで足をとめた。ホールの戸口で、なにか怪しい物音はないか耳をすまして待った。中年の社会学者の長身の影が、ごみバケツを手に暗がりからあらわれ、ごみだらけの廊下を幽霊のように歩いて行った。

もう水はほとんど出ず、空調の換気口は塵芥《じんかい》と糞便《ふんべん》でふさがれ、階段の手すりはひっぱがされているという、そんな建物の荒廃状態にもかかわらず、昼間の住民の行動はおおむね抑制がきいていた。ワイルダーは七階の踊り場で立ちどまり、階段に向けて放尿した。足のあいだを流れて行く小便を見て、自分でもいくらかおどろいたが、しかしそれしきはまだしごくささやかな狼藉《ろうぜき》だった。夜間の乱闘と移動戦の最中は、ところかまわず放尿し、自分自身と家族の非衛生をかえりみず、住む人のいなくなった部屋で排便することに、なんのうしろめたさもない、まぎれもないよろこびを感じた。前夜は彼にバスルームの床に放尿されたといって咎《とが》めるどこかの女を、こづきまわしてたのしんだ。

それでもワイルダーは夜を歓迎し、夜を理解した——人は暗闇でのみ、じゅうぶんに妄想にとりつかれ、抑圧された本能を故意にさらけだすことができる。彼は自分のなかの不埒《ふらち》な性向《せいこう》が、こうしてひきだされるのがたのしかった。うれしいことに、この放恣《ほうし》で自堕落な行為は、高層住宅のひそかなロジックにたすけられてか、上へ行くほど容易になった。

十階のコンコースにひと気は絶えていた。ワイルダーはガラスの割れた階段口の扉を押しひらいて、ショッピングモールへ出て行った。銀行はしまり、ヘアサロンもリカーショップもやっていなかった。スーパーマーケットでは、最後のレジ係——三階のカメラマンの妻——が、自分の受け持ちのレジ・カウンターをかたくなに守ってがんばり、ごみの海を見おろして立つ終末間近の女人像といった感じだった。ワイルダーはからっぽの商品棚のあいだを歩いた。店内中央では、ドッグビスケットのピラミッドがくずれて、通路をふさいでいた。冷凍キャビネットの底にはきたない水がたまり、腐りかけのパック食品が浮いていた。

ワイルダーはバスケットにビスケットを三箱と、キャットミートの罐詰を五、六個入れた。それだけあれば、どこかの部屋に押し入って貯蔵食品をくすねて帰るまで、ヘレンと子どもたちは生きていけるだろう。

「ペットフードしかないんだね」彼はカウンターのレジ係にいった。「もう発注をやめたのか」

「需要がないのよ」相手はこたえて、ひたいのひらいた傷口をぼんやりいじった。「どこでもはやくから貯めこんでいるらしくて」

それはちがうと思いながら、彼はだだっぴろいコンコースに彼女をひとりのこして、エレベーター・ホールのほうへ歩いて行った。だいぶあちこちに押し入ってよく知っているが、食料を貯めこんでいるところなどほとんどないのだ。人々はもうあす必要になりそうなものなんか、考えていないみたいだった。

五十フィート先、ヘアサロンの表《おもて》にころがったドライヤーのむこうで、エレベーターの階数表示灯が右から左へうごいていた。本日最後の一般用エレベーターが、ビルのなかをあがって行くのだ。二十五階から三十階までのどこかで、監視者の思いつきでストップさせられ、それで昼の休戦タイムがおわり、また夜がはじまるのである。

思わずワイルダーは足を速めた。ドアの前までできたとき、エレベーターは九階にとまって客をおろした。ふたたびうごきだすぎりぎりの瞬間に、ワイルダーはボタンを押した。

ドアがあくまでの数秒間に、彼はヘレンと子どもを永久にすてる覚悟が、すでに自分にあるのを知った。彼の前には、ただひとつの方角しかなかった——上だ。頂上の百フィート手前で休んでいる登山家のように、あとはのぼるしかなかった。

エレベーターのドアがあいた。十五人ばかりの乗客がこちらを向いて、プラスチックのマネキンのように身をこわばらせて立っていた。みんなの足がほんのすこしうごいて、ワイルダーのためにスペースをつくった。

ワイルダーはためらい、いっそきびすを返して、自宅へ向かい階段をかけおりたくなるのをこらえた。じっとそそがれた乗客の視線は、彼の逡巡《しゅんじゅん》を警戒し、そこになにかたくらみがひそむのではないかと用心していた。

ドアがとじかけたとき、ワイルダーはエレベーターに乗りこんだ。シネカメラを胸元にもちあげ、ふたたび彼のマンション登高がはじまった。

13　ボディ・マーク

辺鄙《へんぴ》な国境検問所で足どめされたような、もどかしい二十分の手間どりがあってから、ようやくエレベーターは十六階から十七階へ進んだ。長く待たされて疲れきったワイルダーは、ドアをくぐってホールに足を踏み入れると、ペットフードの箱をすてる場所をさがした。帰宅する原価会計士やテレビ会社重役たちは、ぎゅう詰めで肩をくっつけ合い、めいめいにブリーフケースをしっかりつかんで、たがいに視線を避け、エレベーター側壁の落書きをみつめていた。スチール製の天井はとりはずされて、乗客の頭上には長いシャフトがつづき、だれか投石器を持つ者がいたら、彼らの頭は絶好の的《まと》だった。

ワイルダーといっしょにおりた三人の乗客は、薄暗い廊下にならぶバリケードのあいだに消えて行った。ヒルマンの部屋へくると、戸口はしっかり鍵がかかって、なかからなんの物音もきこえない。鍵をこじあけようとしたがだめだった。おそらくヒルマン夫妻は部屋をすて、友人宅にのがれたものと思われた。と、なにかをひきずるかすかな音がした。ドアに耳をくっつけると、ミセス・ヒルマンが小さな声で自分を叱《しか》りながら、床になにか重いものをひきずっているのだった。

長いノックと交渉――ワイルダーは彼女が日ごろ使うのとおなじ猫なで声を使わなければならなかった――があってから、やっと招《しょう》じ入れられた。家具、調理機器、書物、衣類、卓上装飾品でつくった大バリケードが通路をふさぎ、それだけで粗大ごみ廃棄場のミニチュアという印象だった。

ヒルマンは寝室にマットレスを敷いて寝ていた。頭には礼装用のドレスシャツを裂いてつくった包帯が巻かれ、しみ出た血が枕をよごしている。ワイルダーがはいって行くとその頭をもたげ、手はかたわらの床にころがっているバルコニーの手すりの棒をさがした。ヒルマンはまっさきにえらばれて襲われたスケープゴートのひとりだった――その無愛想で超然とした態度が、彼を絶好の餌食《えじき》にしたのだ。つぎの階で襲撃があったとき、階段の防御を破って上へあがろうとした彼の頭に、テレビ賞の受賞トロフィーがおちてきたのである。ワイルダーは部屋までかついで連れもどり、その夜はずっとついていてやった。

夫が役立たずになったものだから、ミセス・ヒルマンはワイルダーにたよりきりで、彼のほうもそうまでたよられると悪い気はしなかった。ワイルダーがいないとき、彼女は心配性の母親がいたずらっ子を案じるように、彼のことを心配しどおしにしていた。そのくせ彼がやってくると、いまみたいに、だれだったか忘れてしまっているのだった。

ワイルダーがヒルマンを見おろしていると、彼女はそばにきて袖《そで》をひいた。夫と、夫の無気味な視力障害よりも、彼女にはバリケードのほうが心配なようだった。家のなかでうごかせるものは、どんな小さなものものこらずバリケードにくわえ、自分たちを永久にとじこめてしまう気かと思うことがあった。毎夜ワイルダーは、夜明けまでの数時間を、バリケードに半分埋もれたアームチェアにぐったりかけてすごした。彼女は飽かずうごきまわっては、どこかでみつけた小さな家具、本を三冊、レコード一枚、ジュエル・ボックスをくわえた。いちどなどワイルダーが目を覚ますと、自分の左足の一部が組みこまれていた。外へ出るのに三十分もかかることはしょっちゅうだった。

「なんだ」彼はいらいらしていった。「なんで袖《そで》をひっぱる」

彼女は、家具がまったくないためにワイルダーがおろせずにいるドッグフードの包みを見ていた。なぜだか彼は、それをバリケードにはくわえられたくなかった。

「あなたのために掃除しておいたのよ」すこし誇らしげに彼女はいった。「掃除したほうがいいでしょ」

「そりゃ……」

ワイルダーは尊大に家のなかを見まわした。ほとんどかわったところも見あたらず、どちらかといえば彼はきたないほうがよかった。

「なあに、これ」彼女は紙の箱をうれしそうにたたいてから、小さな息子が内緒のプレゼントを用意してくれているのをみつけたみたいに、彼の脇腹をいたずらっぽくつついた。「あなたって、びっくりさせてくれるのよね！」

「さわらないでもらおう」

じゃけんに押しのけたものだから、彼女はもうすこしでころぶところだった。こういうばかげた儀式が、彼にはなんだかたのしかった。ふたりはヘレンとではとうてい不可能だった親密度に達していた。マンションの上へ行けば行くほど、彼はこうしたゲームを抵抗なくやることができた。

ミセス・ヒルマンはむきになって、袋からドッグビスケットのパックをひっぱり出した。彼女の小さなからだは意外に敏捷《びんしょう》だった。彼女はラベルにかかれた太ったバセットハウンドに見入った。彼女も夫も案山子《かかし》のようにやせている。ワイルダーは気前よくキャットミートをひと罐《かん》さしだした。

「そのビスケットをジンにひたして——どこかに一本かくしてあるだろう。精がつくぜ、ふたりとも」

「犬がほしいわ」その思いつきにワイルダーが不快顔をすると、彼女は媚態《びたい》を見せてすり寄り、彼の厚い胸板《むないた》に両の掌《てのひら》を押しあてた。「犬よ。ねえ、ディッキー……」

ワイルダーは身をはなそうとしたが、ねっとりした淫《みだ》らな声音《こわね》と、乳首にくわえられた指先の力が、気持ちを動揺させた。思いがけぬ性技巧のやりとりは、彼の内にかくれていた性《せい》向《こう》を刺戟《しげき》した。ヒルマンはドレスシャツを血まみれのターバンのように頭に巻いて、力なくふたりを見あげていた。顔にまるで生色《せいしょく》がない。視力障害では、がらんとした家のなかに、彼と妻の抱き合う姿が何重にも映って見えるだろうと思われた。彼は相手を口説《くど》く格好で、ためしに彼女のリンゴほどの大きさしかない尻に手を這《は》わせ、傷ついた男がどんな反応をしめすか見てみた。だが、ヒルマンはちらとも気づいた様子を見せなかった。ミセス・ヒルマンがあからさまに応《こた》えてくるのを見て、ワイルダーは愛撫《あいぶ》の手をとめた。彼が自分たちの関係を発展させたいのは、もっとべつの面でだった。

「ディッキー、なぜあなたが救助にきてくれたかはわかってるの」ミセス・ヒルマンはワイルダーの腕をとらえたまま、あとについてバリケードをまわった。「あいつらに思い知らせてやってくれる?」

これまたふたりのゲームのうちだった。彼女が〈救助〉というときは、〈あいつら〉すなわち十七階以下の全住人が、彼女の戸口の前にえんえんとならんで恥辱《ちじょく》を忍び、平伏《へいふく》する光景を思いえがいているのだった。

「思い知らせてやるさ」ワイルダーは請け合った。「それでいいね」

ふたりはバリケードにもたれ、ミセス・ヒルマンのあご先のとがった顔が、彼の胸に押しあてられていた。母親と息子ごっこをやるのに、これほど不似合いなふたりもないな、とワイルダーは思った。復讐の約束をえてしきりにうなずきながら、ミセス・ヒルマンはバリケードのなかに手をつっこみ、黒い鉄パイプをひっぱりだした。出てきたそれは、ショットガンの銃身だった。

おどろいてワイルダーは彼女の手から銃をとりあげた。彼女はワイルダーがいますぐ廊下へ出て行って、だれかを撃ち殺すのを期待してか、誘うような笑みを見せていた。彼は銃身を折ってみた。実包が二発、撃鉄の下におさまっていた。

ワイルダーは銃をミセス・ヒルマンの手のとどかぬところにどけた。おそらくこれも、競技用ライフル、軍役の記念、護身用拳銃など、マンションにいくつもある似たような銃のひとつにすぎないだろう。だが、これだけの暴力の蔓延《まんえん》にもかかわらず、だれも銃だけは撃っていないのだ。理由はわかっている。ワイルダー自身、たとえ死とひきかえにしても、このショットガンを使うことだけはしたくなかった。マンション住人のあいだには、抗争は腕ずくだけで解決するという暗黙の了解があった。

彼はショットガンをバリケードの奥につっこんで、ミセス・ヒルマンの胸をとんと突いた。

「あっちへ行け。自分で自分を救助したらいい」

彼女が冗談とも本気ともつかぬ調子で抗議すると、彼はドッグビスケットをなげつけ、むきだしの床にもばらまいた。そうやっていじめてやるのはたのしかった。寝ている夫の前でからかいながら、食料を彼女の手から遠ざけていると、とうとう彼女は泣きだしてキッチンにひっこんだ。夜は愉快に進行した。闇がマンションをすっぽりおおうころ、ワイルダーはいよいよ破目《はめ》をはずし、酔った女校長をからかう不良少年のように、ことさら下品にふるまった。

ときおり暴力行為の突発で騒がしかったその夜、ワイルダーは午前二時まで十七階のヒルマンの部屋を出なかった。事件発生数のいちじるしい減少は、ワイルダーを不安がらせた――彼のマンション登高は、戦闘中のグループに、自分を喧嘩好きなストリート・ファイターとしてさしだすずにはできないのである。なのに、先週までの公然たる部族闘争は、いまやあきらかにおわっていた。派閥構造の崩壊とともに、画然《かくぜん》たる境界と休戦ラインはなくって、いまは三、四世帯ずつ孤立した部屋が、小さな飛び地のように散在するばかりだった。これらは侵入収奪がはるかにむずかしかった。

居間の暗がりでミセス・ヒルマンとふたり、向き合う壁にもたれて床の上にすわり、まわりのくぐもった物音に耳をすました。いま、マンション住人は真っ暗な動物園のなかの動物に似て、寝そべって不機嫌におし黙り、ときたま、つかのまの凶暴獰猛《どうもう》な行動に出て、たがいにひっかき合っていた。

ヒルマン家のいちばん近い隣人は、保険ブローカーとその妻、アカウント・エグゼクティヴがふたりと薬学者がひとりだが、彼らは無気力で、結束もしていなかった。ワイルダーはなんどか訪ねていたが、もはや自己の有利という点に訴えても、彼らはふるい立たなかった。むしろ故《ゆえ》ない敵意の露骨この上ない表現だけが、彼らのたるんだ精神に生気をあたえることができた。ワイルダーのいつわりの、あるいは本物の憤激《ふんげき》、彼がえがいてみせる復讐図は、彼らをつかのま脱力状態からひっぱりだした。

この、過激で攻撃的なリーダーを中心にしての再編成は、マンションのいたるところでおこなわれていた。夜半をすぎると、ホールや廊下のバリケードの奥に懐中電灯がともり、五、六人のグループがビニールのごみ袋のあいだにうずくまって、たがいにたきつけ合っていた。まもなく砂糖菓子のあいだで乱交できると知って、酔っていきおいをつけている結婚式の客を思わせた。

午前二時、ワイルダーはヒルマン夫妻の部屋を出て、隣人たちの扇動《せんどう》にとりかかった。あつまった男たちは、手に手に棍棒《こんぼう》や槍《やり》を持ってうずくまり、ウィスキーのポケットびんを足元においていた。懐中電灯の光が、周囲にうず高く積みあげられたごみ袋を照らしだして、さながら塵芥《じんかい》博物館のおもむきだった。ワイルダーは車座の中央にすわって、再度上の階にしかける侵略戦の作戦概要を説明した。みんな何日もろくなものも食べていないのに、上の階の住人の力をおそれて難色をしめした。ワイルダーは巧みに彼らの妄想嗜癖《しへき》を利用した。またしてもスケープゴートに精神科医エイドリアン・タルボットをえらび、こんどはプールの更衣ボックスで幼児にいたずらをしたことにした。その非難がいつわりであることは、みんな百も承知しており、それがかえって非難を補強することになった。だが、彼らは行動を起こす前に、ワイルダーになにかもっとまがまがしい犯罪を考えだすことを要求した。まるでタルボットの性犯罪の想像的部分にこそ、その訴求力の真髄があるかのようだった。高層住宅のロジックにしたがい、いかなる罪からも最も縁遠い者が、最も罪深い存在になってゆくのだった。

夜明け間近、ワイルダーは二十六階の無人の部屋にはいりこんでいた。かつてひとり身の女が小さな息子と住んでいたそこは、最近うちすてられて、外から戸に南京錠《なんきんじょう》をほどこすこともされていなかった。夜中のうちあばれて疲れたワイルダーは、即座に戸をたたきこわした。彼はタルボットの部屋に何度目かの襲撃をかけに行く夜襲部隊から、そっと抜けだしていた。夜の闇がのこっている最後のひとときに、どこか無人の部屋にもぐりこんで、日のあるあいだゆっくり眠り、夕方またマンション登高をはじめようという腹づもりだった。

ワイルダーは三室ある家のなかを見てまわり、キッチンにも浴室にもだれもかくれていないことを確認した。暗がりをうろついては食器戸棚を蹴りあけ、本や飾り物はかたっぱしから床にたたきつけた。部屋の持ち主は出て行く前に、子どもの玩具《がんぐ》を寝室のワードローブにしまいこむなど、家のなかをかたづけるあまり熱意のない努力をしていた。掃《は》かれた床、きっちり寄せられたカーテンを見ると、ワイルダーはいらいらした。ひきだしを抜いて床にぶちまけ、ベッドのマットレスをひっぱがし、湯船に小便をそそぎこんだ。ズボンから巨大な性器をとびださせた屈強な男が、寝室の鏡から彼を見ていた。鏡をたたき割ってやろうと思ったが、暗がりに白い棍棒のようにたれているペニスを見て気持ちがしずまった。なにかで飾ってやりたいものだと思った。リボンを花むすびにしてやるのはどうだろう。

ひとりになると、登高の進みぐあいが確信できた。マンションの半分以上をのぼったという勝利感に、空腹感も消しとんだ。窓から地上は、かろうじて見えるか見えないかというところだった。そこは彼がすててきた世界の一部だった。頭上のどこかではアンソニー・ロイヤルが、もうすぐ不意打ちをくらうことも知らず、白いジャーマン・シェパードを連れて尊大に歩いているのだろう。

明けがた、部屋の主がもどってきて、ワイルダーが休んでいるキッチンにはいってきた。もうそのときは、彼はすっかりくつろいで、調理台にもたれて床にすわり、まわりに食事の食べさしを散らかしていた。罐詰《かんづめ》をいくつかと赤ワインを二本、おきまりの隠匿《いんとく》場所、寝室のワードローブの床下からみつけたのだった。罐詰を苦労してあけるあいだ、彼は子どもの玩具のなかにあった電池式テープレコーダーをまわしていた。自分のうめき声とげっぷを録音しては、再生してひとりできいた。一群のげっぷに、第二群、第三群をオーバーラップさせたテープ編集の手並みは、我ながらあざやかだと思った。ひび割れた真っ黒の爪、傷だらけのその指先が持つ技術である。

二本のワインが気持ちよい眠気をさそっていた。赤ワインを広い胸になすりつけながら、彼はキッチンにはいってきて彼の足につまずいたびっくり顔の女に、愛想よく笑いかけた。

喉元におどおど手をあてて見おろしている女は、かつてシャーロット・メルヴィルとよばれていたことを思いだした。もうその名前は、強風で吹きとばされた運動選手のゼッケンのように、彼女からはなれてしまっていた。彼はここにはよくきたのを思いだした。それで椅子やソファはいろいろな隠匿場所をかくすのに移動していても、子どもの玩具や家具にどこか見覚えがあるのだった。

「ワイルダー……?」

名前に自信がないのか、シャーロット・メルヴィルはやんわりと発音した。彼女は夜のうちずっと、ねんごろになった三階上の統計学者のところに、息子を連れて身を寄せていた。朝になって騒ぎがしずまると、自宅を完全にすてる前に、貯蔵食品ののこりをとりに帰ってきたのだった。すばやく冷静さをとりもどした彼女は、ワインボトルをならべ、胸に赤い縞《しま》をつけ、蛮人のように下腹部をむきだしにして寝ている屈強な男をつめたい目で見おろした。なんの損失感も憤激も感じず、彼が部屋に無造作にあたえた損害を、浴室の小便の強いにおいとおなじに、宿命論風にうけいれた。

彼が半分眠っているように見えたのだろう、彼女はそろそろドアのほうへ歩きだした。ワイルダーは片手をのばして、女の足首をつかんだ。彼はぼんやり見あげてほほえんだ。のろのろと立ちあがり、女のまわりをまわった。それでなぐりつけようとするみたいに、テープレコーダーをふりあげていた。だが、なぐりはせず、スイッチを入れたり切ったりして、彼女にげっぷとうめきの特選版をきかせてやった。思いがけぬこの専門技術の披露《ひろう》は、自分でも気に入った。女は彼の編集されたつぶやきをききながら、部屋から部屋へ後退し、そうやって彼は相手を家じゅうゆっくりうごかしてまわった。

最初に彼女をひっぱたいて寝室の床に這わせたとき、女のあえぎ声をテープにとろうとしたのだが、リールがひっかかってしまった。慎重になおしてから、かがんでもういちどひっぱたき、女のいまはもう意識的な声を、満足のゆくまで録音しおえて、やっと手を休めた。そうやって女を責め、女の誇張した、だがたしかにおびえのこもったあえぎ声をテープにおさめるのはたのしかった。子どもの寝室のマットレスの上での無器用な性行為のあいだ、テープレコーダーをまわしたままそばの床におき、そそくさとおわったレイプの音声を再生しては、彼女の衣服の裂ける音、おこったうめき声をふたりで編集した。

女にも録音遊びにも飽きると、テープレコーダーを部屋の隅になげつけた。自分のしゃべる声は、どんなに野卑《やひ》ではあっても、どこか不協和音になった。言葉はすべてに違う意味合いをもちこむような気がして、シャーロットともだれとも口をきくのが腹立たしかった。

彼女が服を着おわると、ふたりでバルコニーへ出て、不似合いな旧世界風に四角ばってテーブルにつき、朝食をとった。シャーロットはキッチンの床におちているのをみつけた罐詰《かんづめ》肉のきれはしを食べた。ワイルダーはワインののこりを飲みほし、胸に赤い線を入れなおした。のぼる朝日にむきだしの下腹部をあたためられて、なんだか高い山の別荘で妻とくつろぐ満ち足りた夫の気分だった。無邪気にもシャーロットにマンション登高のことを説明したくなり、照れて屋上をゆびさした。だが、彼女にはわかってもらえなかった。彼女は破れた服を丈夫なからだにしっかりととめた。口元と喉に打ち身をこしらえながらも、気にもしていない様子で、ワイルダーをぼんやりみつめていた。

バルコニーからマンションの屋上が見えた。あと十数階のところだった。この高さに住むことの陶酔《とうすい》は、にぎりしめたワインボトルから生まれる酔いとおなじほど、手ごたえのたしかなしろものだった。すでに彼の目には、手すりにならんでとまった巨鳥が見えるようだった。彼が到着して指図するのを、鳥たちは待っているに相違なかった。

下方の二十階のバルコニーでは、男がたき火で料理をしていた。ひと山のくすぶる棒材の上にスープの罐詰をじょうずにのせ、いましもコーヒーテーブルをばらしてくべているところだった。

パトカーが外周の入口に近づいてきた。この早朝から住人が数人、きちんとスーツとレインコートを着て、ブリーフケースをさげて出勤するところだった。進入路にうちすてられた車が邪魔になって、パトカーは建物のメイン・エントランスまでくることができず、警官は車をおりて通りがかった住人に話しかけた。ふつうならだれも外部の人間に返事はしないところだが、いま、彼らはふたりの警官のまわりにあつまった。ワイルダーは彼らがせっかくのゲームをばらしてしまうのではないかと思ったが、彼らの声はきこえなくても、なにをいっているのかは確信できた。あきらかに彼らは警官をなだめ、マンションのまわりはごみと割れびんだらけなのに、なにも異常はないと請け合っているのだ。

寝る前に部屋の防御を点検しておこうと思い、ワイルダーは廊下へ出てみた。戸口の外に立つと、よどんだ空気が彼をなでて、あいたバルコニーへ流れ出た。彼はマンションの濃厚なにおいを味わった。生ごみ同様に、上のほうの階の住人の排泄物《はいせつ》には、あきらかにちがうにおいがあった。

バルコニーにもどって、パトカーが走り去るのをながめた。まだ毎朝仕事に出かける二十人ばかりの住人のなかから、警官に万事異状ないことを信じさせる仕事から動揺をきたしたのだろう、三人が引き返してきていた。

三人は上を見ずに、足ばやにエントランス・ロビーへもどった。マンションの、周囲の世界との隔絶はもうすぐ完了しようとしており、おそらくそれは彼の登頂と時をおなじくしそうだった。その想像図に心なごんで彼は床にすわり、シャーロット・メルヴィルの肩に頭をあずけて、彼女に胸と肩のワインの縞《しま》をなでられながら、眠りにおちた。

14　最後の勝利

夕刻、防御を強化したあと、アンソニー・ロイヤルはダイニングのテーブルにキャンドルをつけさせた。ディナージャケットの両ポケットに手を入れて、彼は四十階のペントハウスの窓辺にたたずみ、再開発地のコンクリートの広場を見はるかした。仕事に出て行った連中も、いまはもうみな車を駐車場に入れて、マンションのなかにはいっていた。彼らのぶじの帰宅を見とどけてはじめて、ロイヤルはほっとくつろぐことができるのだった。他国の港で、乗組員の最後のひとりが陸《おか》から帰るのを見て、はやく出帆したがっている船長のようだった。夜がはじまった。

ロイヤルは食卓の上座《かみざ》で、背板の高いオーク材の椅子に腰をおろした。キャンドルライトが銀のナイフとフォーク、金の皿をちらちらと照らし、ディナージャケットの絹《きぬ》のラペルに反射した。彼はいつものとおり、高級生活用品を宣伝する稽古《けいこ》不足、予算不足のテレビコマーシャルを思わせる、この芝居がかった面倒な道具立てに頰《ほお》をゆるめた。これは三週間前、彼とパングボーンが毎晩食事には正装することにきめたときからはじまった。ロイヤルは女たちに命じて、食卓をできるだけ長くのばさせ、背の高い窓と、となりのマンションの照明を背負って自分がすわれるようにした。ロイヤルにこたえて、女たちは秘密のかくし場所からキャンドルと銀器をもちだし、手のこんだ料理をこしらえた。壁をゆらめきよぎる彼女らの影を見ていると、まるで封建《ほうけん》領主の食堂で立ちうごいているかに思われた。パングボーンも長いテーブルの反対端についたときには、いかにも感心していた。

むろん婦人科医にしても、こんな見えすいた芝居の無意味なことはよく知っていた。キャンドルライトの円から一歩外へ出れば、壁ぎわにごみ袋が山積みになっているのだ。外の廊下と階段はこわれた家具で足の踏み場もなく、洗濯機や冷凍庫でつくったバリケードが随所にあった。エレベーター・シャフトは、いまやあたらしいダストシュートだった。二十基のエレベーターはもう一台もうごかず、シャフトは生ごみと犬の死体でいっぱいだった。マンション最後の部族単位、最上部三階にはそれでもまだ、薄れる一方ながら秩序めいたものがのこっていた。しかし、ロイヤルとパングボーンの間違いは、自分たちの下には搾取《さくしゅ》支配できるなんらかの社会組織が、かならずあると思いこんだことだった。いまや彼らは、社会組織をまったく持たない世界へと移行しつつあるのだ。派閥に分解して、小さな殺人者集団あるいはたったひとりの狩人になり、無人の部屋に人間狩りの罠《わな》を仕掛けたり、ひと気のないエレベーター・ホールで、無警戒な人間を餌食《えじき》にしたりしていた。

女のひとりが、力強い手で銀のトレイを持って部屋にはいってくると、ロイヤルは磨《みが》きこまれたテーブルから目をあげた。じっと見守るうちに、それがミセス・ワイルダーであることを思いだした。アンの仕立てのいいパンタロンスーツを着て、ロイヤルは、この知的な女は高層マンションの上層階にいともあっさりとけこんでしまうものだな、と前にも思ったことを思った。二週間前、ワイルダーにすてられたあと、ふたりの息子と十九階の無人の部屋に小さくなっているのを発見されたとき、彼女は疲労困憊《こんぱい》し、飢《う》えと憤《いきどお》りにぼうっとなっていた。夫をさがしてか、それともなにか漠然《ばくぜん》たる本能に応《こた》えてか、彼女は建物の上へのぼりはじめていたのだ。攻撃隊は彼女を最上階へ連れてきた。パングボーンがこの貧血症でうろつきまわる女を放りだしたがるのを、ロイヤルはおしとどめた。ワイルダーはどこかまだ下のほうでマンションの登高をつづけているにちがいなく、その妻はいつか貴重な人質になるかもしれなかった。彼女は連れて行かれ、ほかのすてられた妻のグループにくわわった。みな子ども連れでとなりの部屋に住み、召使いとしてはたらいて糊口《ここう》をしのいでいた。日ならずして、ミセス・ワイルダーは体力と自信をとりもどした。もうぼんやり肩をおとしていない彼女を見て、ロイヤルは一年前マンションにはいってきた精力的なテレビ・ジャーナリストの、きまじめで魅力ある細君を思いだした。

見ると彼女はパングボーンの席をかたづけて、よごれていない銀器をトレイにもどそうとしているところだった。

「それはきれいじゃないか」と、ロイヤルはいった。「ドクター・パングボーンは気がつかないよ」彼女がとりあわずにナイフ類をかたづけると、ロイヤルはたずねた。「あの人から連絡はあったかね、今夜やってきもしないだろうけど」

「今夜も、これからも。あの人、いずれおちるところまでおちるつもりだから」ミセス・ワイルダーはテーブルの反対端から、一瞬ロイヤルに気がかりを覚えたかのように、ちらりと視線を向けた。それから彼女はごくあたりまえな口調で、「ドクター・パングボーンには気をつけないと」といいそえた。

「前から気をつけてるさ」

「ドクター・パングボーンのような人は、ふつうの食べ物に食欲をなくすと、なにかもっと面白いもの、そしてもっとずっと危険なものを、口にしたがると思っていいんじゃないかしら」

ロイヤルは彼女のひややかな忠告を黙ってきいた。パングボーンとの毎日の夕食会がおわったのはふしぎでない。彼もパングボーンも、マンション最後の一派《クラン》がかならず崩壊するのを予期して、いまは屋上の両端にあるそれぞれのすまいに、それぞれの女たちを連れてひっこんでいた。パングボーンは、死んだ宝石商が住んでいたペントハウスに越していた。妙なものだ、とロイヤルは思った。人はみな最初のとおり、めいめいの部屋に自分だけという、あの孤絶状態にもどって行くのだ。

頭のなかでなにかが、この食事には手をつけるなと警告したが、彼はミセス・ワイルダーの給仕を待ちうけた。ここまで生きのびたのだから、婦人科医がなにをしたところで、それまでの姿勢をいまさらくずす気はなかった。この数カ月で事故の痕跡はほぼ完全に消えて、ロイヤルはついぞないほど体力と気力の充実を感じた。マンションに君臨するくわだては実現したし、自分にこの巨大ビル支配の権利があることは、結婚生活を犠牲にしてまで十二分に証明した。やがてくるであろうことを期待したあたらしい社会秩序はといえば、あの高層禽鳥舎《きんちょうしゃ》のイメージは思ったより的《まと》を射ていたことが、いまにしてわかるのだ。なぜなら、彼は自分でもそれと知らずに、無数の檻《おり》を積みかさねた巨大な垂直の動物園をこしらえていた。あれらの派手やかでエキゾチックな動物たちが、檻のドアをあけることを覚えたのだと知れば、過去二、三カ月の出来事はすべて腑《ふ》におちるのだ。

ミセス・ワイルダーが給仕をはじめると、ロイヤルは椅子にゆったりもたれた。自宅のキッチンにはなにも設備がないので、食事はぜんぶとなりの部屋でつくられた。ミセス・ワイルダーはトレイを手に、通路を埋めるごみ袋をまたいで、またあらわれた。野蛮状態に返ったのに、マンション住人は生まれには忠実で、あいかわらず厖大《ぼうだい》なごみを生産しつづけていた。

例によってメイン料理はひときれの焼き肉だった。ロイヤルはいちども肉の出所《しゅつしょ》を質《ただ》したことはなかった——たぶん犬だろう。女たちは材料調達をなかなかうまくやっていた。ロイヤルがスパイスのたっぷりきいた料理を味見するとき、ミセス・ワイルダーはそばに立って、夜気《やき》にじっと目をこらしていた。しつけのいい家政婦のように、ロイヤルからなにか満足した表現が出るのを待っているのだが、それでいて賛辞にも叱言《しつげん》にもいっかな興味がないようだった。彼女はアンや他の女たち相手に使うはなやいだ口調とはうってかわった、単調な声でしゃべった。彼女はロイヤルの妻と、ロイヤルがすごす以上の時間をすごしていた。じっさいミセス・ワイルダーはロイヤルがすごす以上の時間をすごしていた。となりには六人の女がいっしょに住んでいた。そのほうが奇襲から身を守りやすいというのが、表向きの理由だった。ロイヤルはときどきアンに会いに行ったが、しかし、ごみ袋にかこまれてベッドに腰かけ、共同でワイルダーの子どもの世話をしている緊密な女性集団には、どこかこちらをおじけづかせるところがあった。彼が戸口でためらっているのを、彼女たちはじっとにらんで、立ち去るのを待っていた。アンまでが彼から心を遠ざけていた。彼へのおびえもあるが、もう夫が自分を必要としなくなったことに気づいたからでもあった。長いあいだ自分の優越を維持しようとしてきたアンだったが、ついに住人仲間にくわわる決心をしたのだ。

「けっこう——非常にうまい。待ちなさい……行く前にちょっと」ロイヤルはフォークをおくと、さりげない調子でたずねた。「まだ彼の消息をきかないかね、だれか見かけた者はいないか」

この迂遠《うえん》なききかたにうんざりして、ミセス・ワイルダーは首をふった。

「彼って……?」

「ご亭主だよ——リチャードといったかな。ワイルダーだよ」

ミセス・ワイルダーはロイヤルを見おろし、知らぬ人を見る顔つきでかぶりをふった。ロイヤルは彼女が夫ばかりか、彼自身をふくめたすべての男の、なんたるかを忘れてしまったに相違ないと思った。それをためすために、彼女の太腿《ふともも》に手をかけて、力強い筋肉をまさぐってみた。ミセス・ワイルダーはロイヤルの愛撫《あいぶ》をそしらぬふうに、無感動にトレイを持って立っていた。このところ大勢の男に弄《もてあそ》ばれたためばかりでなく、そんな凌辱《りようじよく》行為そのものがなんの意味も持たなくなっているからでもあった。ロイヤルが指を二本、股間《こかん》の割れ目にすべりこませると、彼女は反応をしめした——彼の手を押しのけるのではなく、子どもたちのさまよいうごく手をみちびくように、自分の腰へもっていって、そっとそこにあてがった。

ロイヤルがいつものこしておいてやる肉のきれはしを持って彼女が行ってしまうと、彼は長いテーブルの前でゆったりすわりなおした。行ってくれてよかった。ミセス・ワイルダーは無断で白いサファリ・ジャケットを洗い、彼に権威の意識ばかりか、マンションにおける彼のいわず語らずの役割をあたえてくれていた、あの血痕《けつこん》を消してしまっていた。

そうすれば彼の力が弱まると知って、故意にやったのだろうか。ロイヤルはあのえんえんとパーティをひらいていた時期を、いまもまだ思いだすことができた。あのころ、マンションは酔いどれ旅客船のように、煌々《こうこう》と照明がともっていた。ロイヤルは封建領主の役をあますところなく演じ、夜ごとこの応接間でひらかれる協議会を主宰した。キャンドルライトのなかにすわった彼ら神経外科医、年配の学者、株仲買人《なかがいにん》は、多年産業界で、商売で、大学生活でふるってきた策謀と生存の能力を披瀝《ひれき》した。議事録、会議録の、提出され支持された動議の、およそ固苦しいボキャブラリーと、幾百の委員会により継承された装飾言語がとびかっても、実質はまさに部族会議だった。ここで彼らは食物と女をいかにして調達し、上層階を略奪者からどうやって守るかについて、最新の策を論じ、同盟と裏切りの計画をねったのだ。いまはもう新秩序が生まれ、そこではマンション生活の一切は、安全、食物、セックスという三つの妄執を中心にうごいていた。

テーブルをはなれたロイヤルは、銀の燭台《しょくだい》をつかんで窓へ持って行った。もうマンションの明りはすべて消えている。四十階と三十七階のふたつの階だけ、まだ電気は通じているのだが、そこも明りはつけられなかった。闇のほうが気持ちは休まる——本物の幻影が栄えるとすればそこだ。

四十階下で、一台の乗用車が駐車場にはいり、迷路のような進入路を建物から二百ヤードはなれた駐車位置へと進んだ。フライトジャケットに大きなブーツをはいた運転者がおり立ち、頭からつっこむようにしてエントランスへいそいだ。ロイヤルはそのだれとも知れぬ男が、おそらくマンションを出て仕事に出かけている最後の住人だろうと察した。だれであるにせよ、自宅に出入りするルートをみつけているというわけだ。

屋上のどこかで犬が悲しげに鳴いた。ずっと下方、二十階下の絶壁にあいた開口部から、ひとつみじかい叫びがあがった――苦痛、快楽、怒り、なにが原因かはもうどうでもよかった。ロイヤルは待ちうけた。心臓の動悸《どうき》が速くなる。すぐにまた悲鳴がきこえた。意味のない泣き声だ。そうした叫びは、周囲の状況から遊離した、まったく抽象的な感情の表現なのだった。

ロイヤルはだれか子分が、推測される騒ぎの理由をつげにこないかと待った。隣室の女たちとはべつに、三十九階の画廊経営者や三十八階の羽振りのいいヘアドレッサーなど、若手の住人が数人、たいてい廊下のごみ袋のあいだにたむろし、槍《やり》にもたれて階段のバリケードを見張っているのだった。

クロームのステッキをつかんで、ロイヤルはダイニングをあとにした。銀の燭台のキャンドル一本が道を照らした。黒いビニールのごみ袋につまずいたとき、どうしてだれもこれを建物の外へすてないのだろうと考えた。おそらく彼らがこのごみを後生大事《ごしょう》にかかえているのは、外部世界の注意を惹《ひ》くおそれからよりも、自分たちのまわりを、食べのこした料理や、血だらけの包帯のきれはし、元は彼らを酔わすワインのはいっていた割れびんなど、どれも半透明のビニールを透《す》かしてかすかに見える、それら老廃物でとりかこむ必要があるからなのだ。

自宅はがらんとして、天井の高い部屋部屋に人の気配はなかった。ロイヤルは用心深く廊下に出た。バリケードぎわの監視所にはだれもおらず、女たちが暮らしている隣家の戸口から明りはまったく洩れていない。いつもはにぎやかなキッチンに光がないのは意外で、ロイヤルは真っ暗な通路を奥へ進んだ。子どものオモチャを足で蹴ってどけ、燭台を頭上にささげて、その辺の部屋にだれか寝ている人間の姿はないかとさがした。

主寝室いっぱいに敷きならべたマットレスの上に、口のあいたスーツケースがいくつもあった。戸口にたたずむと、さまざまに入り混じったにおいが、闇のなかで彼を押し包んだ。逃げる女たちがのこして行ったあざやかな航跡だった。彼はちょっとためらってから、室内に足を踏み入れて、明りをつけた。

ゆらぐキャンドルライトと、ちらつく懐中電灯のあとではまるでなじめない、電気の即座の光芒《こうぼう》が、室内の六枚のマットレスを照らしだした。中味の半分詰まったスーツケースが折りかさなっているところを見ると、女たちはとつぜんの知らせで、あるいはあらかじめきめられた合図で出発したのかもしれない。衣服もあらかたおきすてられ、ミセス・ワイルダーが彼の夕食を出すときに着ていたパンタロンスーツにも見覚えがあった。アンのドレスやスーツも衣裳《いしょう》戸棚に、店のディスプレイみたいにずらりとかかっていた。

犯罪を記録する警察のタイム露出写真ほどにも生気のない、ただ一様《いちよう》な光が、破れたマットレス、脱ぎすてた服、壁のしみ、足元の床に忘れられた化粧品にあたっていた。

それらをじっと見おろしていると、ふとかすかな、あざけるようなざわめきが廊下からきこえてきた。逃げる女たちの口から洩れているかのように、だんだん遠のいて行く。この一連のやじり声と鼻を鳴らす音を、もう何日も前からきかされ、なんとか頭から追い払おうとするのだができずにいた。彼は電灯のスイッチを切ると、ステッキを両手でしっかりにぎりしめて外へ出た。

ドアの外にたたずんで、その遠い音声に耳をすました。まるで幼児の泣き声を電気で合成したような音だ。おなじ階の反対端の部屋から部屋へ抜けて行く、金属的な、はるかなひびき。彼の私設動物園の獣たちの音声《おんじょう》。

15　夜のエンタテインメント

夜は深まり、マンションの建物は闇の奥にひっこんだ。例によってこの時間、巨大ビルのなかのだれしもが境界地帯を通り抜けつつあるかのように、マンションはひっそりとしずまり返っていた。屋上では犬たちが鼻を鳴らしている。ロイヤルはダイニングルームのキャンドルを吹き消すと、階段をペントハウスへあがった。他のマンションの遠い光を映して、エクササイズ・マシンのクローム製のシャフト群は、水銀柱《ちゆう》みたいに上り下りするようだった。屋下の住人たちのたえずかわる心理的レベルを記憶する複雑な装置――そんな感じがした。屋上に出てみると、闇はおびただしい鳥の白さで照らされていた。暗がりに翼がばたばたうごくのは、すでにぎっしりのエレベーターの塔屋《とうや》と手すりに、あらそってとまる場所をさがしているのだった。

ロイヤルは鳥にかこまれるのを待って、ステッキでくちばしを足からそむけた。しだいに気持ちがおちついてきた。女や、ほそりゆく取り巻きのメンバーが、彼を見すてることにしたのなら、それはそれでよかった。この暗がりで、鳥の羽音《はおと》と鳴き声、彫刻庭園の犬たちがくすんくすん鼻を鳴らすのをきいていると、いちばんくつろぎを覚えるのだ。鳥は彼の存在に惹《ひ》かれてここへあつまるのだということを、いまほど確信したことはなかった。

ロイヤルは通り道の鳥を蹴散らして、彫刻庭園のゲートを押しひらいた。彼に気づいた犬たちは、鳴いて足をつっぱり、ロープをぐいぐい引いた。それらレトリヴァー、プードル、ダックスフントは、かつてマンション上層階に住んでいた約百匹のペットの、いまやわずかなのこりだった。この屋上に戦略的糧《りようしよく》食として飼われているのだが、ロイヤルの目が行きとどいていて、食われた犬はまだほとんどなかった。彼らはロイヤルの私的猟犬隊で、最後の対決の日まで飼っているのだ。その日がきたら、彼らをひきいて建物の下へおりて行き、バリケードで固めた部屋部屋の窓をあけ放って、鳥たちも入れてやるのだ。

犬たちは彼の足をひっぱり、何本ものロープが彫刻にからまった。ロイヤルのお気に入り、白いジャーマン・シェパードまでが、おちつきがなく、気が立っていた。ロイヤルはつややかな、だがまだ血のりのついた毛をさすってなだめた。犬はしかし、いらだって彼を頭で突き、からの餌《えさ》バケツにいきおいよく押しあてた。

バランスをとりもどしたとき、百フィート後方の中央階段を大勢の人声《じんせい》がのぼってくるのがきこえた。闇のなかに光が近づく。肩の高さにかざした懐中電灯の行列だ。光の筋が夜の空気をつらぬき、鳥を空に飛び立たせる。ダンベルのコトコト鳴る音のなかに、ポータブル・カセットプレーヤーが、音楽をボリュームいっぱいに吐きだした。ロイヤルがエレベーターの塔屋の裏に立ちどまると同時に、上層階の住人グループが屋上にわっととびだしてきた。彼らはパングボーンにひきいられて、展望台にゆるい輪になってひろがった。なにかまた勝利を祝おうというのだ。ロイヤルに連絡もせず承諾もえずに、下の階に攻撃がかけられたのだ。

婦人科医はひどく興奮して、まるで気の狂ったガイドのように、階段でもたついている連中を手をふりまわして急《せ》かした。その口から、奇妙な叫びと呼び声が洩れて出た。ネアンデルタール人の求愛の声かと思う、音節のはっきりしないうめきに似た声だが、じつはそれはパングボーンの、コンピュータ分析による産声《うぶごえ》の録音テープなのだった。ロイヤルはその気味悪い、いやな騒音を、側近の連中がまねるものだから、何週間もいやというほどきかされた。とうとう二、三日前、その声を出すことを彼はきっぱり禁じた——ペントハウスにすわって鳥のことを考えているとき、となりのキッチンで女たちがその奇声を洩らすのをきかされるといらいらした。だが、パングボーンは屋上の反対端の自分の居住区で定期的に会をひらき、彼をかこんで床にしずかな円陣を組んですわった女たちに、産声テープのライブラリを披露《ひろう》におよんだ。一同でその気味悪い騒音をいっせいにまねると、しだいに高まるパングボーンの権威の、音声的象徴という気がした。

もう女たちはロイヤルをはなれてしまい、習得した一切すべてをのこりなく吐きだし、まるで狂った妊婦の一団が、新生児の分娩《ぶんべん》時外傷をよびまねいているかのように、奇声とうなりをあげた。

ロイヤルは自分が出て行く機会を待とうと、塔屋にもたせかけたぼろぼろの廂《ひさし》のうしろへ、ジャーマン・シェパードにつづいてかくれた。タキシードを着てきたことをはじめて感謝した。白いサファリ・ジャケットでは、火炎のようにきわだってしまう。

〈ゲスト〉がふたりえらばれていた。三十二階の頭に包帯をした原価会計士と、二十七階の近眼の気象学者だ。カセットプレーヤーを持つ女が妻のアンであることに気づいたが、うろたえはしなかった。だらしない服装で、髪もふり乱し、パングボーンにしなだれかかっていたが、やおら懐中電灯の光の円のなかをすねた娼婦《しょうふ》のように歩きまわり、ふたりの捕虜に向かってカセットプレーヤーをふりあげた。

「ご婦人がた……ちょっとしずかに。おたのしみはこれからだ」

女たちをなだめるパングボーンの細い指が、入り乱れる光のなかで華奢《きゃしゃ》な棒きれのようにうごいた。ポータブル・バーが用意された。そのわきにテーブルと、椅子がふたつおかれ、ゲストは不安そうにそれに腰かけた。原価会計士はほどけてきた頭の包帯を、きっちり巻きなおそうとしていた。目かくし遊びの鬼にされては大変だと思ったのかもしれない。気象学者はこの乱痴気《らんちき》騒ぎのなかに見知った顔をさがそうとしてか、近視の目をすがめて懐中電灯の光をすかし見た。ロイヤルはそこにいる全員を知っていた。みな昨年の隣人たちだったから、ふと、夏場によく屋上でひらいたカクテルパーティに出ているような錯覚さえ覚えた。

一方ではまた、様式化されたオペラかバレエの序幕を見ている気もした。舞台はテーブルひとつに簡略化されたレストランで、命運つきた主人公が、死に追いやられる前に、給仕のコーラスにはやしたてられている。

パーティの主催者たちは、ふたりのゲストが到着するずっと前から飲んでいたのだ。毛皮のロングコートを着た宝石商未亡人、カセットプレーヤーを持ったアン、カクテル・シェーカーをふりまわしているジェーン・シェリダン、全員ロイヤルにだけはきこえないなにやら狂った音楽に合わせてか、身をゆすっていた。

パングボーンがまた静粛《せいしゅく》をもとめた。

「さあ――もっとゲストをたのしませてあげよう。退屈しているようだ。今夜のゲームはなんだね」

つぎつぎに大声で提案が出された。

「タラップ渡り！」

「飛行学校がいいわ、ドクター！」

「月面歩行！」

パングボーンはゲストに向きなおった。「飛行学校がよさそうだ。知ってるかね、ここで飛行学校がひらかれているのを。知らない？」

「あなたがたに無料教習をしてあげることにきまったの」アン・ロイヤルがいった。

「無料教習を一回だけ」パングボーンがいいなおす。これには全員くすくす笑う。「なに、一回でじゅうぶんだ。そうだろう、アン」

「とっても役に立つ授業よ」

「だいいち最初から単独飛行だ」

すでに宝石商未亡人を先頭に、女たちは傷ついた原価会計士を手すりのほうへひっぱって行くところだった。頭から解けおちる血だらけの包帯をみんなの足が踏む。犠牲者の背中には、子ども用の天使のコスチュームの一部だろう、ぼろぼろの紙の翼がくっついていた。またあの奇声とうめきがはじまった。

いやがるジャーマン・シェパードをひっぱって、ロイヤルは姿をあらわした。これからはじまる処刑に気をとられて、だれも彼に気づかない。できるだけさりげない調子で彼はよばわった。

「パングボーン！　ドクター・パングボーン！」

騒ぎがちょっとしずまった。懐中電灯の光線がぱっと闇をつらぬいて、ロイヤルの絹《きぬ》のラペルのディナージャケットを薙《な》ぎ、彼の股のあいだを逃げようとする白いシェパードの上にとまった。

「飛行学校！　飛行学校！」

不機嫌なコーラスが起こった。その無法集団を見ていると、ロイヤルは思慮の足りぬ子どもの群れにかこまれたような気がした。動物園の動物たちが、園長にたいして反乱を起こしたのだ。

ロイヤルの声をきいて、婦人科医は捕虜からはなれた。包帯は医師の慣れた手で巻きなおされていた。彼は手をぬぐいながら、ロイヤルの気楽な散策をまねているのかと思うような足どりで、屋上を歩きだした。だが、その目はロイヤルの顔を、ただただ職業的興味をもって凝視していた。ロイヤルの固い決意の表情は、最小限の神経と筋肉を切ればかえることができる、とすでに見てとったようだった。

コーラスが宙に高まる。懐中電灯の光が、リズミカルに闇を切り、ロイヤルの顔を打つ。彼は騒ぎがしずまるのを辛抱強く待った。アンが集団からはなれて前方へ走りだすと、彼はクロームのステッキをふりあげ、打ちすえてやろうと身がまえた。彼女は彼の前で立ちどまり、にやっと笑うと、ロングスカートを挑発的にふんわりふくらませた。そして不意に、カセットプレーヤーのボリュームをいっぱいにあげ、彼の顔前につきつけた。めちゃめちゃな産声があたりに満ち渡った。

「ロイヤル……」宝石商の未亡人が、警告の大声をあげた。「そこにワイルダーが!」

その名にびっくりして、ロイヤルは思わずあとじさり、クロームのステッキで闇に打ちかかった。懐中電灯の光がまわりをとびかい、倒れた椅子の影がコンクリートの床に揺れうごいた。ワイルダーが背後から襲ってくるかと思い、廂《ひさし》の前をよこぎったとたん、犬のリードにからみつかれた。

うしろで笑い声がきこえた。ぐっとこらえてまたパングボーンのほうに向きをかえた。だが、婦人科医は敵意のない目で彼を見返しながら、はなれて行くところだった。ロイヤルにダーツの矢でもなげるみたいにすばやく手をふり、彼をきっぱり遠ざけた。懐中電灯がさっとロイヤルをはなれ、全員がふたりのゲストをいじめるもっと真剣な仕事にもどった。


ロイヤルは暗がりから、彼らが捕虜のことでいい合うのをながめた。パングボーンとの対決はおわった――というより、正確には、対決はなかった。ほんのつまらぬ策略が彼をおじけづかせ、本当にワイルダーをおそれているのかどうかわからぬ不安だけがあとにのこった。みごとに屈辱を味わわされたが、ある意味でそれは正当だった。いまや彼らにとっては、婦人科医が時の人なのだ。パングボーンが園長で生きのこる動物園はないが、しかしあの男は暴力と残酷の結節《けっせつ》をこしらえ、それが人々のなかに、生きのこる意志を持続させるだろう。

あとは精神病者どもがやってくれ、だ。リードをしっかりにぎったロイヤルは、犬にひっぱられるままに、彫刻庭園のそばの安全な闇へ向かった。屋上の張り出しや手すり、いたるところに、鳥の白いかたちがびっしりあつまっていた。ロイヤルは犬たちの哀れっぽい鳴き声にききいった。もう彼らを養《やしな》ってやる手段はない。ペントハウスのガラス扉は舞い飛ぶ鳥を映して、なんだか秘密の禽鳥館《きんちょうかん》のそこがのぞき穴になっているように見えた。四十階の部屋はもう締めて、室内階段をふさぎ、ミセス・ワイルダーを召使いがわりに伴《ともな》って、ペントハウスにこもるとしよう。ここで、空中に最後の居住権を行使して、マンションに君臨してやるのだ。

彼は彫刻庭園のゲートのロックを解き、暗中《あんちゅう》、彫刻のあいだを通って犬たちのリードをほどいた。犬は一匹また一匹と逃げ去って、ロイヤルと鳥の群れだけがとりのこされた。

16　幸福な生活

はっきりしない場面だ、とロバート・ラングは思った。もう自分で自分の感覚が信じられなかった。灰色でじっとりし、それでいて内からのかすかな発光体がまだらに混じった、ふしぎな明るみが家のなかに満ちていた。キッチンのごみ袋のなかに立ち、蛇口からなんとか数滴の水をしぼりだしながら、肩ごしにその鈍《にぶ》いもやをすかし見た。もやは居間いっぱいにカーテンをひいたようにひろがって、彼自身の意識のほとんど延長だった。いったいいまはどんな時間なのだろう、とまたしても思った。目が覚めてからどれぐらいになるのだろう。キッチンの床に敷いたタータン柄《がら》のラグに身をよこたえ、テーブルの脚のあいだに頭をつっこんで、ごみ袋を枕に眠ったのはぼんやり覚えている。そのあと、姉のアリスが寝ている寝室を歩きまわっていたのだが、目を覚ましたのが五分前なのか、それとも前日のことなのか、ラングには知るすべがなかった。

腕時計をふって、割れた文字盤をきたない爪でたたいてみた。数日前、二十五階のホールでもみ合ったときにとまったのだ。正確な瞬間は忘れてしまったが、そのこわれた時計の二本の針は、彼にのこされたかぎりある時間の一点をとどめている。ちょうど浜辺にうちあげられた化石が、消失した海のなかでの、みじかい期間の出来事を永遠に凝結《ぎょうけつ》させているように。だが、時刻はもうどうでもよかった。夜でさえなければいい。夜は自宅にかくれ、くずれたバリケードのかげにちぢこまっているだけ、それ以上のことはとてもこわくてできない。ラングは水の栓《せん》を開閉して、そのつどかすかにかわる音に耳をすました。ごくたまに、日に一分かそこら、水苔《みずごけ》でよごれた緑色の液体が蛇口から流れ出ることがあった。建物のいたるところを走る巨大な管《かん》系を上下する、このかぼそい水のかたまりは、かすかな音の変化でその去来《きょらい》を知らせるのだ。その遠い微妙な音楽に耳をすますことが、ラングの聴覚を鋭いものにしていて、それはもうマンション内のほとんどどんな音にもおよんだ。それにひきかえ視覚のほうは、おもに夜間しか使わないから鈍磨《どんま》して、彼の世界をだんだん不透明なものにした。

マンション内のうごきはほとんどなかった。ラングがなんどとなく自分にいいきかせているとおり、起こりうることはもうあらかた起こってしまったのだ。彼はキッチンを出て、戸口とバリケードのあいだの窮屈な隙間《すきま》にもぐりこんだ。木製の戸が反響板になるので、それに右の耳をあてがった。近くの無人の部屋を略奪者がうごきまわっているかどうか、微細な震動でわかるのだ。毎日午後のみじかいいっとき、人々がちゃんと建物の外へ出ていたころのせめての思い出に、彼とスティールはめいめいの部屋を出るのだが、そんなとき、かわるがわるエレベーター・シャフトの金属製の壁に掌《てのひら》をあてて、からだにつたわってくる震動で、十五階上とか下の不意のうごきを感じとるのだった。階段では金属製の手すりに指をおいてしゃがみ、ビルのひそやかなつぶやきに耳をかたむけると、遠くの暴力突発が、さながらべつの宇宙からの放射線の嵐のようにつたわってきた。マンションはそんな突発性震撼《しんかん》にかすかにふるえた。それは傷ついた住人が階段を這《は》いのぼるときの、罠《わな》が野性化した犬を嚙《か》むときの、あるいは無警戒な犠牲者が棍棒《こんぼう》の下で倒れるときの、小さな不吉な物音であった。

しかし、きょうはこの、ふしぎな明るみに満ちた、時間のない場所にふさわしく、なんの音もなかった。ラングはキッチンにもどり、送水管に耳をすました。そこは何千本もの音栓《ストップ》で操作する巨大な音響装置の一部だった。この、いまは死に絶えんとする楽器を、かつては全員でいっしょに奏《かな》でたのだ。だが、いまはひっそりとしずまり返っている。マンション住人はいまいるところをうごかず、自宅のバリケードの奥にじっとひそんで、わずかばかりのこった正気を保ちつつ夜にそなえているのだ。いまやもうあるかぎりの暴力は完全に様式化されて、冷酷で気まぐれな攻撃の突発になっていた。ある意味でマンション内の生活は、外部世界と似はじめていた――礼節あるしきたりのうちにひそむ非情と攻撃性は、まさしくおなじだった。

目覚めてどれぐらいたつのか、あるいは三十分前に自分はなにをしていたのか、いぜんははっきりしなくて、ラングはキッチンの床の空《あ》きびんとごみのなかにすわりこんだ。いまはただごみバケツがわりとなった、うちすてられた洗濯機と冷蔵庫を見あげた。それらの本来の機能がなんであったか、なかなか思いだせなかった。なかばそれらはあたらしい意味をおびてしまっているのだが、その役目はまだ彼にはわかりかねた。高層住宅が持つこの荒廃の性質すら、じつは未来に待ちうける世界のモデルであり、それはテクノロジーのかなたにある風景であって、そこでは一切すべてがうちすてられているか、おぼろげながら、すべてが予想外の、だがより意味深いかたちで再結合しているのだ。そんなふうに考えると、ラングはときとして、自分たちが現在住んでいるところは、すでに起こった、そしていまや疲弊《ひへい》してしまった未来世界なのだという気がしてならなかった。

干あがった水場のほとりに、砂漠の遊牧民のようにしゃがみこみ、だが時間だけはたっぷりあるラングは、蛇口が水を吐くのを気長に待った。両手の甲の垢《あか》をむいてみた。浮浪者のようななりをしながら、その水を使って洗うなどという考えは頭から追い払った。マンションは悪臭を放っていた。トイレも塵芥《じんかい》処理システムもはたらかず、ビルの前面にはたえず小便の薄い霧がかかって、四十段のバルコニーの前をただよっていた。だが、この特徴的なにおいに混じって、なにやらえたいの知れぬ甘酸《あまず》っぱいにおいが、無人の部屋の付近にたちこめていたが、ラングは仔細《しさい》に調べようという気を起こさなかった。

たとえ不便だらけでも、ラングはいまのマンションの生活に満足していた。住人のずいぶん大勢が、いまや邪魔にならなくなったので、くつろぎを覚え、もっと自分のことを考え、今後の道を前向きに切りひらいて行けるように思った。どこで、どうやってかは、まだきめていない。

それよりも気がかりなのは姉だった。アリスは具体的にどこがどうというのではないが病気になり、ラングの寝室のマットレスに臥《ふ》せるか、半裸で家のなかを歩きまわったりしてすごしていた。建物につたわるそれとわからぬほどの震動にも、彼女のからだは過敏な地震計のようにふるえた。ラングが流しの下の排水管をコンコンたたいて、からっぽのパイプづたいにうつろなひびきがつたわると、アリスは寝室から細い声でよばわった。

ラングはたきつけの山のあいだを抜けて、彼女を見に行った。たきつけは家具をこわしてつくったものだった。椅子やテーブルをたたきこわすのはたのしかった。

アリスは枯れ木のような手をあげて彼をゆびさした。

「いまの音――またたれかに信号を送ってるんでしょう。こんどはだれなの」

「だれでもないよ、アリス。だれも知った相手なんかいないじゃないか」

「下の階の連中よ。あんたの好きな連中」

ラングはマットレスに腰をおろしたものかどうかきめかねて、そばにたたずんだ。姉の顔は蠟《ろう》細工のレモンのように、てらてらと脂《あぶら》ぎっていた。弟に焦点を合わせようとして、目が迷える魚みたいに顔のなかでさまよった。姉は死ぬのかもしれない――一瞬、その考えが頭をよぎった。この二日間ふたりが口にしたのは、彼がどこかの無人の部屋の床下からみつけた罐詰《かんづめ》のスモークサーモン数きれだけだった。皮肉にも、マンションの料理の水準は、荒廃がきわまったこの何日かのあいだに、ぞくぞく珍味《ちんみ》佳《か》肴《こう》が出てくるにしたがい、高まりだしていた。

だが、食べ物は二義的な問題で、アリスは他の面ではどうして元気なものだった。ラングには、彼女のばかげた気まぐれを満たしてやろうとするとき、彼女の口をつく饒舌《じょうぜつ》な叱責《しっせき》がうれしかった。それもまたゲームなのだが、彼は気むずかしい女主人に仕える忠義一途《いちず》の従《じゅう》僕《ぼく》の役どころをたのしんだ。感謝の完全な欠如と、落ち度のはてしもない咎《とが》めだて、それが忠僕のなによりのよろこびだった。じつのところかつての妻が、偶然にも、たがいの和《わ》合《ごう》のただひとつ可能な源泉にゆきあたり、無意識につくりあげようとしていたもの、だが当時のラングがうけつけなかったものを、いま、彼とアリスの関係はいろいろなかたちで再生していた。この高層住宅でなら自分のあの結婚生活もきっと大成功だっただろう、と彼は思った。

「水をなんとかしようと思ってね。お茶を飲んでみたいだろう」

「あのケトル、におうのよ」

「ちゃんと洗うよ。脱水症状でも起こしてはことだ」

彼女はしぶしぶうなずいた。

「いったいなにが起こってるの」

「なんにも……もう起こってしまった」なにかしら熟《う》れた、だが不快ではないにおいが、アリスのからだからたちのぼった。「なにもかも正常にもどりはじめてるよ」

「アランはどうしたかしら――あなた、さがしに行くといったわね」

「もういないみたいだ」ラングはアリスの夫の話が出るのをきらった。その話題だけは不協和音になるのだ。「部屋まではたどり着いたが、もうからっぽだよ」

アリスはそっぽを向いて、もう弟の顔を見たくないとしめした。ラングは腰をかがめ、彼女がマットレスのそばに散らかしたたきつけをひろいあつめた。それらダイニングの椅子の脚は、膠《にかわ》とニスがしみこんでいて、さぞ威勢よく燃えることだろう。ラングは椅子をエイドリアン・タルボットのところから、精神科医が姿を消してから失敬してきたのだ。そのヘップルホワイト様式の再現はありがたかった――中層階住人の伝統的趣味はよく役立ってくれた。ひきかえ下層階には、一時流行したクロームパイプと粗革《あらかわ》のがらくたばかりで、すわる以外の役には立たなかった。

もう料理はすべて、各戸のバルコニーで、あるいは模造の暖炉で燃やすたき火でつくられた。ラングはたきぎをバルコニーにはこんだ。そしてそこにしゃがんだものの、なにも料理するものがないのに気づいた。隠匿《いんとく》物の罐詰は、とうにとなりの矯正《きょうせい》歯科医に供出させられていた。じっさいラングの身の安全は、かくしていたモルヒネのアンプルのおかげで保証されたにすぎなかった。

スティールの予測のつかぬ残虐《ざんぎゃく》行為はこわかったが、ラングは必要上やむなく彼にくっついていた。ずいぶん大勢の人間がいなくなっていた、あるいは闘争から完全に脱落していた。彼らはマンションをすてて外の世界へ走ったのだろうか。そうではないという確信がラングにはあった。ある意味で彼は、歯科医との関係の不確定要素をあてにして、おこりっぽい看守に惚《ほ》れた死刑囚のように、その殺人遠征について行った。この二、三週のあいだに、スティールの行動はおそろしいものになっていた。単身あるいは無防備のだれかれにたいする、ことさら無思慮な攻撃、無人の部屋の壁に血を塗りたくる幼児性——そうした一切をラングは不安に見守った。スティールはピアノ線を使ってばかでかいクロスボウを、ゴルフクラブのシャフトで凶暴な矢をこしらえて、ホールや廊下に据えたが、妻の失踪《しっそう》以来、自身もその弦《げん》とおなじぐらい気を張りつめていた。それでいて、なにか未知の獲物《えもの》でも追っているような、奇妙な冷静を保ってもいた。

スティールは午後から寝るので、ラングには水をさがしに出るチャンスだった。ケトルをつかんだとき、アリスのよぶ声がきこえたのでもどってみると、彼女はなんの用があったのかもう忘れてしまっていた。

彼女は両手をさしだした。ふつうならその手をこすって、いくらかでもぬくもりを持たせてやるのだが、歯科医へのなにやら奇妙な忠誠心から、アリスをたすけてやろうとはしなかった。このちょっとした冷淡さ、自身の衛生観念低下、意識的な健康軽視すらも、彼がかえようとしない要素だった。もう何週間というもの、彼に考えられることといえば、つぎの襲撃、つぎに荒らす部屋、つぎに打ちのめす住人のことばかりだった。彼はあの無思慮な暴力表現にとりつかれたときのスティールを見るのが好きだった。彼の行動のひとつごとに、彼らはマンションの究極のゴールへ一歩近づいた。それはついに、どんな突飛《とっぴ》な衝動が、どんなかたちであらわれてもいい世界である。そこにいたって、ついに肉体的暴力はなくなるのだ。

ラングはアリスが半覚醒状態におちいるのを待った。姉の面倒を見ることは、彼のエネルギーを限界以上に奪っていた。いま彼女が死にかけているのなら、自分にできるのは、モルヒネの最後の一グラムをあたえてやることと、遺体をスティールに切りきざまれぬうちにかくすことぐらいだ。死体をきれいに飾りたてて、醜怪《しゅうかい》な絵柄《えがら》にはめこむのは、歯科医の気に入っている遊びだった。多年患者の口ばかり修復するあいだ抑えつけられてきたイマジネーションは、死者をいじるときにことのほかよみがえるのだった。前の日もラングがうっかりよその部屋にはいりこんだら、彼が死んだアカウント・エグゼクティヴの顔に奇怪な仮面化粧をほどこし、ゆるやかなシルクのナイトガウンを着せて、ぶくぶくの女装者をこしらえあげているところだった。時間をあたえ、どんどん材料を供給してやったら、歯科医はマンションをふたたび満員にしてのけることだろう。

ラングはケトルを持って部屋を出た。内部からの微光で真珠色に染まった、あのほのかな明るみが、廊下にもエレベーター・ホールにも充満していた。きっとそれはマンション自体が発散する瘴気《しょうき》、死せるコンクリートの蒸留物《じょうりゅう》なのだろう。壁には、上層階の部屋部屋を飾るアクション・ペインティングにも似たスプレーの落書きの上に、血がとび散っている。壁ぎわに山積したごみ袋のあいだには、こわれた家具とほどけた録音テープが散らばっていた。

ラングの足の下で、廊下の床にばらまかれたポラロイド写真がパリパリと鳴った。どれもみな、とうに忘れられた暴力行為を記録したものだ。どこかで見張っている略奪者の注意を惹《ひ》くことを警戒して、ラングが足をとめたとき、階段口の扉があいて、フライト・ジャケットにフリースの裏地つきブーツをはいた男が、ロビーにはいってきた。

ごみだらけのカーペットを目的ある足どりで踏み進むポール・クロスランドを見て、そうか、テレビのニュースキャスターはいつものとおり、局で昼のニュースを報じて、いま帰ってきたのだなと気づいた。いまやクロスランドだけが外界との最後のかぼそいつながりを保って、マンションを出入りしている人間だった。スティールでさえ、彼だけは遠慮してよけた。まだ何人かの住人が、バリケードの奥でごみ袋に埋もれて、電池式のテレビで、彼がニュースをつたえるのを見ていた。きっといまになってもまだ、あたえられた原稿からクロスランドが急に逸脱して、高層マンションでなにが起こっているか世間に知らせるかもしれないと思っているのだろう。

ラングは三階上の人類学者の部屋から盗んできた蚊帳《かや》を使って、階段に犬捕獲用の罠を仕掛けていた。犬の群れは上層階の飼育場から、現在ビルの下へ向かっているのだ。本格的な罠で大型犬を捕えるというわけにはいくまいが、ダックスフントかペキニーズぐらいなら、ナイロンの網《あみ》にひっかからぬものでもない。

階段は無防備だった。ラングは思いきってひとつ下の階へおりた。ホールは家具のバリケードでふさがれているので、建物の北端十世帯用の廊下にはいった。

三つ目のドアをあけて、無人になった部屋へはいった。家具調度もそなえつけの器具もとうに取り払われて、どこもかもがらんとしていた。キッチンで蛇口をひねってみた。持ってきた鞘《さや》入りナイフで洗濯機と皿洗い機のホースを切って、金気《かなけ》くさい水をコップ一杯あつめた。バスルームをのぞくと、タイルの上に年配の税理士の裸の死体がころがっていた。ラングはためらわずまたぎこした。家のなかを歩いてまわり、床におちていたからっぽのウィスキー・ディキャンターをひろいあげた。かすかなモルトウィスキーの香りがのこっていた。それだけでくらくらしてきそうななつかしさだった。

隣家に進む。やはり住む人はなく、きれいに収奪されている。ふと、寝室のカーペットの一箇所が、小さく円形にへこんでいるのに気がついた。さては食料のかくし場所かとカーペットをはいでみると、床板とコンクリートに穴をあけて、下の部屋にマンホールが通じているのだった。

戸口のドアをしっかりとじてから、ラングは床に腹這いになって下の部屋をのぞいた。奇跡的にまだ無傷の円形のガラステーブルが、深い井戸の底からのように上を向いて、彼の血だらけのシャツと、ひげづらを映していた。テーブルのそばにひっくり返った椅子がふたつ。バルコニーのドアはしまって、カーテンが窓の左右に寄せられている。そののどかな情景を見おろしていると、ラングはふと、偶然パラレルワールドをかいま見たような気がした。そこでは高層マンションの法則が一時ストップして、これらマンモスビルの室内装飾も調度もととのっているのに人が住んでいない、ふしぎな世界なのだ。

衝動にかられて、ラングはマンホールにやせた両足をつっこんだ。穴のふちに腰かけ、それから下の部屋にとびおりた。ガラステーブルの上に立って、あたりに目をくばる。と、これまでの厳しい経験が、そこが無人でないことをおしえた——どこかで小さな鈴が鳴っている。寝室から、なにかをひっかくかすかな音がする。小動物が紙袋から出ようとしているような音だ。

ラングは寝室のドアを押しひらいた。三十代なかばの赤毛の女が、服を着たままベッドに寝て、ペルシャ猫とたわむれていた。猫はビロードの首輪と鈴をつけ、つないだリードが女の血まみれの手首にむすんであった。猫は自分の毛皮についた血をむさぼるようになめていたが、ついで女の手首をおさえ、薄い肉をつついて傷口をひらきにかかった。

エリナ・パウエルであることをラングがぼんやり思いだしたその女は、猫が自分を食うのをとめようとしなかった。チアノーゼの青味をおびた真剣な顔は、子どもの遊びを見守る寛大な母親のそれのように、猫の上にかたむけられていた。

女の左手は絹《きぬ》のベッドカバーの上におかれて、鉛筆とメモ帳にふれていた。ベッドのすそに、彼女のほうを向いてテレビが四台ある。それぞれべつのチャンネルに合わされているが、三台はなにも映しだしていない。電池式の一台だけが、競馬のぼやけた画面を音なしで見せていた。

テレビに興味はないのか、エリナはからかうように血だらけの手首を猫の口にすりつけた。猫は飢《う》えきっているらしく、手首の肉に夢中で嚙みついている。ラングが猫をどけようとすると、エリナはリードをひいて、また傷口にあてがってやった。

「死なせたくないの」彼女は咎《とが》める口ぶりでいった。猫の熱中ぶりは彼女の顔に、おだやかな笑みをうかべさせた。彼女は左手をもちあげて、「ドクター、あなたはこちらをすすってもいいわよ。かわいそうに、そんなにやせてしまって」

ラングは猫の歯がたてる音にききいった。家のなかはひっそりして、自分の荒い息づかいが気味悪いほど大きくひびいた。もうすぐ自分は、マンション最後の生きのこりになるのだろうか。彼はこのマンモスビルにひとりになった自分を想像した。たくさんの階とコンクリートの廊下を自由にぶらつき、しずかなエレベーター・シャフトをよじのぼり、千戸のバルコニーの端から順に、ひとりですわってみたり……。この、入居以来ずっと見つづけてきた夢は、急に彼をおちつかなくさせた。まるで、ようやくここでひとりきりになったら隣室に足音がきこえ、あらわれたのが自分自身であったかのように。

彼はテレビの音量をあげた。競馬の実況アナウンサーの声がスピーカーから流れ出て、早口で名前ばかり、なにやら狂気の商品目録のように読みあげていた。アイデンティティの緊急輸血で、マンションをふたたび満員にしようと、調達すべき無関係物をならべたてているのだ。

「え？ あら、あの番組はどうしたの」エリナが頭をもたげ、混乱した顔つきでテレビを見やった。左手がメモ帳と鉛筆をさがしてうごきまわる。「なんていってるの」

ラングは女の腋《わき》の下に手をさし入れた。抱きかかえようとしたのだが、細いからだは意外に重たかった。自分自身は思ったより衰弱していた。

「歩けるかね。テレビはわたしがあとでとりにくる」

彼女はあいまいに肩をすくめてから、古なじみの疑わしい申し出をうけ、バーの酔っぱらいのように、ラングにもたれかかった。ベッドのふちにならんですわった彼女は、彼の肩に片手をついて、油断のない目で観察した。それからラングの腕を勢いよくたたいた。

「いいわ。でもその前に、どこかで電池をみつけてきて」

「いいとも」

女の見せたわがままは、快《こころよ》いはげみになった。彼女がベッドから見守る前で、彼はワードローブからスーツケースをひっぱりだし、女の衣類を詰めはじめた。

ラングはエリナ・パウエルとポータブル・テレビを自宅にはこびいれた。彼女にはリビングにマットレスを敷いてやり、自分は毎日無人の部屋部屋をあさって、水と食べ物と電池をさがした。生活のなかにふたたびテレビがあらわれたことが、ラングにマンション内のすべてが正常にもどりつつあることを確信させた。スティールが上のもっと豊かな牧草地へ移って行ったときも、いっしょに行こうというのをラングはことわった。すでにラングは、自分とふたりの女を他のだれからも切りはなす決心をしていた。アリスとエリナとの三人だけになりたく、積極性と独立心を持つのも、受け身で従順になるのも、自分の思いのままにしたかった。ふたりの女を相手にどんな役を演じるのか、まだいまの時点では皆目《かいもく》わからないが、しかしどんな役をえらぶにせよ、断じて自分の家のなかで演じなくてはならなかった。

生活に危険は満ち満ちて、いつなんどき飢《う》えか襲撃で死ぬかわからなくても、ラングは自分がいまほどしあわせだったことはないと思った。彼はおのれの自主独立、耐久生存能力に自信を持った——略奪し、危機にのぞんで動じず、ふたりの女を似たような目的に使うかもしれぬ襲撃者から守ってやるのは、自分の仕事だ。なによりも彼は、自分をエリナと姉にかかわらせる衝動を抑えなかった賢明さをよろこんだ。そんな倒錯《とうさく》行為もまた、高層マンションの無限の可能性によってつくりだされるものなのだ。

17　湖畔《こはん》のテント

マンションの内部を乱すのを遠慮してか、朝日は四十階の階段の吹き抜けの、半分シャッターのおりた天窓をさぐり、ガラスの割れ目からななめに階段にさしこんだ。五階下でリチャード・ワイルダーは、冷気に身をふるわせながら、日の光が近づくのをじっとみつめた。彼は階段に腰かけ、階段をふさぐ頑丈《がんじょう》なバリケードの一部である食卓にもたれていた。ひと晩そこにいたので、からだは凍《こご》えきっていた。建物は上へのぼるほど冷えこみ、なんどか下へ逃げ帰りたくなった。彼は足元にうずくまった動物――かつては黒いプードルだったらしい――を見おろして、そのふさふさした毛皮をうらやんだ。自分のからだはほとんど裸で、彼は胸から肩にかけてついた口紅をごしごしこすって、その甘い油脂《ゆし》をもって絶縁体にしようとした。

犬の目が、上の踊り場にひたとすえられていた。バリケードの奥にだれかの気配があるのだろう、ワイルダーにはきこえない音をとらえて、耳がぴくっとうごいた。十日間いっしょに暮らすうちに、彼らはみごとなハンティング・コンビになっており、ワイルダーは犬の身がまえがととのうまで、攻撃を命じるつもりはなかった。

ひざで切りとったワイルダーのぼろぼろのズボンは、血とワインでよごれていた。ぼうぼうのひげがいかつい顔をおおい、あごのひらいた傷口を半分かくしている。よそ目には疲労しきっているようだが、じつはいまほど体力が充溢《じゅういつ》していることはかつてなかった。広い胸をおおう彩色線画《さいしょく》は、肩口から背中までひろがって、あざやかな見ものだった。前日の午後、無人の部屋でひろった口紅でかいたその模様を、彼はときどき点検した。酔余《すいよ》の戯《たわむ》れにはじめたものが、すぐに真剣な儀式的性格を持つようになった。そのボディ・マークは、のこりすくない他の居住者に出くわしたときのおどしになるほか、彼自身に一種アイデンティティめいたものをあたえた。くわえてそれは、この長かった、いまや成功目前の、マンション登頂を祝うものでもあった。ついに屋上に出て行くときは、さっそうと出て行かなくてはならないから、ワイルダーは傷だらけの指をなめ、片手で筋肉をもみほぐし、片手で胸の模様を修正した。

犬のリードを力強くにぎり、十段上の踊り場にじっと目をあてた。階段をのろのろおりつづけていた朝日が、ついに彼のところまできて、肌をあたためはじめた。ワイルダーは六十フィート上方の天窓を見あげた。長方形の白い空は、近づくほどにだんだん現実ばなれしてきて、映画のセットの模造天井のようだった。

犬が身ぶるいして、前脚をそろそろ前へ出した。つい数ヤード先で、だれかがバリケードの一箇所をうごかしている。ワイルダーは犬を一段上にあげて、辛抱強く待った。凶暴な蛮人を思わす外見とはうらはらに、ワイルダーの態度は自制の見本であった。ここまできてうっかりしたまねはできない。彼は食卓の隙間《すきま》からのぞいてみた。バリケードのむこうでだれかが、かくし戸になっている小さなマホガニーのライティングデスクをひき抜いた。その穴から、七十歳ばかりの、頭にほとんど髪のない女があらわれた。気丈《きじょう》そうな顔がのぞいて、階段をうかがう。用心深い間《ま》をおいてから、老婆はくぐり穴を抜け、片手にシャンパン・バケットをさげて、踊り場の手すりへ行った。着ているものは高価なイヴニングガウンのなごりで、いかつい腕と肩の、しみだらけの白い皮膚がむきだしている。

ワイルダーは見くびらずに見守った。こういう老婆をいちどならず相手にしていて、彼女らが意外な敏捷《びんしょう》さを秘めているのをよく知っていた。老婆が手すりから身をのりだして、シャンパン・バケットの汚水をあける間《ま》も、彼は身じろぎせずに待った。つめたいものがワイルダーと犬にかかったが、どちらもなんの反応もしめさなかった。ワイルダーはかたわらにおいてあるシネカメラを慎重にぬぐった。彼をここまではこびあげた乱闘と襲撃のあいだに、レンズは割れてしまったのだが、いまやカメラには、もっぱら象徴としての役目があった。彼は犬に感じるとおなじ一体感を、カメラにも感じているのだった。だが、どんなに犬に愛情と誠意を寄せてはいても、もうすぐ犬は彼のそばからいなくなるのだ。屋上に着いたら、いっしょに祝賀夕食会の席につくか、と彼はほんのすこしブラックユーモアめいた考えをわかせた。ただし、プードルくんは鍋《なべ》のなかだ。

その夕食——久方《ひさかた》ぶりのまともな食事——のことを考えながら、ワイルダーはなにかぶつぶついっている老婆を見守った。彼はひげをぬぐい、そっと腰をうかした。電気のコードでつくった犬のリードをひき、折れた歯の隙《すき》から小さな息音《いきおと》を洩らす。

それを合図に、犬が鼻を鳴らした。身をふるわせて起きあがり、階段を二段よたよたとのぼって、老婆からよく見えるところまで行くと、うずくまって哀れっぽく鳴きだした。老婆はすばやくバリケードのむこうにひっこんだ。何秒かののち、その手には肉切り包丁がにぎられていた。油断のない目が、すぐ下で階段にへばりついている犬を見おろした。犬がごろりと横になって腹を見せると、老婆の目は肉のついた腹と肩にくぎづけになった。

犬がまた鳴き、ワイルダーは食卓のかげからじっと見守った。いつもこの瞬間がたのしみなのだ。じっさいマンションは、上へくるほどユーモアの潜在力は大きくなる。彼は犬のうしろから階段にたれたリードを、まだつかんではいるが、ゆるめたままにしておく注意はおこたらなかった。老婆は犬から目をはなさぬまま、バリケードの穴をくぐり抜けた。そして、入れ歯の隙間から口笛を吹いて、犬を自分のほうへまねいた。

「かわいそうに。道に迷ったのかい。さあさあ、こっちへあがっといで」

禿《は》げ頭の老婆が憐《あわれ》みたっぷりに犬をだましすかす図に、ワイルダーはふきだしたくなるのをからくもこらえ、食卓によりかかって腹のなかで大笑いした。いまにおどろくなよ、ばあさん。その首根っこに、この重いブーツをおみまいしてやるからな。

バリケードのむこうに、もうひとりあらわれた。たぶん娘だろう、三十がらみの若い女が老婆の肩ごしにのぞきこんだ。スウェード・ジャケットのボタンがはずれて、薄よごれた乳房がまる見えだが、髪は丹念に巻いて、ヘアカーラーのかたまりになっていた。肉体の一部だけなにか正式の祝祭にそなえて飾りたて、のこりの部分は招待されていないのでそのままといった印象だ。

ふたりの女は無表情な顔で犬を見おろした。娘が包丁を持って待ち、母親が階段をそろそろとおりた。なにかもごもごいってなだめながら、老婆はプードルの頭をやさしくたたき、かがんでリードをつかもうとした。

丈夫な指がコードをにぎった瞬間、ワイルダーはとびだした。犬もぱっとはね起きざま、階段をかけのぼって老婆の腕に歯を立てた。犬を腕に嚙《か》みつかせたまま、彼女はおどろくべき身軽さでバリケードの穴にもぐりこんだ。間一髪、ワイルダーはあとからとびこみ、ライティングデスクを娘がはめこまないうちに蹴りもどした。彼は老婆の血にぬれた腕からプードルをもぎはなすと、老婆の首をつかんで横へなげとばし、積んである段ボール箱にたたきつけた。彼女は倒れて目をむいた。舞踏会で飲みすぎ、あられもない格好で正気づいた公爵夫人のようだった。ワイルダーが犬に手こずりながらはなれて行きかけると、娘が猛然と向かってきた。包丁はなげだしていた。片手で頭のヘアカーラーをおさえ、片手に銀色の護身用拳銃をにぎっていた。ワイルダーは横にとんでかわしざま、手から拳銃をたたきおとし、彼女をうしろ向きにバリケードへ突きとばした。

ふたりの女を床の上であえがせておいて、ワイルダーは足元におちている子どものオモチャみたいな拳銃を見おろした。そいつをひろいあげ、あたらしい領地の視察に出発した。三十五階のプールの入口にきてたたずんだ。ごみをうかべて悪臭を放つ水は、タイル張りのプールサイドに積まれたごみ袋の山を映していた。ホールでは、うごかないエレベーターのなかに、ちょっとした部屋がこしらえられていた。消えたたき火のそばに、年配の男――たしか税務コンサルタントをしていた男だ――が、いまのひと騒ぎも知らぬげに、横になって眠っていた。バルコニーの雨樋《あまどい》を二本つなぎ合わせてつくった煙突が、男の頭上からエレベーターの天井を突き抜けてのびていた。

まだ拳銃をにぎったまま、ワイルダーはふたりの女をながめやった。母親は段ボールのあいだにすわり、なんということもなさそうに、シルクのドレスを細長く裂いて腕に巻きつけていた。娘はバリケードのそばの床にしゃがんで、口元の打ち傷をさすったり、ワイルダーのプードルの頭をたたいたりしていた。

ワイルダーは三十六階への階段を見あげた。いまのひとあばれが気をたかぶらせていて、そのまま屋上まで行ってしまおうかと思った。だが、もうまる一日以上なにも口にしていないところへもってきて、エレベーターのたき火のあたりに、動物性脂肪のにおいがただよっていた。

ワイルダーは若い女を自分のほうへ手まねきした。彼女のおとなしい、どこか牛を思わせる顔に、ぼんやり覚えがあった。以前にはたしか、映画会社の重役の細君ではなかっただろうか。彼女は立ちあがり、彼の胸から肩にえがかれた模様と、むきだしの性器を、興味深げにみつめながらやってきた。拳銃をポケットにおさめて、ワイルダーは女をエレベーターのほうへひっぱって行った。ふたりは寝ている老人をまたいで奥へはいった。側壁にはカーテンがさがり、床にはマットレスが二枚敷いてあった。若い女の肩に腕をまわしてひきつけながら、ワイルダーはエレベーターの奥の壁にもたれてすわった。ロビーのむこう、プールの黄濁《おうだく》した水に目をやる。更衣ボックスのいくつかは、一人用の小さなキャビンに改装されていたが、いまはどれにも人影はなかった。プールには死体がふたつ浮いていたが、ほかの塵《じん》芥《かい》、生ごみ、家具の破片とほとんど見分けがつかないほどだった。

ワイルダーはたき火で焙《あぶ》られた小さな猫の、最後の肉片を失敬した。筋の多い肉を歯でひっぱり、焼き串をしゃぶると、まだあたたかい脂肪に酔い心地さえ覚えた。

若い女は、安心して肩をワイルダーの力強い腕にゆだね、自分から甘えたようによりかかった。女のからだのにおいは意外に新鮮だった――建物の上方へくるほど女は清潔になる。ワイルダーは家畜のように温和であけっぴろげで、傷ひとつない女の顔を見おろした。どこかに外部と絶縁された小部屋があって、そこでワイルダーがくるのを待っていたのかと思うほど、彼女はマンション内の出来事とはまるで無縁に見えた。彼は話しかけようとしたが、折れた歯と切れた舌で言葉にならず、ただ低いうめきが洩れるばかりだった。

焼き肉でとろりとした気分になり、彼は若い女に心地よくもたれかかって、銀色の護身用拳銃をいじった。なんという気もなく彼女のスウェード・ジャケットの前をひらき、乳房を出した。かわいい乳首に掌《てのひら》をのせ、ぴったりからだをくっつけた。若い女にもごもご話しかけるうちに眠くなってきた。女は彼の胸と肩にえがかれた線をなで、指先がメッセージを書いて彼につたえようとするかのように、肌の上をいつまでも這《は》いつづけた。


その快適な湖畔《こはん》のテントにくつろいで、ワイルダーは午後遅くまでゆっくりすごした。若い女はそばにすわって乳房を彼の顔に押しあて、この大柄《おおがら》な、肌に彩色し、局部をむきだした、裸同然の男を愛撫《あいぶ》しつづけた。女の両親はホールをうろついていた。イヴニングガウンの老母は、ときどきバリケードから家具を適当にひき抜いては、肉切り包丁でたたき割って薪《まき》をこしらえた。

ワイルダーは老人たちを無視した。意識にあるのは、若い女のからだと、マンションを屋上へ向かって支えている巨大な柱だけだった。プールのまわりの窓から、他の四棟のマンションの上部が見え、午後の空に直線の雲のように浮かんでいた。若い女の乳房からくるらしいエレベーター内のぬくもりは、彼の意志とエネルギーをすっかり奪いとっていた。女のおだやかな顔は、ワイルダーを安心させるように見おろした。彼女は彼を、どんな略奪者をうけいれるのともおなじようにうけいれた。最初は殺そうとし、それが失敗すると食物と自分のからだをあたえ、乳をふくませて幼児状態に連れもどし、情愛すらよせる。そして、彼が寝入った瞬間、喉をかっ切る。理想的結婚生活の筋書きだ。

ワイルダーは気持ちをふるい立たせて起きあがると、エレベーターの外のマットレスに寝ているプードルをブーツで蹴った。犬の悲鳴で、ワイルダーは完全に生き返った。彼は若い女を突き放した。眠りたいのだが、それにはまず安全なかくれがへ行かないことには、老婆と娘にかたづけられてしまう。

ふり向きもせず、立ちあがると犬をひいて歩きだした。銀色の拳銃をズボンのベルトにつっこみ、胸と肩の模様を点検した。シネカメラをさげ、バリケードをこえて階段にもどり、黄色い湖のほとりのしずかなキャンプ場と若い女をあとにした。

階段をのぼって行くと、あたりはしんとしていた。階段にはカーペットが敷いてあって足音を吸いとり、自分の呼吸音に気をとられるあまり、まわりの壁がまあたらしく塗りかえられていることに気がつかなかった。その白い面は午後の日光をうけて、屠所《としょ》のように光りかがやいていた。

大空からきて自分の裸体をなでて流れる冷気のにおいを嗅《か》ぎながら、ワイルダーは三十七階へあがった。これまでになくはっきりと、カモメの鳴き声がきこえてきた。犬がそれ以上行きたがらず、悲しげに鳴きだすと、彼はリードをはなしてやり、階段の下へその姿が消えるのを見送った。

三十七階はひと気もとだえ、あかるい空気のなかで部屋部屋の戸口はあけ放たれていた。疲れてなにを考える気力もなく、彼は無人の部屋にはいると、バリケードをきずいて居間にこもり、床《ゆか》の上で深い眠りにおちた。

18　血の庭園

一方、三階上の屋上では、アンソニー・ロイヤルの目が、ついぞなくさえていた。ついにカモメの仲間入りをする用意ができた彼は、ペントハウスの窓辺にたたずみ、再開発地の広場からはるかな河口へ視線をやっていた。雨に洗われた朝の空気は、澄んではいるが凍《い》てついて、川は市中から氷の流れのように流れていた。もう二日も、ロイヤルはなにも食べていなかったが、食べ物のないことは彼を疲れさせるどころか、全身のすべての神経と筋肉に刺《し》戟《げき》をあたえていた。カモメのかんだかい鳴き声は空を満たし、彼は脳の露出した組織をついばまれている気がした。鳥はエレベーターの塔屋《とうや》から、手すりから、際限もない噴水のようにわきあがり、上空につきのぼって群れの輪をひろげ、ふたたび彫刻庭園めがけて舞いおりた。

ロイヤルはいまや、鳥たちが自分をよんでいるのを確信した。もう犬たちには見すてられ——解き放してやると同時に彼らは下の階段と廊下へ消えて行った——のこるは白いジャーマン・シェパード一頭だった。それはいま、ひらいた窓ぎわの、ロイヤルの足元にすわって、鳥のうごきに魅《み》せられていた。もう傷は癒《い》えて、部厚い毛皮も元の白にもどっていた。ロイヤルはあのよごれた毛皮を惜しみ、ミセス・ワイルダーが彼のジャケットから洗いおとしてしまった血の掌紋《しょうもん》を惜しんだ。

ペントハウスにひきこもるとき持ってきたすこしばかりの食料は、ぜんぶ犬にやってしまったが、自分はもう飢《う》えを通りこしてしまった気がした。もう三日間だれにも会わず、こうして妻からも隣人からも自分を切りはなしたことがうれしかった。渦を巻いて群れ飛ぶカモメを見あげていると、彼らこそ高層マンションの真《しん》の住人だと思った。そのときはそうとは知らぬまま、彼は彫刻庭園を自分たちのためにのみ設計していたのだ。

ロイヤルは冷気に身をふるわせた。着ているものはサファリ・ジャケットで、その薄いリネンはコンクリートの屋上を吹き渡る風にたいし、なんの防護にもならなかった。あかるすぎる空気のなかで、白い生地《きじ》もロイヤルのチョークのような皮膚にくらべたら灰色だった。はやる気持ちを抑えかね、交通事故の傷跡がまた口をあけたのかどうかわからぬまま、彼はテラスに出て、屋上を歩きだした。

カモメたちがまわりをひょこひょこ歩き、首をまわしたり、クチバシをコンクリートになすりつけたりしていた。そのコンクリート面に点々と血がついていた。見れば張り出しも手すりも、そんな血の擦《す》り跡《あと》でいっぱいだった。なにやら奇怪な筆法《ひっぽう》の手本に見えた。

遠くに人声《じんせい》がしていた。女たちのおしゃべりだ。彫刻庭園のむこう、展望台の中央に女の住人ばかりあつまって、なにか討論みたいなことをやっていた。

彼の私的風景へのこの闖入《ちんにゅう》と、マンションにまだ自分ひとりではなかったことの想起とに、心の動揺を覚えつつ、ロイヤルは彫刻庭園の奥の壁に身をかくした。人声は彼のまわりをうごき、これが幾度かなされた屋上遠征の最新のものなのか、しごくくつろいだ調子でしゃべりたてていた。きっと彼は、これまでの遠征のあいだ眠っていたのだろう。あるいは、寒さがつのるとともに、彼女らは屋上を移動して、集会場所を彼のペントハウスの風下にもってきたのだろう。

鳥の渦がほどけかかっていた。ロイヤルがペントハウスにもどるころ、螺旋《らせん》はすでにくずれていた。カモメたちは急降下して、はるか下方でビルの壁面をよこぎった。ジャーマン・シェパードをせきたてて、ロイヤルは彫刻庭園の壁の裏から出た。ペントハウスのなかに女がふたり立って、ひとりはエクササイズ・マシンに手をかけていた。ロイヤルをおどろかせたのは、彼女らの態度のいかにも自然なことで、まるで休暇用に借りた別荘に移ってくるところという印象だった。

ロイヤルは塔屋のうしろにひっこんだ。ずっと鳥と白いジャーマン・シェパードだけが相手の日々だったから、人間の闖入者を見ると不安になった。彼は遠征隊がひきあげるまで彫刻庭園で待とうと、両足をふんばって犬をひっぱった。

庭園の裏口の戸をあけて、彩色された幾何学《きかがく》彫刻のあいだを歩いた。カモメが数十羽きて彼をとりかこみ、タイル張りの床を埋めた。なにか持ってきてくれるのを待っていたのか、ものほしそうに彼のあとにつづいた。

ぬれたタイルに足がすべった。見ると靴に軟骨《なんこつ》のかけらがくっついている。彼はつまみとって、コンクリートの彫刻によりかかった。真っ赤なペンキでぬられた、腰の高さまである球体だった。

それから手をはなすと、掌《てのひら》にべっとり血がついていた。鳥たちが先へ進んで彼の通り道をあけると、遊園地内全体が血の海なのだとわかった。タイルの床は、色あざやかな粘液《ねんえき》でぬるぬるしていた。

ジャーマン・シェパードはしきりに鼻で嗅《か》ぎまわり、水遊び場のふちにひっかかっていた肉片をのみくだした。ロイヤルは凝然《ぎょうぜん》として、血だらけのタイルをながめ、自分の真っ赤な掌をながめ、鳥がきれいについばんで真っ白になった骨をながめた。


ワイルダーが目を覚ましたのは、午後おそくだった。がらんとした部屋を冷気が流れ、床の新聞紙をひらひらうごかした。家のなかには、まるで影というものがなかった。ワイルダーは換気シャフトをおりてくる風に耳をかたむけた。カモメはもういなくなってしまったのか、あの鳴き声は、はたとだえていた。ワイルダーはこの主《あるじ》のいない立方体の一頂点、居間の片隅で、床にすわっていた。背中を押しつける壁を感じながら、彼は自分がこのマンシヨンの最初で最後の住人であるかのような気になった。

起きあがり、部屋をよこぎってバルコニーに出た。眼下はるか、駐車場のおびただしい数の車が見えたが、自分のとはちがう世界の存在をしめすこのディテールは、しかし一枚の薄いもやで彼からへだてられていた。

指にこびりついた獣脂《じゅうし》をなめながら、ワイルダーはキッチンへ行った。戸棚も冷蔵庫もからっぽだった。プールのそばのエレベーターにいる若い女と、あのからだのぬくもりを思い、彼女のところへ帰ったものかと考えた。胸と肩への彼女の愛撫《あいぶ》を思いだすと、肌に女の掌の圧力が感じられるようだった。

なおも指をしゃぶり、この巨大ビルにすておかれた自分のことを考えながら、ワイルダーは外へ出た。廊下はしんとしずまり返って、ただつめたい空気が床のごみの端をうごかしていた。左手にシネカメラをさげているのだが、その機能がなんであったか、どうしてそんなに長いこと持ち歩いているのか、もう自分でもよくわからなかった。

それにひきかえ、銀の拳銃は即座にわかった。右手ににぎり、ふざけて部屋部屋のあいた戸口に向けてかまえ、だれか出てきてゲームにつきあわないものかと半分本気で思った。建物の上層階は、一部を空に侵略されていた。白い雲がエレベーター・シャフトのてっぺんに見え、四十階にあがると階段の天窓にふちどられて見えた。

拳銃をかまえて、四十階のエレベーター・ホールをつっ走った。ここにはバリケードもなく、最近建物保全の努力がなされた様子があった。ごみ袋はかたづけられ、バリケードは解体され、ロビーの調度は元にもどっている。だれが壁を洗ったのか、落書き、見張り当番表、エレベーター使用時間表は、跡形もなく消えていた。

うしろで戸のひとつが風でとじ、光の帯を一本消した。からっぽのビルのなかでのこのゲームが気に入り、いまにきっとだれか出てきて、いっしょにはじめるにちがいないと思いながら、ワイルダーはさっと片ひざついてしゃがむと、仮想襲撃者に銃口を向けた。廊下を走って行って、ドアを蹴りあけ、ぱっと部屋にとびこんだ。

そこはこのマンション内で見たいちばん広い部屋で、上層階のどこよりもスペースがあった。ホールと廊下同様、家のなかは全室掃除がゆきとどき、カーペットは敷きかえられ、背の高い窓にカーテンもちゃんとかかっていた。ダイニングの磨《みが》き抜かれた食卓には、銀の燭《しょく》台《だい》がふたつ立っていた。

これにはおどろいて、ワイルダーはぴかぴかのテーブルをひとまわりした。なんだかふと、ここには前にきたことがあるような気がした。いまはからっぽのこの建物にくる何年も前だ。高い天井、男性的な家具調度は、小さいころ訪ねたことのある家を思いださせた。いま、きれいに手のはいった部屋から部屋へ歩いていると、なんだか子どものころ使ったオモチャやベッドやサークルが、ちゃんと用意されて待っているような気がした。

寝室と寝室のあいだに、専用の室内階段があって、上の階段室と、屋上にのぞむ小さな続《ス》き部屋《イート》に通じていた。この秘密階段の謎と挑戦に胸おどらせ、ワイルダーは階段をのぼりはじめた。指先の最後の脂《あぶら》をしゃぶりとり、彼は上機嫌に心中でラッパを吹き鳴らした。

空をめざして階段を半分まであがったとき、なにかが行く手をふさいだ。長身白髪《はくはつ》の男のやせこけた姿が、物影から進み出ていた。ワイルダーよりだいぶ年上のその男は、風で頭をくしゃくしゃにして階段の上に立ち、下からの侵入者を黙って見おろした。まばゆい光で顔は見えないが、とがったひたいの傷跡は、白いジャケットにつけられたまあたらしい掌紋《しょうもん》とともに、はっきりきわだった。

この屋上のおそろしげな老人がだれだったかぼんやり思いだし、ワイルダーは階段の途中で足をとめた。ロイヤルは彼のゲームにつきあうためにきたのか、それとも文句をいいにきたのか、どちらかわからなかった。そのおちつきのない姿勢と、やつれた外見からすると、いままでどこかにかくれていたらしいが、ただし、なにかのゲームのうちではなさそうだった。

それでも彼が相手になってくれたらと思い、ワイルダーはロイヤルに拳銃を冗談めかしてふり向けた。意外にも建築家は、びっくりしたふりをするかのようにあとじさった。ワイルダーがのぼって行くと、彼は手にしたクロームのステッキをふりあげ、階段の上からなげつけた。

金属棒は手すりにぶつかり、はね返ってワイルダーの左腕にあたった。その痛みにワイルダーは、思わずシネカメラをとりおとした。腕がじーんとしびれ、一瞬、彼は乱暴された幼児のような心細さを覚えた。建築家が階段をおりて向かってくると、ワイルダーは銀色の拳銃をあげて、相手の胸板《むないた》を撃ち抜いた。

みじかい銃声が冷気にのって消えると、ワイルダーは最後の数段をあがった。階段に窮屈な格好で倒れた建築家の死体は、なんだか死んだふりをしているみたいだった。血の気のない、傷跡をきざんだ顔は、ワイルダーからそむけられていた。彼はまだ生きていた。銃声が飛び立たせた最後の鳥の群れを、ひらいた窓からじっとながめていた。

ゲームとその思いがけぬ成り行きに動揺を覚えつつ、ワイルダーは彼をまたぎこした。シネカメラは階段の下にころがっていたが、そのままにしておくことにした。傷ついた腕をさすり、手に衝撃をあたえた拳銃をなげすてると、フランス窓から外へ出た。

二十ヤードむこうの彫刻庭園で、子どもたちが遊んでいた。長いことチェーンをかけて子どもを締め出していたゲートが、いまは大きくあけ放たれており、遊戯彫刻の幾何学的なかたちと、白い壁にきわだつ派手な色彩がよく見えた。なにもかもまあたらしく塗りかえられ、屋上には光があふれていた。

ワイルダーは子どもたちに手をふったが、だれも気がつかなかった。子どもの姿に彼は生き返った思いで、はるばる屋上まできたすえに彼らを見いだしたことに、たぎるような勝利感を覚えた。血の掌紋入りのジャケットを着てうしろの階段に倒れている、ひたいに傷跡のある異様な男は、彼のゲームを理解しなかったのだ。

子どものひとり、まだ二歳ばかりの男の子は、裸で彫刻を出たりはいったりして走りまわっていた。ワイルダーはすばやくぼろズボンをゆるめて、足元におとした。足の使いかたを忘れかけたみたいに、ちょっともたもたしてから、彼は友だちの仲間入りをしに素っ裸でかけだした。

彫刻庭園の中央、からっぽの水遊び場のそばで、ひとりの女が家具を燃やして大きなたき火をこしらえていた。力のありそうな手が、大きなエクササイズ・マシンのクロームパイプで組み立てた、頑丈《がんじょう》なバーベキュー装置をいじっている。女はたき火のそばにしゃがんで椅子の脚を積みあげ、子どもたちはみんなで遊んでいる。

ワイルダーは、女が胸にかいた模様を見てくれないかと、気恥ずかしい期待をいだいて歩いた。子どもたちが遊んでほしいといいだすのを待つあいだに、もうひとりべつの女が、彼の十フィート左に立っているのに気づいた。足首まであるドレスに、長いギンガムのエプロンをかけ、髪は厳しそうな顔からうしろへ梳《す》きあげて、うなじでゆわえてあった。

だれも気づいてくれないことに困惑して、ワイルダーは彫刻のあいだに立ちどまった。さらにふたりの女が、やはりちゃんと身づくろいしてゲートのところにあらわれていた。ほかにも何人か彫刻のあいだをやってきて、ワイルダーを大まかにとり巻きつつあった。サングラスをかけていなければ、みなべつの世紀の、べつの風景に属すべき女たちに見えた。サングラスの黒さは、点々と血の擦《す》り跡のついた屋上テラスのコンクリートに、くっきりときわだった。

ワイルダーは女たちが話しかけてくるのを待った。裸で彩色《さいしょく》線画入りの肉体をひけらかせるのがうれしかった。ついに、火のそばにしゃがんでいる女が、首をまわしてこちらを見た。着たものはちがっているが、それが妻のジューディスだとわかった。思わずかけよろうとしたが、彼女のこともなげな目つき、彼の雄々《おお》しい下腹部を見る無表情な顔が、彼の足をとめた。

ようやく彼は、まわりの女がみな見知った顔なのに気づいた。傷ついた喉にスカーフを巻いて、敵意のないまなざしを向けているのは、シャーロット・メルヴィルだとおぼろにわかる。ジェーン・シェリダンのとなりはロイヤルの細君で、いまはいちばん小さい子たちの保母役。毛皮のロングコートは宝石商の未亡人で、その顔は彼のからだとおなじように、赤いペンキで化粧されていた。退路がふさがれたことを確認するだけかもしれないと思いながら、肩ごしにふり返ると、ペントハウスのあけ放った窓に、庭園の休息所に憩《いこ》う女王といった感じの、童話作家の貫禄《かんろく》たっぷりの姿が見えた。彼はふと、最後ののぞみをわかせて、彼女がなにかお話をしてくれないだろうかと思った。

前方の彫刻庭園では、子どもたちが骨をオモチャにして遊んでいた。

女たちの輪がちぢまった。たき火から最初の炎があがり、骨董《こっとう》の椅子のニスが威勢よく燃えた。女たちはサングラスの奥から、熱っぽくワイルダーをみつめていた――激しい労働で大いに食欲がわいているのを思いだしたかのように。全員が、めいめいのエプロンの深いポケットから、いっせいになにかをとりだした。

血でよごれた手に、彼女たちは細身のナイフをにぎっていた。恥ずかしげに、だがよろこびにあふれて、ワイルダーはあたらしい母たちを自分から迎えに、屋上をふらつく足どりで歩いて行った。

19　夜のゲーム

夕食はまもなくできあがる。二十五階の自宅バルコニーで、ロバート・ラングは電話帳のページでつくった、たき火の熾《おき》をかき起こした。炎が、焼き串で培《あぶ》られているジャーマン・シェパードの、かたちのいい肩から胸を照らしだした。ラングは火をあおりながら、ひとつのベッドに寝ているアリスとエリナ・パウエルが、こんな苦労のほどをわかってくれるだろうかと思った。彼はガーリックとハーブを詰めたシェパードの黒ずんだ皮に、丹念にたれを塗りつけた。

「この世の法則のひとつ」と、彼はひとりつぶやいた。「ガーリックのにおいがしたら、万事異常なしだ」

すくなくとも目下《もっか》のところ、万事きわめて満足すべき状態にある。犬はほとんど焼きあがり、ふんだんの料理をあたえれば、女たちもちがってくるだろう。このところふたりとも、食糧不足でおこりっぽくなっており、疲れきってラングの犬捕獲の技術と勇気はもとより、この大型犬の皮剝《は》ぎ臓物《わた》抜きの重労働など、解する力もない。ラングが近所でみつけてきた最新の料理書のページをくるあいだ、不安げに鳴く犬の声にまで、ふたりして文句をいった。ラングはどう料理するのがいちばんいいか、しばらく考究したものだ。その身ぶるいと鳴きようからすると、問題は当のジャーマン・シェパードにも通じたらしく、マンションで最後の動物だから、それだけでも料理人の一大努力に価《あたい》するということを、犬自身知っているようだった。

この先おとずれる飢餓《きが》の日々を思って一瞬不安にかられ、ラングはさらにページをバルコニーの火にくべた。下層階には獲物《えもの》もみつかるのだろうが、二十階より下に行く気はしなかった。十階のプールの悪臭はたまらず、それがすべての換気シャフト、エレベーター・シャフトをのぼってくるのだ。ラングが下層階へおりたのは、先月たったいちど、ちょっとアンソニー・ロイヤルの手だすけをしてやったときである。

二十五階のロビーで薪《まき》を切っていたら、瀕死の建築家を発見したのだ。無用になったバリケードのなかからアンティークの化粧台を抜きとったら、その穴からロイヤルがころがりおちて、もうすこしでラングは床にたたきつけられるところだった。ロイヤルの胸に小さな傷口があいて、白いジャケットに両の掌《てのひら》のかたちをした大きな血痕《けっこん》をひろげていた——その近づく死のマークを、たしかにわがものにしようとするかのように。あきらかに最期《さいご》を迎えて、目は焦点をむすばず、ひたいの骨は張りすぎた皮膚から突き出ていた。どうやってか四十階からおりてきたのだ。なにかとめどもなくつぶやき、ラングにささえられて、よろけよろけ階段をおり、ついに十階にたどり着いた。ショッピングモールにはいると、肉の腐りかけたにおいが、スーパーマーケットのだれもいないカウンターの辺りにただよい、最初ラングは、内緒《ないしょ》の肉貯蔵庫かなにかがはじけて、腐敗がはじまったのだと思った。たちまち食欲をかきたてられ、ロイヤルを放りだして食物さがしに行こうとした。

だが、ロイヤルはもうほとんど目をとじたきり、片手でラングの肩をつかんで、プールのほうをしめした。

よごれたタイルに反射する黄色い光をうけて、前方に長い人骨《じんこつ》廃棄壕《ごう》があった。水はとうになくなったかわり、底の斜面は数十体の死体の頭蓋骨、骨、ばらばらになった手足でおおわれていた。なげすてられた位置でもつれからまり、さながら満員の海水浴場が、とつぜんの大虐殺《ホロコースト》にみまわれた跡のようだった。

老齢や病気で死んだあと、野犬に襲われた住人なのだろうが、ラングはそのばらばら死体の光景よりは、悪臭がたまらなくて、そこをはなれた。階段をおりるあいだあれほど必死にすがりついていたロイヤルは、もう彼の手を必要とせず、更衣ボックスの列にそってよろめき進んだ。ラングが最後に見たとき、彼はプールの浅い側のステップへ向かっていた。その死の斜面に自分の席をさがそうとするかのように。

ラングは火の上にかがんで、串でジャーマン・シェパードの尻をついて焼けぐあいを見た。彼はマンションの前面をのぼってくる冷気にぶるっと身ぶるいし、人骨壕の記憶をけんめいに抑えつけた。ときどき彼は、住人のなかに、人肉嗜食《ししょく》への回帰者が出たのではないかと思うことがあった——外科医の技術で肉をはがれたような死体が、すくなくなかったからだ。たえず圧迫され差別されていた下層階住人が、きっと必要に屈したのだ。

「ロバート！　なにをしてるの」

アリスの不機嫌な声が、ラングを夢想からよびもどした。彼はエプロンで手を拭《ふ》き拭き、寝室へいそいだ。

「大丈夫——すぐ食事にするよ」

彼は病院実習のころ愚鈍《ぐどん》な幼児患者に使った、あのなだめすかす子どもっぽい声でしゃべった。ベッドのふたりの女の、聡明で退屈した目つきにはそぐわぬ声音《こわね》だった。

「家じゅう煙でいっぱいじゃないの」エリナが文句をいった。「また発煙信号でもあげてるんじゃないの？」

「いや……電話帳だよ。あの紙はビニールびきらしいね」

アリスが億劫《おっくう》そうにかぶりをふって、「エリナの電池はどうなってるの。みつけてきてあげる約束でしょ。彼女、また仕事をはじめなきゃならないのよ」

「うん、わかってる」

ラングはエリナのそばの床におかれたポータブル・テレビの、なにも映らない画面に目をやった。返事のしようがなかった。どんなに懸命にさがしても、もう未使用の電池はなかった。

エリナはけわしい目つきで彼をにらんだ。彼女は手首の傷口をひらいて、部屋のむこうから興味深そうに見ている猫に、しなをつくってさしだしていた。

「あなたにどこかよそへ行ってもらうかどうか、相談していたの」

「なに？」

パントマイムが本気になったのかどうか判じかねつつ、ラングはうれしそうに笑いだし、エリナが口辺《こうへん》にゆっくりうかべるいつもの笑みをうかべないので、いよいようれしくなった。ふたりの女はならんで寝ていた。あまりにぴったりくっついているので、たがいに相手のなかに溶けこもうとしているみたいだった。彼は日になんどか食べ物をはこぶのだが、いったいどちらの肉体的欲求と機能を満たしてやっているのか、どうもよくわからなかった。ふたりは寒さしのぎと安全のためにひとつのベッドにはいったのだが、本当のところは、自分にたいする監督をふたりが同調させられるからではないか、とラングは思った。ふたりとも、自分たちがラングに依存していることは承知している。〈パントマイム〉にもかかわらず、ふたりの行動様式は、肉体的生存の面倒を見てもらうかわりに、完全にラングの個人的欲求に合わされていた。この交換は、ラングにはいたって好都合だった。好都合といえば、ふたりまとめてベッドのなかというのも、ぐあいがよかった——いちどに一種類の要求、一種類のニューロティックなゲームをこなせばいい。

エリナに以前の気性がもどってくるのを見るのはうれしかった。ふたりともひどい栄養失調で、それでも元気のいいときに、この漠然《ばくぜん》と展開しつつあるパントマイムで自分らの役を演じ、富豪の家のふたりの家庭教師が、ひねくれた内省的な子どもをいじめるみたいに彼を扱うと、彼としてもはげみになった。ときどきラングは、ゲームをその論理的帰結にまでもっていって、保護者はふたりの女のほうなのだ、自分はふたりに完全に蔑《さげす》まれているのだ、と思いなしてみたりした。この究極の役どころが、いちど彼を救ったことがある。ミセス・ワイルダーのひきいる略奪部隊が、部屋へはいってきたときのことだ。ラングがいじめられているのを見て、彼をエリナとアリスの捕虜と思い、そのまま立ち去った。いや、もしかすると彼女たちは、本当はどういう事情なのか、百も承知だったのかもしれない。

どちらにせよ、ラングにはいまのところ、この親密な内輪で暮らす自由があった。子どものころ以来、はじめてのことだ。現在の状況は彼に、自分の可能性をさぐる自由をたっぷりあたえており、なかでも行動の不可測性という強力な要素には、だれもがぴりぴりした。おとなしく女の乳首をふくんでいるかと思うと、とつぜん凶暴になるのだ。女たちは彼のそういうところに魅《み》せられた。モルヒネのアンプルはまだかなりのこっており、彼はふたりの女をこの刺戟《しげき》的な霊薬に引き合わせてやるつもりだった。ふたりが中毒になれば、権威の秤《はかり》はふたたび彼のほうにかたむいて、彼女らの彼にたいする依存度はます。彼が最初の患者をみつけたのが、ここ、このマンション内だとは、皮肉だった。

後刻、肉を切ってふたりの女に、たっぷりと、だが多すぎないようにあたえたあと、ラングはバルコニーの手すりにもたれてすわり、わが身の幸運に思いをはせた。なによりも、いまはもういかようにふるまおうが、どんなとっぴな衝動にしたがおうが、どんな倒錯《とうさく》の小道に踏み入ろうが、一向《いっこう》にかまわないのだ。彼はロイヤルの死を悼《いた》んだ。あの建築家が設計者のひとりとなって、この高層マンションが建ち、一切を可能にしてくれたのだから、感謝しなくてはならなかった。ロイヤルが死ぬ前に罪の意識を持っていたなんて、妙なことだった。

ラングは女たちを安心させるように手をふった。ふたりはマットレスにすわって、ひざの上にトレイをのせ、おなじ皿から食べていた。ラングはガーリックのきいた黒っぽい肉をたいらげて、マンションの前面をふり仰いだ。どの階も真っ暗で、それがまたうれしかった。彼のふたりの女を思いやる気持ちも、ふたりを養《やしな》っていることの誇りも本物だが、それが彼のあらたにえた自由をさまたげはしなかった。

概してこれまでのマンション生活は、彼には快適だった。いまはもうすべてが、どんどん正常にもどりつつあった。ラングはまた医学部のことも考えはじめていた。あすにでも生理学研究室をのぞいて、なんなら監督をひきうけてもいい。が、その前に身ぎれいにしなくては。彼は近所の女がふたり、廊下を掃除しているのに気づいていた。もしかしたら、エレベーターも一基ぐらいうごくようになるかもしれない。どこかにもうひと部屋占領して、バリケードをこわし、家具調度をととのえるのはどうだろう。ラングはエリナの、追放のおどし文句を思いだした。その考えを頭のなかでいじっていると、期待についついひそかな、たのしい興奮を覚えた。なにかまた彼女らのご機嫌をとりむすぶすべを考えねばなるまい。

しかし、そんなことは、彼女らにすこしずつ増量してあたえようと思っているモルヒネと同様、ほんのはじまり、あとからくる本当の興奮の、とるに足りぬリハーサルにすぎない。いまその興奮が身内《みうち》にわいてくるのを感じながら、ラングは手すりに背をもたせた。

いつしか夕闇がおちて、暗がりにたき火の熾《おき》がぽーっと光った。焼き串に刺さった大型犬のシルエットは、手足をもがれた人間が空飛ぶ姿に似ていた。皮膚に宝石のように光りかがやく熾火をちりばめ、無限のエネルギーで夜空を疾駆《しっく》するのだ。

ラングは四百ヤード先のマンションに目を向けた。一時的な停電が起こって、七階の明りがぜんぶ消えていた。はやくも闇のなかに懐中電灯の光がとびかうのは、住人たちが自分の位置するところを知ろうとする、まずは最初の、大あわての努力をはじめたのだ。ラングは彼らをいつでもあたらしい世界に迎え入れてやる気で、満足そうにうちながめた。

解説

渡邊利道

多くの点で高層住宅は、テクノロジーが真に〈自由〉な精神病理学の表現をどこまで可能にするかという見本であった。（本書五十五ページより）

そこはロンドン郊外に建てられた最先端の技術とコンセプトを有した高層住宅。四十階建、一千戸。十階にはスーパーマーケット、ヘアサロン、プール、リカーショップ、トレーニングジム、住人の児童たちのための小学校があり、三十五階にはもうひとつの小さなプールとサウナとレストランが設置された、至れり尽くせりの完璧な建物だ。

外界から隔絶されたこの高層住宅には、弁護士、医師、学者、広告代理店の重役といった知的な専門職に携《たずさ》わる、現代の選良とでもいった人々が住んでいる。建設されたばかりで、ダストシュートの不具合や停電などのアクシデントが頻発し、住人たちはその憂《う》さを晴らすように毎日パーティに勤《いそ》しんでいたが、しだいに階層ごとのグループに分かれ、暴力も辞さず激しく対立するようになる。退行現象を起こし、塵芥《じんかい》にまみれ恐るべき無秩序に陥《おちい》った住人たちは、むき出しになった欲望の渦に巻き込まれ押し流されていく……。

本書は、SFのみならず二十世紀英国文学を代表する作家、ジェイムズ・グレアム・バラードが一九七五年に発表した*High-Rise*の全訳である。八〇年にハヤカワ文庫SFから刊行され長く品切れになっていたが、このたびめでたく創元SF文庫から新版の刊行となった。タイトル『ハイ－ライズ』の「－」が「・」に変更されているほか、本文も「アルセーシアン犬」を「ジャーマン・シェパード」にするといった名詞表現を現在のものに変更する程度で、作品内容に大きく関わる修正点はないようだ。

本文庫では『殺す』以来約五年ぶりの新刊でもあり、新しい読者のために、まずバラードという作家を紹介しよう。

一九三〇年、当時イギリスの植民地であった上海で生まれる。第二次世界大戦時に、日本軍の民間人捕虜収容所で三年を過ごす。四六年イギリスに帰国、はじめて見る「祖国」に強いカルチャーショックを受ける。四九年、大学に進学し最初は精神医学を志《こころざ》して解剖学、生理学、病理学を学ぶ。シュルレアリスム絵画に熱中し、小説に手を染める。五一年、コンテストに入選し学生新聞に掲載され、将来の目標を職業作家に変更。文学部に移るが、現代文学の授業がないことに失望してすぐに中退。コピーライターやセールスマンを経て、五四年にイギリス空軍入隊。飛行訓練中にSFと出会う。訓練終了後、五五年に除隊してイギリスに戻り結婚。雑誌編集者などをしながら、五六年〈サイエンス・ファンタジー〉誌に短編「プリマ・ベラドンナ」が掲載されデビュー。

やや詳しく経歴を述べたが、後に見るように、これらの経験のすべてが、バラードの作品の重要なバックグラウンドとなっている。また、さらに詳しく知りたい方は、自伝『人生の奇跡』（二〇一〇）を読まれたい。

バラードは、彼が愛してやまなかった画家ダリに似て、時代によって作風に顕著なスタイル的変化が現れる作家である。

まず第一期が、デビューから約十年。英国ニューウェーヴSFの旗手として〈ニュー・ワールズ〉誌を中心に活躍し、数多くの短編と、〈破滅三部作〉と呼ばれる『沈んだ世界』（一九六二）『燃える世界』（六四）『結晶世界』（六六）を上梓して、SF界にその名を轟《とどろ》かせた。

ニューウェーヴSFとは、戦後アメリカで大きく発展したSF小説が、それ以前の科学発明小説や宇宙冒険活劇から脱してなお、テクノロジー偏重、アイディア重視の明快で健全なストーリーと、個性的なキャラクターによるエンターテインメントだったのに対し、テクノロジーや人間性に対するシリアスな批判や、現代文学を意識した洗練された技法を前面に押し出した、六〇年代主にイギリスで勃興《ぼっこう》したSF界の一種の前衛文学運動である。

バラードはその中でもっとも洗練された文学性と、SFというジャンルに対する意識的な方法論を有した作家だった。五七年のロシアの人工衛星スプートニクの打ち上げ成功を機に、外宇宙への冒険は想像力の世界において真に冒険であることを終え、これからのSFは内宇宙への道を探らねばならないと宣言。エルンストやタンギーを思わせる異様に美しく変貌した世界と、その世界に適応し、破滅さえもやすやすと受け入れる人々のオブセッションを、濃密な描写力と高い構成力で描いた。ことに前述した長編『結晶世界』は、世界のすべての無機物・有機物が結晶化した永遠に凍《こお》りついた現在、という恐ろしくも美しい〈世界の終わり〉を、逃げ去った女性を追う男性主人公のオブセッションを視点の中心に据えながら、結晶化してゆくジャングルと、はるか銀河系の変容までをも視野に入れて描いた傑作である。

これらの作品の背景にあるのは、戦後の冷戦体制下での核戦争＝世界の終わりのイメージだろう。放射能の影響によって変容した自然が、エコロジカルなアポカリプスのイメージとして作品化され、バラード自身の戦争（＝収容所）体験が、破滅に魅惑され適応していく人間精神として反復される。バラードの作品は本質的にトラウマに似ている。

ところで、この戦後的な感性と文学的な前衛性には、世界文学的な同時代性とでもいったものがある。たとえば、フランスで文芸批評家ロラン・バルトが〈零度のエクリチュール〉の代表的な作家としたアルベール・カミュは、仏植民地であるアルジェリア出身だし、その後のヌーヴォーロマンとその周辺作家には、マダガスカル出身のクロード・シモン、戦時中にドイツ軍に徴用され戦後にはギニア、西インド諸島などの植民地を転々としたアラン・ロブ゠グリエ、インドシナ出身のマルグリット・デュラスといった作家がいる。アメリカにはドイツで捕虜となり、収容所で自国の爆撃を受けたカート・ヴォネガット・ジュニア。日本でも満州出身の安部公房や、北朝鮮出身の後藤明生など、また、バラード自身がその同時代性を強く意識した発言をしている作家、戦地でアメリカ軍の捕虜となった大岡昇平がいる。みな戦争や植民地での体験によって古典的な人間性に強い懐疑を抱き、十九世紀風のオーソドックスな小説技法に積極的に揺さぶりをかけ続けた作家たちである。バラードの作品を、こうした作家たちの作品と比較してみればより理解は深まることだろう。

そして第二期。六〇年代後半から、〈濃縮小説〉と呼ばれるさらに過激な実験的短編群が発表される。それらはオーソドックスな物語記述を捨て、科学論文や実験の報告書、ニュース記事、さらにはモチーフやイメージの断片をコラージュした作品だった。第一期の作品がスプートニクをきっかけにして冷戦下の核戦争のイメージを背景にしていたように、これらの作品は、六三年のケネディ暗殺によってニュースがメディアを媒介として瞬時に伝わる情報化社会の到来をバラードが直感したのをきっかけとし、そこで日々伝えられていたベトナム戦争をはじめとする各地の代理戦争と、それらとはまったく無関係のように謳歌《おうか》される、高度に発達した技術社会を背景としている。

内宇宙へ、とバラードは宣言したが、このバラードの描き出す世界はつねに内部と外部が溶け合ったメビウス的な空間であり、そこでは時間さえも通常通りには進まない。〈破滅三部作〉で、世界の終わりが環境の激変による異様な風景として描出《びょうしゅつ》され、その世界に生きる登場人物たちの心理状態とシンクロしていく様《さま》は、人類の無意識的な破滅への欲望そのものが世界を変容させているようにさえ読める。しかし、核による一瞬の滅亡におののく時代から、泥沼化するベトナム戦争を毎日テレビニュースでエンターテインメントのように消費する六〇年代には、この無意識と世界を人間の欲望の合わせ鏡のように捉えるバラードの眼差しが、シュルレアリスティックな終末のイメージから、ポップ・アートのように断片化する現実のコラージュによって生み出される幻惑的なイメージへと変化するのである。

現代人の生活はその隅々までが先端技術によって規定されており、それらが実現した新しい世界に合わせて、人間の生活様式も変容する。そこでバラードが注目するのが、メディアの存在だ。政治家や芸能人などの有名人が、憧《あこが》れの人間のイメージとして大量に流布《るふ》し、あらゆる深刻なはずの問題も、テレビのチャンネルを変えれば瞬時に違う文脈に切り替わってしまう新たな情報社会。

そこでは、人間社会のあらゆる〈問題〉が、テレビによって日常生活の風景の片隅に差し挟まれるものとなる。日々発生する交通事故による死者と、ベトナム戦争のそれとのあいだの境界は溶解し、どちらもメディアで報告される映像と数字に還元される。メディアによって憧憬《しょうけい》を集める有名人たちを誰もがつねに意識せずにはいられず、彼らが事件や事故によって被《こうむ》るさまざまな〈決定的瞬間〉を、誰もが目撃したいと願っている。そこで求められているのは、もはやエモーションではなく、センセーションだけだ。科学技術によって作り出された新たな〈自然〉の風景が、メディアに媒介されたイメージと渾然《こんぜん》となって無意識の欲望を暴走させる。

もっともこのような形式的な実験は長続きせず、戦後社会を席巻《せっけん》した革命への情熱が七〇年代に入って一気に沈静化していったのと同期するように、ふたたびバラードの作風は変貌する。

その第三期を代表するのが、『クラッシュ』（七三）『コンクリート・アイランド』（七四）そして本作『ハイ・ライズ』（七五）からなる〈テクノロジー三部作〉である。モチーフそのものは第二期とほぼ同じで、テクノロジーとメディアによって作られた環境によって生み出された新たな無意識の欲望だ。違っているのは表現技法である。すなわち、〈濃縮小説〉の過激な実験性が影を潜め、ふたたびオーソドックスな登場人物と物語というスタイルに回帰して書かれているのだ。他の三部作同様、モチーフやテーマに連続性があるだけで、物語はそれぞれに独立したもので、順番に、交通事故、高速道路、高層住宅を題材に、そこで生まれる常軌《じょうき》を逸《いっ》した欲望の暴走を描く。いわば形式の実験から実験の物語へとでもいった変貌であり、それにともなって、メディアからテクノロジーへと作品の重点も移動している。

本書『ハイ・ライズ』については詳しく後述するが、三部作の劈頭《へきとう》を飾る『クラッシュ』

は、第一期の『結晶世界』と並んでバラードの最高傑作と評する人も多い作品だ。

七〇年代後半に入り、資本主義が高度化して、あらゆる技術がブラックボックス化する、また経済の主体が生産から消費へと移動する。それに伴《ともな》い、商品の実用的・機能的な価値から、そのメディアでの配置による「記号的価値」へと、価値の基準が移動する。いわゆる「ポストモダン」とか「後期近代」と呼ばれる時代がやってきていた。

そこでは、それまでの大衆的な表現に抵抗する尖鋭《せんえい》的で「モダン」な作品や、体制を撹乱《かくらん》する「カウンター・カルチャー」などの表現はすべてメディアの中でカタログ化され、その前衛性や過激さは、あらかじめそのように期待された「役割」としての意味しか持たない。バラードが形式的実験を書かなくなったのは、そのような時代認識があったからかもしれない。六〇年代的な「革命」の幻想は潰《つい》え、所得の分配による福祉の充実が謳《うた》われ、世界が資本主義に閉じられていったように見える時代。しかしまた一方では、ますます過激化していくテロリズムが、世界の〈外部〉をつねに意識させ続け、高度化する技術はそれに伴って事故の巨大化をもたらし、リスクという言葉が一般化する。世界はいわば不安定なままに宙づりになったのだ。〈テクノロジー三部作〉は、オーソドックスな語りの技法を用いながら、円環構造や停滞する時間が描かれるのだが、それはこういったポストモダンの時代感覚と無関係ではないだろう。

さて〈テクノロジー三部作〉のあと、それまでのバラードの作品のモチーフや特徴が、自己批評的に統合された長編『夢幻会社』（七九）を発表。また第二次世界大戦下の上海で暮らすイギリス人少年の成長を描いた自伝的長編『太陽の帝国』（八四）は、ブッカー賞候補となり、ジェイムズ・テイト・ブラック記念賞を受賞。バラードは一躍現代英国文学を代表する作家に押し上げられる。この第四期では、バラードはいわば自分自身を実験の場として新たな探究を行っていたと言えるだろう。

そして九〇年代。郊外に作られた理想的コミュニティで起こった惨劇を解明するノヴェラ『殺す』（八八）を先駆として、『コカイン・ナイト』（九六）『スーパー・カンヌ』（二〇〇〇）『千年紀の民』（〇三）の、〈病理社会の心理学三部作〉が発表される。これらの作品では、「サイコのスタイルでリメイクされたカフカ」と『コカイン・ナイト』の登場人物が自己批評的に語っているように、オーソドックスなニューロティック・スリラーやサスペンスを思わせる文体で、高度なテクノロジーと民主主義的な合意に基づく、完璧を期した管理社会を完成させる最後のピースとしての犯罪が描かれる。かつてバラードは「未来は退屈なものとなるだろう」と発言していたが、この三部作では、登場人物の役割や事件、コミュニティの性質などがほぼ同一で、反復と順列組み合わせによって語り直されるポストモダンな形式に収まっている。バラードの作品はこれまで見てきた通り、スタイルは変遷しながらもモチーフやテーマには強い反復性があり、その反復性そのものを形式的な主題とするようなこの三部作は、一種独特な読解の誘惑を感じさせるものである。第五期とでもいうべきこの時期の作品はあまり世評が高くないが、いま一度読み直されるべき謎がまだ隠されているように思える。また最後の長編 *Kingdom Come* の翻訳刊行も期待したい。

以上、駆け足でバラードの足跡をたどってみた。本作読解の、あるいは本書読了後の読書の参考にでもしていただければと思う。

さて本書『ハイ・ライズ』だ。

前述した通り、七〇年代後半の〈テクノロジー三部作〉の掉尾《とうび》を飾る一編である。生活のすべてに配慮した完璧な高層住宅が住人たちを狂わせる物語だが、まずこの建物自体が、建設中の都市開発計画の一部であるという設定が秀逸《しゅういつ》だ。それは川岸一マイル平方の土地に、人工湖に臨《のぞ》んで建つ五棟の高層住宅で構成される一種の実験都市とでもいった存在になる予定で、まず一棟だけ完成した建物に入居した人々によって起こされる事件なのである。ロンドンは川向こうに幻のように隔絶されてあり、高層住宅の周辺には何もなく、建材が整然と置かれた空地であり、整備されているのはだだっぴろい駐車場だけというひたすら孤立した閉鎖環境。登場人物は、屢々《しばしば》そこをまるで夢のなかのように奇妙に宙づりにされた場所として生きている。この設定は、本作が九〇年代以降のバラード作品の先駆としての意味を持っていることを表しているだろう。

そもそも初期作品からバラードは、閉鎖環境での特異なシチュエーションが人間の無意識を刺激し、世界の変容に順応しつつさらにそれを暴走させていく過程を緻密に描くことが多い。イギリス人らしく、そこにはかならずある種の階級関係が見いだされるのだが、視点人物となるのは大抵《たいてい》、それらのグループの利害対立から少し離れた傍観者的人物である。それが本作ではめずらしく、上層・中層・下層でそれぞれを代表する三人の視点人物が存在し、それぞれの内面と行動を記述していくことで、高層住宅の「階層関係」と、その崩壊を描き出す構成がとられている。

高層階を代表するのが建築家アンソニー・ロイヤル。彼はこの建物の設計者であり、また工事で事故にあった最初の被害者である。その後遺症から杖《つえ》（知恵の象徴である）をつき、最上階に住んで文字通り全住人の頂点に立つ。下層階を代表するのはテレビ・プロデューサーのワイルダー。マッチョな肉体とジャーナリスティックな知性を兼ね備えた彼は、饒舌《じょうぜつ》で精力に溢《あふ》れ、高層住宅の異様さに最初に気づき、ドキュメンタリー番組の企画を立て、バリケードで封鎖された上層階に向かって階段を上りはじめる。そして中層階を代表するのが、冒頭から登場するドクター・ラングだ。彼は、前述した他のバラード作品に登場する傍観者的存在の典型的な人物として造型されている。医師だが、臨床《りんしょう》ではなく大学で理学と解剖を教えている。離婚し、孤独を求めて既婚の姉に勧《すす》められこの住宅に入居し、進行する事態にひたすら魅惑され続ける。

これら三人の視点人物は、その性格や職業、肉体の特徴などのキャラクター付けがそれぞれきわめて明快で、いささか図式的すぎるくらいである。そしてそれぞれの人物には、性的に関係する異性がきちんと配置され、彼女らも物語の中でかなりはっきりした役割が与えられている（一四九ページでラングの義兄がチャールズとなっているのが、二二五ページではアランに、ワイルダーの妻ヘレンが二五三ページではジューディスとなっているのは、バラードのミスなのか意図的なものなのかわからないが原書の通りである）。

物語の叙述は、すでにかなり事態が進んでいる場面が唐突に描かれ、はじまりに遡《さかのぼ》るかたちで進行する。それはきわめて円環に近い螺旋《らせん》状の時空間である。登場人物たちがある役割に沿って図式的に配置されていること、叙述の時間構造が螺旋状になっていること。これらは本作が十九世紀的なリアリズム小説ではなく、より神話的な世界を描いた作品である印象を与える。イギリスの伝統でいえば、サタイアの系譜に属するといってもよいかもしれない。

そしてまたバラードは、通常の道徳的な意味での善悪を無視した、おぞましくも魅惑的なものとしてこの世界を描き出している。原始的な社会への退行は、新しい人類社会への進化と区別がつかないとでもいうかのように。その文体は、暗澹《あんたん》たる朗《ほが》らかさとでもいった不思議な明るさとアイロニーに満ちていて、作品に喜劇的な彩《いろど》りを添え、すべてを肯定する力強さとなって読むものを感動させ、そして自分はいったい何に感動しているのかと驚かされる。

しかしそれにしても、ゴミだらけの高層住宅の、なんと親密で居心地が良さそうなことだろう！

さて、本作は二〇一五年ベン・ウィートリー監督で映画化された。主演はハリウッド映画『マイティ・ソー』シリーズでソーの弟ロキ役で知られるトム・ヒドルストン。バラードの映画化作品と言えば、スティーブン・スピルバーグ監督の『太陽の帝国』（一九八七）、デイヴィッド・クローネンバーグ監督の『クラッシュ』（九六）と、傑作ぞろいだが、この映画もいかにもイギリス的なシニカルなブラック・ユーモアとエロティシズムに満ちた、エレガントな作品に仕上がっている。原作に強いリスペクトを感じさせる映画なので、原作ファンも「どこがどう変えられているか」などと思いながら見る楽しみがある（もちろん映画を先に見て原作を読んでも、同じように楽しめるだろう）。

最後に、この解説を書いているときに、訳者村上博基氏の訃報《ふほう》を知った。映画『ハイ・ライズ』の試写会で挨拶させていただいたときにはとてもお元気そうだったのに、驚きに言葉もない。アリステア・マクリーン『女王陛下のユリシーズ号』やジョン・ル・カレの諸作などの冒険小説はもちろん、個人的にはジョイス・キャロル・オーツの短編集『愛の車輪』が忘れがたい。謹《つつし》んで哀悼の意を表します。

検　印
廃　止

訳者紹介　1936年生まれ。東京外国語大学独語科卒。マクリーン「女王陛下のユリシーズ号」，ル・カレ「ティンカー，テイラー，ソルジャー，スパイ」，ハウスホールド「追われる男」，スティーヴンスン「宝島」など訳書多数。2016年没。

ハイ・ライズ

2016年7月15日　初版
2021年4月30日　3版

著　者　J・G・バラード
訳　者　村《むら》　上《かみ》　博《ひろ》　基《き》

発行所　(株)　東京創元社
代表者　渋谷健太郎

162-0814/東京都新宿区新小川町1-5
電　話　03・3268・8231-営業部
　　　　03・3268・8204-編集部
URL　http://www.tsogen.co.jp
振　替　00160—9—1565
DTP　キャップス
旭印刷・本間製本

乱丁・落丁本は，ご面倒ですが小社までご送付ください。送料小社負担にてお取替えいたします。

ISBN978-4-488-62915-1　C0197

『燃える世界』を全面改稿した完全版

THE DROUGHT◆J. G. Ballard

旱《かん》魃《ばつ》世界

J・G・バラード
山田和子 訳
創元SF文庫

◆

10年ほど前から徴候を見せていた世界的な旱魃は、
各地で急速に文明社会を崩壊させせつつあった。
人々が競うように水を求めて海を目指すなか、
医師ランサムはハウスボートの船上で、
破滅までの残された時間を
緩慢と生き続けていた……。
生物を拒絶するかのごとく変質していく世界が
シュルレアリスム絵画のように描き出される。
『沈んだ世界』『結晶世界』とともに
〈破滅三部作〉を構成する『燃える世界』の完全版、
本邦初訳。

人間の不可知へ切り込む短編集

PASSPORT TO ETERNITY◆J. G. Ballard

永遠への
パスポート

J・G・バラード
永井 淳 訳
創元SF文庫

◆

高層建築の99階までくると
足が動かなくなってしまう男、
アルファ・ケンタウリへ３代にわたって飛びつづける
宇宙船の中で少年の心に芽ばえた疑惑の影、
空中に浮かぶ正体不明の監視塔、
火星の砂から検出されたウイルスで死滅する
地球の植物の話など、
全９編を収録する。
英国の鬼才作家が、
人間の不可知の部分に鋭くメスをいれる。